本书受到上海市东方英才计划青年项目（QNJY2024093）的资助

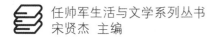

任帅军生活与文学系列丛书

宋贤杰 主编

大学哲思

任帅军 著

天津出版传媒集团

天津人民出版社

图书在版编目（CIP）数据

大学哲思 / 任帅军著. -- 天津 ：天津人民出版社，
2025. 3. --（任帅军生活与文学系列丛书 / 宋贤杰主编
）. -- ISBN 978-7-201-20774-2

Ⅰ. I267.1

中国国家版本馆 CIP 数据核字第 2024NA1282 号

大学哲思
DAXUE ZHESI

出　　　版	天津人民出版社
出 版 人	刘锦泉
地　　　址	天津市和平区西康路35号康岳大厦
邮政编码	300051
邮购电话	（022）23332469
电子信箱	reader@tjrmcbs.com

责任编辑	王佳欢
封面设计	汤　磊

印　　　刷	天津新华印务有限公司
经　　　销	新华书店
开　　　本	710毫米×1000毫米　1/16
印　　　张	21.5
插　　　页	2
字　　　数	240千字
版次印次	2025年3月第1版　2025年3月第1次印刷
定　　　价	98.00元

总　序

我在2018年春与任帅军相识并开始交流。他是一个非常阳光,特别热爱生活的年轻人。对于上进的年轻人,我总是忍不住想要帮助他们做点儿事情。与帅军深入交往后,我才发现他喜欢写东西,还坚持不懈地写了十几年。我很佩服他,但同时也产生这些文学作品以后若能出版会很有价值的想法。想不到,多年以后,他把我当初的这个想法付诸实践,并热情地邀请我当他这套丛书的主编。我既惊又喜,对他有勇气出版这套丛书表示支持;但我感觉当不了这个主编,还得另请高人才能提升这套丛书的社会影响力。可是终究架不住帅军几番热情相劝,我只能出来"冒个泡"了。

呈现在读者面前的任帅军生活与文学系列丛书:《大学哲思》《守望人生》《见证亲情》《复旦心语》《诗性智慧》《龙门之跃》,集结了帅军老师从求学到工作期间对大学教育的若干思考,体现出他自强不息的人生奋斗历程。自觉构建全员全程全方位的育人大格局,离不开高校通识教育与校园文明建设的互动。本丛书围绕实现大学生成长成才的育人目标,从不同主题和文学体裁入手,思考高校通识教育的现实落脚点,呈现帅军对落实高校立德树人根本任务的一些想法和做法。

《大学哲思》是一部以"大学"为关键词,从若干大学故事的讲述中引发哲理思考的作品集。它有鲜明的创造特点和主题思想,集中体现在两个方面:第一,从学生到教师,作者对大学进行双重视角的审视。从学生视角看大学,大学被披上了一层温情的面纱。被誉为象牙塔的大学,为千万学子提供了求知和深造的机会,成为他们一生中最独特,也最难以忘怀的一段经历。随着审视的角度由学生到教师的转换,对大学的认识不经意间就发生了变化。由感性的情感表达,到理性的哲理思考,对大学内涵的探究也随之变得丰富宽广,学生情结也随之变成人文情怀,把大学作为一种追问人的存在的生活方式的认识就得以确立。第二,从北方到南方,作者对大学进行地域变动的审视。地域对一个人的影响是潜移默化的。北方大学的粗犷、直率,与南方大学的细腻、含蓄,自然是不一样的。南北差异反映到一个人的求学历程中,必然会在这个人的成长过程中留下深深的印痕。从对"学而优则仕"的追求,到对"自省、修身、审美人生"的认识,对大学的认知就经历了从外在到内在、从学习书本知识到认识自身的转变,从而达到了陶冶人、熏陶人的效果。对大学的认知不同,取得的收获就不同,《大学哲思》可以给人带来对大学不一样的认知和思考。

《守望人生》从对人生的思考切入,通过记录和反思,形成了守望人生的作品集。它的核心思想是,引导人通过认识自己展开和实现人生价值。首先,人是通过人生经历来认识自己的,这是人生在世的智慧。人生对于任何人来说都是独一无二的,但未必每个人都能够意识到人生的重要性。自省使人时刻保持清醒,在修身养性中人才能获得成熟的状态,在自我塑造中才能创造出人生的审美境界。人的一生会遇到各种问题和挑战,只有对人生保持一种清醒的认识,才会有意识地作出选择,通过所选择的行为塑造人生。其次,对人生的探寻需要与对爱的思考相结合。很多哲学和宗教观点都认为,人是通过爱活在这个世界上的,也是通过爱面对生活于其中的这个世界的。对人生进行发问,其实在很大程度上是对人生是否值得爱与被爱进行发问。在很多人看来,爱是人生最重要、最根本的问题。守望人生,就是在守望人生中的爱。爱与被爱,让人感到愉悦、满足和幸福,感到人生有目标、有意义,感到实现了人生价值。在爱中获得成长、在爱中活出人生,都是为了让人在这个世界上更好地活着。然而对人生的理解不同,人生的展开过程就不同,对人生的审美也随之不同。这就需要获得人生在世的智慧。守望人生中的智慧,是本作品集的一大特色。它告诉人们,人生既漫长又短暂,需要欣赏且珍惜。

《见证亲情》饱含了作者对亲情的思考,把人性中最动人的一面呈现出来,可以将之视为描写千万中国人生活百态的作品集。它想要表达两个主题:一是书写创伤,二是书写苦难。一方面,化创伤为前行的动力。在中国,男人在家庭里面大多是顶梁柱。男人的早逝意味着一个家庭的崩溃。遭遇变故的人,最能体会其中的伤痛。把受到的伤害体验写出来,把普通人受创的反应表达出来,不是为了往伤口上撒盐,而是为了揭开伤口的千疮百孔,让人能够直面挫败,正视人性。这是对生命、死亡的直视。创伤会对生活造成压抑,会使心理产生焦虑,对普通人来说,会造成身心方面的沉重打击。这就需要对创伤进行思考,使人有能力走出阴影。以创伤为创作主题,体现了对个体生命的悲悯和慈爱。另一方面,在苦难中见真情。对苦难的肯定和描写,不是为了博取同情,更不是惧怕苦难,而是展示身处苦难中的人,如何守护人性中的良善,如何克服生活中的困难,如何改变无法撼动的现实。正视苦难,是将同情与悲悯的目光转向芸芸众生,从他们身上审视生命的脆弱、灵魂的无助,正视和反思自己身上的不足,进而改变自己,成为一个真正大写的人。

"复旦"二字,取自《尚书大传·虞夏传》里的名句"日月光华,旦复旦兮"。这句话的大意是,日月的光辉,日复一日,敦促莘莘学子追求光明、自立勤奋、自力更生、自强不息。《复旦心语》这本作品集以复旦大学师生为关注对象,讲述他们在求知中追寻意义的一些故事。对于个体而言,每个人都在探索自己生命的意义,体会生命的价值。要想在求知中学有所成,就必须去追求,使自己每一天都有一些心灵的启示与智慧的增长,每一天都对这个世界有一些回馈和奉献。《礼记·大学》里的"苟日新,日日新,又日新"就是这个意思。记录在复旦大学求学的历程,不是将它作为可以炫耀的"资本",也不是将它作为人生的"装饰品",更不是将它作为求职的"敲门砖",而是将它作为悟生活之道的"精神场域"、求一技之长的"育人园地"、立人生志向的"心灵港湾"。这就是复旦大学对一个人的影响。它使人认识到,人就是应该具备一种敢于拼搏,不怕苦、不怕累、不怕付出的大无畏精神;具备一种追求真知、敢为人先的勇气;还要具有一种勇往直前、愈挫愈勇、百折不挠的信心。因此,可以将《复旦心语》看作记录作者在求知过程中表达一种精神上的熏陶、一种与真理为友的作品集。

诗歌从来就是能登大雅之堂的文学形式。首先,诗歌里的"雅"具有多重意境。首先,"雅"是志向的一种表达。诗歌的语言既是抽象的,用较为抽象的语言表达作者对大千世界的看法;又是具象的,生动形象地表达作者的丰富情感,让人一读就马上心领神会。《诗性智慧》用春·生、夏·长、秋·收、冬·藏、你·我·他、诗意生活来言志、来抒情,鲜明地展示出诗歌的这一特性。其次,"雅"是对光明的向往和对理想世界的追求。在普通人眼里,春夏秋冬只是四季的交替轮换。可是在这本作品集里,春夏秋冬被寄寓了不同的情感——春夏秋冬不是要表达作者对季节的适应,也不是要表达作者对季节的留恋,更不是要表达作者对季节的拥抱,而是要表达作者对季节的反思、对季节的冲破、对季节的塑造。就像英国浪漫主义诗人雪莱歌颂云雀,不是歌颂留恋家园的云雀,而是歌颂蔑视地面、云游苍穹的云雀。不管是云雀,还是春夏秋冬,都不纯然是自然界的事物,而是作者自我的一种理想表达或理想的自我形象,表达了作者对光明的向往和对理想世界的追求。最后,"雅"是对人间疾苦的观照。雅不是俗的对立面,是对俗的认知和超越。所谓"大雅即大俗",就是大众普遍接受了雅。本作品集对现实生活的关注,你·我·他和诗意生活从日常生活的真情实感中生发出诗意和爱,无不饱含了作者对现实的人的深情关怀和对人性真善美的不渝追求。因此,《诗性智慧》值得大家一读。

小说是文学写作中较难把握的一种体裁,它要求在创作上有清晰的主旨思想,在艺术表现手法上有独特的叙事模式,在语言特色上有鲜明的行文风格,在人物形象塑造上有代表性,等等。以《龙门之跃》命名的作品集中包含长篇小说《龙门之跃》和中篇小说《媳妇飞了》,力图呈现小说的基本要素。这两部小说都以改革开放以来农村社会的变迁为主题,揭示广大农村社会融入现代化的历史进程中所呈现的种种问题,以此引起社会的关注和人们的反思。在叙事模式上,这两部小说均采用"迷茫—引导—改变—受挫—感悟—成长"的叙事逻辑结构,把农村人的性格特征呈现出来。人物形象在极为复杂的特质中,呈现出立体饱满的感觉。故事中人物的命运并非都是线性的发展。虽然他们承受了诸多苦难，但能从他们身上感受到浑厚的生命力。小说的基调总体而言是昂扬向上的，体现了人文主义的情感关怀。这种对人的直视，并不刻意回避人性中的弱点和生活中的丑陋。对现实的不满反过来更加促使人反思自己的不足，达到对所谓命运的超越。由于作者独特的人生经历，无论是《龙门之跃》还是《媳妇飞了》，都离不开对命运抗争的描写和对生命意义的追问。正如希腊德尔菲神庙大门上镌刻的阿波罗神谕："人啊，你不是神。认识你自己！"认识自己，可以从阅读这部作品的两个故事开始。

以上感悟，是我阅读任帅军老师的作品后的一些不太成熟的看法，还请各位专家同行批评指正。

上海大学为任帅军老师提供了新平台。来到这里，站在人生的新起点，我相信他会把握住当下，通过创造人生的新气象来获得人生的全新意义，并在享受当下的过程中感同身受地体验作为学者的生命意义。作为他人生路上的重要家人，我为本丛书的出版感到高兴，也希望他能获得更好的人生。

是为序。

宋贤杰

复旦大学

2025 年春

前　言

　　呈现在读者面前的丛书包括:《大学哲思》《守望人生》《见证亲情》《复旦心语》《诗性智慧》《龙门之跃》,是我从2007年开始写作,断断续续,一直持续到2024年春节,整理出来的六部书稿。

　　这么多年来,在用文字记录生活方面,我虽然一直坚持着,但是从未奢望将它们公开出版。本丛书主编宋贤杰教授在几年前提出了让我出书的建议,这令我备受启发。当我萌生这个想法后,时光流逝,出书的执念不仅没有跟着消逝,而且越来越强烈了。既然要鼓起勇气做这件事,索性就认真对待,把这些年的文字好好整理一下,争取早日与大家见面。我执意邀请宋教授作为这套丛书的主编,这也是对他热心提携我这个后辈的一点儿微不足道的回报。

　　要问我为什么会有写随笔的习惯,还得从我的求学经历开始说起。2007年的秋天,我来到上海大学攻读法学理论专业的硕士研究生。上海的生活打开了我的眼界,促使我不断地反思自己,反思我的家庭和以前的生活环境。于是,我将自己在求学阶段的所思所想记录了下来。我当时没有想到,这种随手记录的习惯,竟然持续了这么长的时间。

一开始,我只是对文学抱有好感,用文字来慰藉我脆弱的心灵,逐渐发展到这种"文字涂鸦"成为我的一种重要的生活方式,再到我用文字交了很多知心朋友,这些文字也成为我的心灵朋友,直到最后,我萌生了一个想法——想要给它们找一个理想的归宿。经过这么多年的积累,已经形成百万字的书稿。我把它们按照体裁和主题分门别类,共形成了六部作品。

散文形式的《大学哲思》,记录了我从2007年以来,在上海大学、杭州师范大学、复旦大学等地求学或工作期间,在高校学习和生活的所感所悟。这本书按照不同主题分为九个部分。"大学生活"记录了我对大学生活的认知和反思;"大学亲证"写出了我的求学感悟,以及我在求学的过程中形成的学生情结;"大学留痕"记录了我求学时的生活方式和生活习惯;"大学友人"里面的好友都不是千篇一律的人,都有各自鲜明的性格特征;"身边伟人"讲述了钱伟长如何走入我的生活世界,以及对我的影响;"上大岁月"讲述了我在硕士和博士阶段求学时,对上海大学的感情;"读书生活"里面的心得体会,记录了求学阶段对我产生很大影响的各类名著;"影中世界"里面的故事,陪伴了我孤独的求学旅程;"音随我动"里面的歌曲,陶冶了我的性情。凡有所学,皆成性格。我的性格养成的秘密,就隐藏在这些文字当中。

散文形式的《守望人生》,记录了我在高校求学期间展开和实现人生价值的若干思考。这本书按照不同主题分为十个部分。"志愿人生"讲述了我从本科开始一直到现在,从事志愿活动的切身感受;"为心而生"通过关注心灵与人生的关系,探讨一个人如何才能使人生获得力量的问题;"反思人生"告诉我们,人生之路充满坎坷,只有学会反思,才能真正获得人生的意义;

"人生冷暖"通过呈现人生中的酸甜苦辣咸,让每个人都能回首自己的人生;"人生价值"直面"人生在世"的核心问题;"人生故事"通过记录好友的人生片段,把我生命中的点滴温暖留存在故事里面;"人生哲理"就是要破解如何才能使人生、生命有滋有味的问题;"十二生肖中的人生"记录了我人生中的一个完整的十二年;"人与社会"把人放到社会中,又通过讨论一些社会问题来探寻人应当展现出来的一种追求姿态;"人在旅途"记录了我为数不多的旅游感受。人生需要守望,守望的本质是回答人如何才能更好地活着的问题。守望人生的智慧,就隐藏在这些文字当中。

散文形式的《见证亲情》,记录了我如何通过求学、拼搏和经营,一步一步地改变自己和家人的命运。这本书按照不同主题分为九个部分。"父亲"讲述了我父亲短暂的一生,他虽英年早逝,却给我们留下了宝贵的精神财富;"母亲"讲述了我的母亲承受了常人难以忍受的苦难,在极为困难的情况下为三个儿子成家立业努力拼搏的故事;"大弟"讲述了任帅勇在外打拼的故事;"小弟"讲述了任帅超略带传奇色彩的成长故事;"身边的亲情"是对老家亲情的一种记录和留念;"我的素描"讲述了独一无二的、特立独行的我的故事;"故里亲情"写的都是发生在老家的事情,是对往昔的追忆,也是对时代变迁的一种记录;"我的家乡"里有对家乡特色的描写,也在这种讲述中思考家乡的发展;"津津"记录了我儿子任薪泽的出生,带给我与妻子和家人的快乐和幸福。世间情感有千万,唯有亲情永相伴。我的成长离不开亲情的浇灌。亲情对我的影响,就隐藏在这些文字当中。

杂文形式的《复旦心语》,记录了我从2015年5月以来在复旦大学做博士后期间,这所学校对我的学术成长和生活感悟的影响。这本书按照不同主题分为六个部分:"新征程"开启求学路上的新篇章,"新努力"记录自强不息的奋斗点滴,"新体验"讲述了全新的精神感悟,"新伙伴"把与学生的交往娓娓道来,"新变化"记录了从求学到工作、从邯郸路校区到江湾校区的变化过程,"新憧憬"道出了对未来的美好愿景。从作为第三人称的"旦旦",讲述自己在做博士后期间的求学经历,以及从其中感受到的苦与乐;到作为第一人称的"我",把自己当作复旦大学的一分子,与这所学校产生了一种同频共振。叙事视角的转换,既展现出他者眼中的复旦大学,又表达了复旦人眼中的复旦大学。在多重视角的审视中,通过一所学校反映出高等学府的莘莘学子对求学的认知。复旦大学对我的影响,就隐藏在这些文字当中。

诗歌形式的《诗性智慧》,记录了我从大学教师和学生的视角,运用诗歌形式对社会现象进行的一些思考。本书分为六个部分:"春·生"寓意梦想的开始,取意春天是希望的季节;"夏·长"隐喻生命中的困惑,正如夏天的热让人焦躁不安;"秋·收"象征着人生的收获,像秋天那样寄语人生;"冬·藏"表达了生活中蛰伏的状态,就算是冬天的寒冷也要把它熬过去;"你·我·他"是在我、妻子、儿子的互动中生发出来的含情脉脉,家的温暖尽显其中;"诗意生活"是我在妻子孕期创作诗歌的情感记录,记录了我当时写诗的情绪和心境,可以从中一探我创作诗歌的真实情境。不管是运用五言绝句、七言律诗,还是现代体裁的诗歌,都是为了实现"诗以言志"的目的。诗歌是对人生志向的一种较为凝练的表达形式。"诗者志之所之也。在心为志,发言为诗。"(《毛诗·大序》)我的人生志向,就隐藏在这些文字当中。

长篇小说形式的《龙门之跃》,以王心恒求学生涯中的若干重要节点为故事情节展开的线索,实际上讲述了我的成长历程。因此,这部小说本质上是一部自传体小说。中篇小说形式的《媳妇飞了》,讲述了阿淳的父母为他讨老婆的故事,反映了农村地区的一些大龄男青年择偶难、结婚难的现象。

小说主要是通过故事情节和人物命运的描写反映社会生活，引发人们对社会问题的关注。之所以写这两部小说，是因为社会阶层流动问题、农村大龄剩男问题等长期占据了我的生活，是我在与这个社会相结合的过程中始终绕不开的话题。那么我是如何克服这些困难的，我自己与社会相结合的方式又是什么，答案就隐藏在这些文字当中。

　　我写出来的这六部作品，都有着特定时间和空间的"在场"，即它们是在它们碰巧产生的地方的唯一存在形式，假如换一个时空，它们就不会存在了。这些作品的这种"唯一存在"，决定了它们有在其存在的特定时空内自始至终所从属的历史。这个历史就是我在校园里的成长史。

　　虽然这些文字是在我的脑海里形成的，是我让它们成为文学作品，使它们借由各种机缘而获得生命。但是当它们形成以后，就具有了不一样的生命。更为准确地说，是和我一样的独立，而且是独特的生命。当它们散落在不同的读者之间、不同的文化之间，它们的生命就一次又一次地展示了出来，这就是这些作品的无数次生成的形式。我期待着这些作品，以及形成它们的机缘，能够在其他时空，能够在其他人身上，以另一种形式得到实现。

目录 CONTENTS

❋ 大学生活

❈ 大学亲证

❈ 大学留痕

❊ 大学友人

❋ 读书生活

❋ 影中世界

✷ 音随我动

大学生活

成长与生活

对于一个人一生的成长与生活而言,大学里的高等教育至关重要。那么,大学生在大学里是如何成长的?大学生在大学里怎样才能更好地生活?这些都是值得大学生们深思的问题。

首先,大学生的成长表现在对知识的追求上,要受到专业知识的熏陶和训练。这对于本科生而言尤其如此。本科阶段的成长主要体现在对知识的领悟和把握能力上面。这一阶段的知识主要是指"知其然"的经验层面的知识。通过学习这一层面的知识,能解决工作中相对应的具体问题。所以,在现实生活中,本科生的动手能力都很强,通常能够"现学现卖",就是这个原因。

其次,大学生的成长表现在对理想的塑造上。这个理想是指对整个人生理想的设计和追求。人们常说,大学是"象牙塔",是造梦的地方,这是因为大学为大学生提供了追求理想的舞台。通俗地说,理想就是人生的兴趣,也可以理解为,你活在这个世界上,到底真正需要什么?大学就是寻找这些问题答案的地方。大学生只有专注于人生的这些兴趣,才能为自己找到安身立命的法宝。可以说,理想正是大学生成长的精神动力。大学生既可以通过理想找寻人生的价值和意义,又可以通过理想正确对待生活中的逆境和痛苦。

最后,大学生的成长还表现在对生活能力的锻炼上。对知识的追求可以说是对主观能力的训练,对生活能力的追求则是对实践能力的培养和锻炼。人们通常是从一个人的实践能力来观察其为人处世的能力,这种实践能力就体现在这个人做过的一件件事情当中。在大学里,大学生可以通过许多活动来培养自己这方面的能力。只有不断提升自己的生活能力,才能在大学生活中拥有一个良好的生活姿态。然而,许多大学生都没有这方面的意识,认为仅仅把专业课学好就是完成了任务。殊不知,专业知识的学习也要转化为生活的能力,才能在生活中发挥出应有的作用。因此,大学生一定要注意培养自己的生活能力。

除了以上三个方面,我们还可以从更深的层面来思考大学生的成长。大学生的成长还在于对爱的能力的培养。弗洛姆在《爱的艺术》一书中提出,爱是一门艺术,爱的问题不仅是一个对象问题,而且是一个能力问题。如果说兴趣就是爱一个东西,那么这种爱还仅仅停留在爱的对象阶段,爱的更高层面是拥有爱的能力。大学生如果能拥有爱的能力,就会在生活中把自己的成长放到对爱进行思考的过程中展开,随之会有意识地培养自己爱的能力。这种爱就体现在把自己的成长与周围人的幸福,乃至整个人类的幸福联系在一起。

这样的大学生活才是有思想的生活,有思想的生活是人最本真的存在。在大学生的成长过程中,最为关键的一个环节就是拥有自己的思想。而思想与生活联系最为密切的地方就是大学,大学是产生思想的地方。知识只是思想的一种载体,思想最终通过能力得以体现。而通过能力体现出来的思想反映了大学生对世界的理解,大学生是在自己不断创造的生活世界中得以成长的。对于大学生而言,成长的意义就在于生活世界是自己创造的、是为了实现自身发展的。因此,大学生要不断提升自己的思想水平。

上海大学老校长钱伟长先生要求学生做"一个全面的人,是一个爱国者,一个辩证唯物主义者,一个有文化修养、道德品质高尚、心灵美好的人;其次才是一个拥有学科专业知识的人,一个未来的工程师、专家"。这说明一个人的成长应该是全面的成长,而不应仅限于某一领域的知识,或某一方面的能力。只有如此,这个人才是一个全面发展的人。

读 书 与 生 活

　　读书是生活的一个重要组成部分。

　　读书,尤其是广泛阅读各类文学名著和经典学术作品,是我作为一名学生的主要生活方式。因为只有在看这些书时,我的情感才能够得到慰藉,才能够感受到身心的愉悦。

　　正如弗兰西斯·培根所言,读书使人充实。读书的过程就是一次启迪智慧、修养人性、愉悦身心、通达真理的过程。只有通过阅读才能发现,他山之石可以攻玉;只有通过阅读才能体会,凡有所学皆成性格;只有通过阅读才能感悟,近悦远来江流有声;只有通过阅读才能臻至,大象无形真水无香。

　　读书是生活的润滑剂。生活有时是枯燥的,读书可以为生活润色增彩。当人们在真实的生活中忙碌奔波时,读书是发现自己的一种最好的方式。关于生活里的许多问题,对于人生中的多重困惑,作者都会在书中娓娓道来。当你的心灵与作者的智慧产生共鸣,就会感受到无比的喜悦,发出会心的微笑。人类的知识无穷无尽,而这一切的精神财富都在书籍当中。

读书能够振奋人心。每当我阅读完一本名著之后,在有可能的条件下,我都会再欣赏一下由名著改编而成的电影。它为我们提供了一个深化认识、增强理解的现实途径。例如,英国女性作家简·奥斯汀的名著《傲慢与偏见》,在这部社会风情式的小说中,我们会被作者生动地描写18世纪末到19世纪初处于保守和闭塞状态下的英国乡镇生活和世态人情所感染。作者运用当时社会上流行的感伤小说的基调,描绘了她周围世界的小天地,尤其是绅士与淑女间的婚姻和爱情风波,真实地再现了当时社会的历史风貌。

作品中的男主人公达西是一位外表冷酷而英俊的达官显贵,他的不善言辞让人们产生误解,以为他待人接物傲慢且偏见。女主人公伊丽莎白是一位活泼、可爱的乡村姑娘。她和世人一样,刚开始对达西的"傲慢"存有偏见,而达西却对天性活泼的伊丽莎白好感未减。处于上流社会的达西的妈妈和姐妹们对达西的这种态度愤慨而百般阻挠,伊丽莎白的姐妹们也醋意横生而千方干涉。当得知伊丽莎白的家庭危机后,为了化解危机,消除她的误解,达西作出了巨大的努力。最终她对达西的种种偏见都化作了对达西真诚的爱。一对曾因傲慢和偏见而延搁婚事的有情人终成眷属。

根据这部名著改编而成的同名电影,我看了数次。每次看完,我的心田都缀满了无限的激动。作品不仅极力地描写了当时社会的世态炎凉、哥特式建筑风格的富丽堂皇、怡然自得的田园生活,而且细致地刻画了人性的善良与丑恶的博弈。随着故事情节的发展,导演乔·怀特在美丽的画卷上适时地安排动人的音乐,激发了人们内心的美好情感,让人感觉无限地享受。他凭借这部电影一举成名。

简·奥斯汀除了这部力作之外,还有诸如《曼斯菲尔德花园》《爱玛》《诺桑觉修道院》和《劝导》等一系列的优秀作品。在"千年作家评选"活动中,简·奥斯汀紧随莎士比亚,成为英国最伟大的女性作家。英国文学史上出现过几次趣味革命,文学口味的翻新几乎影响了所有作家的声誉,唯独莎士比亚和简·奥斯汀经久不衰。而由她创造出来的一大批人物,开启了19世纪30年代现实主义小说的高潮。

读书就是在读生活。读不同时代的书,就是在体会不同年代的生活。通过阅读《傲慢与偏见》,我们能洞察英国人严谨的思维习惯,了解英国人贵族式的生活方式,感受英国诗意化的自然风光。我们也能真正地知道在世界上还有一种和我们不一样的生活,而这种生活方式对我们的认识和思考无疑会产生巨大的影响。当今中国关于精英文化和大众文化的探讨,即是对其折射之一。

读书就是在认识自己。读不同风格的书,就会对自己产生不同的认识。通过阅读,我们能够提升自己的思想境界,提高人生品位,进而升华自己。各类文学名著和经典学术作品都包含着作者对人生的探讨、对生活的认识、对人性的把握和对真理的追求。阅读他们的作品,不仅是阅读书中的内容,也是与作者的一次思想对话。这种学习有助于借他山之石,雕自身这块璞玉。

读书也是一种生活态度,它能够间接地增加人生的阅历,丰富个人的情感世界,对书中乃至现实的世界拥有了一种既经验又理性的把握。选择读书,意味着选择了一种生活方式。对这种生活方式的选择,会更加坚定人们对知识的信仰和对真理的追求,也才有可能使我们更好地生活。因此,选择读书,充实生活,我们会生活得更好。

科研与生活

每个人生存在这个世界上都在寻找生存的意义。人生存的方式表现为人的生活，而其他生物的生命存在方式仅仅是无意识的"生存"。因此马克思说："动物是和它的生命活动直接同一的。它没有自己和自己的生命活动之间的区别。它就是这种生命活动。人则把自己的生活活动本身变成自己的意志和意识的对象。他的生活活动是有意识的。……有意识的生活活动直接把人跟动物的生命活动区别开来。"

既然人的生活高于动物的生存，那么人作为超越纯粹自然的存在，在寻找自身生存意义的过程中，就能使人从动物式的纯粹生命存在转化为人所特有的生活存在。在日常生活中，人总是根据需要形成目的，从而在目的的推动下自觉地去改变、掌握和占有自然。在这个过程中，人用"内在固有的尺度"，并按照"任何物种的尺度"（马克思语）来衡量自然，从而把人生存的自然世界变为人生活的生活世界，这体现了人所构建的"有意义"的生活世界图景。由此可见，人的生活意义体现在人的日常生活过程当中。

研究生的生活主要是进行科学科研,即通常挂在人们口中的"搞科研"。以前人们口中的科学研究主要是指具有理工科背景的老师和学生做的事情,与哲学社会科学及人文艺术类的老师和学生没有多大关系。这种认识不仅是对科学研究的误解,而且也会造成对从事哲学社会科学和人文艺术类科学研究工作的误解。

"研究"一词比较容易理解,主要是指通过有计划、有系统地收集和分析资料,寻找解决问题的可靠性依据,获得解决问题的过程。哲学社会科学和人文艺术类的研究生进行相关专业的研究,人们一般可以理解。如果认为他们是在进行科学研究,就需要对"科学"的实质进行认真审视。

"科学"一词译自西方的"science",1893年由康有为从日本引进中国。之后严复在翻译《天演论》等著作时,使用"科学"术语。在西方,马克思恩格斯认为,"科学就在于用理性方法去整理感性材料"。瓦托夫斯基也说,"我们可以最广义地把科学定义为理性活动"。这里的理性是指与感性思维活动相对应的概念、判断及推理的思维活动,又指从辨别是非、利害关系上来控制自己行为的自觉能力。

从科学和研究的定义可以看出,它们有着紧密的相互关联性,其中相互重叠的地方主要在于,科学和研究都是试图通过理性地发现问题、分析问题和解决问题,从而使人能够更好地认识和改造外在的客观世界。所以,人们通常把"科学"和"研究"放在一起使用,统称为"科学研究"。那么,哲学社会科学和人文艺术类的师生进行相关专业的研究是否属于科学研究?

哲学社会科学和人文艺术类的师生进行相关专业的研究,主要是通过某种研究载体,如"宇宙""人生""社会""文化""历史""音乐"等,运用理性思维的思想去构造现实的生活世界。这是一条通过思想去支配精神现实和生活现实的路径。这种路径因其能够通过理性发现问题、分析问题和解决问题，从而使人能够更好地认识和改造我们生活的世界，因而从事哲学社会科学和人文艺术类的研究当然属于科学研究。

因此，可以说，研究生的生活主要是进行科学研究。对于从事哲学社会科学研究的研究生来说，科研是我们主要的生活方式。在每天读书与学习、思考与写作的过程中，我一直试图用科学研究的理性思维方式来认识外在生活世界，并用这种认识来把握独立于外在生活世界的我的内心世界，以此来不断地完善和发展自己。同时通过认识和把握生活世界，用不断丰富的自我，为生活的世界作出自己应有的努力和贡献。

在这一过程中，人生意境的不断提升可以促进我对生活世界的深刻理解，因为理性作为思维活动和自觉能力本身是不断发展的。就像海德格尔所说的那样，"通过一个已知之物建立一个未知之物，同时通过未知之物来证明已知之物"，这就是创新性的提升和发展，也是深刻的认识和理解。研究生的科研生活就是要培养这种创新性的意识和创新性的能力。这既是一种"授人以渔"的方法体现，又是一种追求真理的生活表达。

黑格尔在《法哲学原理》一书中也表达过同样但更为深刻的思想："只有通过对他自己身体和精神的培养，本质上说，通过他的自我意识了解自己是自由的，他才占有自己，并成为他本身所有以对抗他人。"黑格尔的这段话不仅表达了上面我所谈到的研究生生活感受，也表达了研究生从事学术研究的价值和意义。

其一，研究生生活在于通过学术研究达到对自己精神的培养。在研究生阶段，一个人的精神表达着这个人最本质的生活状态。因为学术研究最深层的意蕴在于提升人的精神境界，并且研究生良好的精神状态可以成为调整个人生活的现实力量。

其二,通过研究生阶段的教育,每个人都可以在对自己精神的培养中过一种自由的生活。黑格尔说:"自由仅存在于精神在自己内部的反思中,存在于精神同自然的差别中,以及存在于精神对自然的反射中。"这表明研究生要有意识地通过自我精神的培养,在一种自由的生活中解放自己。

其三,只有真正占有自己才能实现自身的解放。占有自己就是自己给予自己以内容,这种内容是我采用学术研究以普遍方式占有客观现实。在这一过程中,我时刻感受着精神的力量,直到我成为一个精神上有教养的人,从而我能以我本身所有不断实现自我否定的否定。

其四,对抗他人并不意味着与他人的冲突,而在于实现对他人的解放。通过学术研究,研究生要表达自己的思想。通过表达思想,研究生可以把自己从现实生活中突显出来。

其五,研究生在学术研究中通过特殊性与普遍性的同一,把自己的思想规定为现实的和有效的东西,从而使人得以理解。研究生的学术研究都体现着个人的独特性思想。通过表达思想,这种思想就变成一种可转让的精神产品。因为表达思想是转让思想的一种独特形式。在这种表达中,思想就由特殊性转变成更为普遍的关系,这时的思想就是现实的和有效的某种东西,在被其他人理解的过程中实现了人的目的。

因此,我一开始读研究生的目的就很明确:我试图通过学术研究寻找我在这个世界上生存的意义。我在进行学术研究的过程中,时常能够感受到从事学术研究带给我精神上的愉悦。这表明我找到了适合自己的生存之道。更确切地说,从事学术研究工作是我在这个世界上的生存之道。正因如此,我特别珍惜这个来之不易的学习机会。如果说我为了学习如何进行学术研究放弃了很多东西，那么我在这里已经得到了我最想得到的东西。正如2013年度的诺贝尔文学奖获得者爱丽丝·门罗在其短篇小说《空间》中说的那样："在这儿，我们的思想所得就是我们的全部所得。"

当一个人义无反顾地选择了科研这种生活方式，就可以看出，他是发自内心地热爱这种生活方式。所以，只有用心做好，才能在科研路上越走越好。

理想与生活

　　人们常说大学是"象牙塔"，这意味着大学是产生理想的地方。理想，顾名思义就是对未来事物的美好想象和希望。大学生都在追求理想，因为大学为大学生提供了追求理想的舞台。黄金时代的大学生活让我感觉到，这是我人生中的一段美好时光。怀揣着这份眷恋，我进入了西西弗斯式的研究生生活。我更加清晰地认识到理想对于大学生活的重要性。

　　王小波的《黄金时代》告诉我们，每一个人在其一生当中都有一段黄金时代。对于大学生而言，大学生活就是人生的黄金时代。不管你是"书生意气，挥斥方遒"，还是"指点江山，激扬文字"，为了理想而流淌出一腔热血成为大学生活的真实写照。理想应是大学生头脑中的"应当"意识，应成为描绘大学生活最为重要的出发点。不管你是参加社会实践活动，还是勤学苦读硕果累累，一个精彩无憾的大学生活无不体现着"我应当这样做才能实现理想"的信念。

　　因此才说理想是大学生活的力量源泉。生活容易变化，心灵容易疲惫，因而就需要理想的指引。为理想而痛苦是每个学生都有过的经历,对研究生而言更是如此。研究生的生活就像希腊神话中推着巨石上山复又落下的西西弗斯一样,每一次的科研都是一次推巨石上山的过程。执着于每一次科研中的"现在",因而去体验每一个"现在",才能充分体悟到科研中的生活意义。研究生就是通过在科研中建构意义世界,从而表达自己对生活的理想图景。

因而在求学过程中,理想帮助我们树立起良好的大学生活姿态。这是因为理想是自我的价值标尺,当达不到理想的时候,内心就不可避免地会失落。这份落差恰恰是理想对于我们而言的可贵之处。通往理想的奋斗道路必然是曲折向上的,为理想而痛苦让我们真切地体会到生活的不易,也因此更让我们珍惜可贵的生活,鼓励我们继续为理想而奋斗。理想让我们在自我意识中正确对待生活中的痛苦,把痛苦和逆境当成生活中的精神财富,从而在不断提升人生境界的过程中加深对生活世界的理解。

对于大学生而言,要想树立良好的生活姿态,就必须正确认识和对待理想。理想通常与兴趣直接相关。理想有时不与专业挂钩,因为所学专业并不一定就是人生的兴趣;理想不与职业等同,因为所从事的职业也非全然就是人生的兴趣。只有自己的人生兴趣,才能够表达自己的生活理想。许多大学生就没有正确认识到专业、职业、理想和兴趣之间的关系,因而在选择专业和职业的过程中表现出了偶然性、随意性和盲目性。这是没有准确把握人生的兴趣和生活的理想的体现,必然导致其在生活中逃避现实。

这就启示我们,每个人的理想都是在被思考和被发现的过程中展开的。人这一辈子最可贵的就是发现和找到自己的理想,并且在奋斗的过程中没有丢失自己的理想。大学是产生理想的地方。在这个人人都能发光发热的舞台上,根据自己的兴趣找寻人生的理想,不仅不是一件难事,而且是一件幸福的事。只要你在不断地思考和找寻,相信你在生活中一定能够找到自己的理想。

朋友与生活

　　朋友是我们生活的一个重要组成部分。不论我们是什么样的人，处于什么样的年纪，拥有什么样的心智，都渴望交到懂我们的朋友。正是有了他们，生活才会多一份温馨和惬意。所以，一人一辈子能拥有几个知心朋友是一件很幸福的事情。那么，我们为什么会感到朋友如此的重要？我们的生活又离不开他们？

　　朋友是我们生活中的成长伙伴。我们对朋友的这份感情，最初流淌在我们小时候的玩伴身上。在天真美好的童年时代，我们同自己的小伙伴们一起成长，他们带给了我们许多的欢乐，这些欢乐成为我们一辈子难以忘怀的记忆。长大以后，我们中的大多数人都拥有了自己的生活，于是，相互交流的次数越来越少，甚至由于种种原因，有些小伙伴再也无法相见。

　　可是，我们总是忘不了这些人。我们在同一个地方长大，却开始了不一样的命运。正是因为不一样的命运，我们更加关注彼此的发展。为了发展自己，我们都在自己的世界里打拼，每一种生活都充满着喜怒哀乐。虽然我们不知道彼此的烦恼和幸福,却都明白大家一直在努力生活。无形之中,朋友就成为我们前进的力量。

朋友是我们风雨同舟的人生伙伴。生活中难免会经历一些"风吹雨打"。在我们最需要帮助的时候,总是身边的朋友第一时间出现。他们可能会帮助我们解决当下的困难,也可能他们没有这个能力,但是会安慰我们,慢慢抚平我们心中的苦闷。如果我们到了他们生活的地方,他们会热情地招待我们。前两天,我去西安办事。我小时候的朋友柴红康就极尽地主之谊,这让我特别的感动。在我们需要帮助的时候,朋友就出现了。

在日常生活中,我们一直在结交朋友。这些新朋友有着自己的生活环境,在他们熟悉的生活环境里,他们给我们提供了不少生活方便。他们是我们新生活环境中的引路人,正是有了他们,我们才能顺利地适应新生活。所以,霍夫曼斯塔尔才说:"我们的朋友比我们想象的少,却比我们认识的多。"他的这句话真是耐人寻味。

随着生活的变迁,我们结交的朋友类型也在发生变化。这时候,我们就有了新朋友和老朋友。正如《永远是朋友》这首歌唱的那样:"结识新朋友,不忘老朋友。多少新朋友,变成老朋友。天高地也厚,山高水长流。愿我们到处,都是好朋友。"这首歌表达了我们对于交朋友的一种心声。在我们的生活中,最难得的就是交到好朋友,愿大家都能在生活中交到好朋友。

贫穷与生活

贫穷是很多人内心的情感底色,也就是说,这些人是通过思考贫穷来体悟生活的。他们明白贫穷是什么意思,因为他们大都有过贫穷的经历。即使以后摆脱了贫穷的生活,他们也是围绕着贫穷思考生活的意义。这样说来,思考贫穷并不意味着就在过贫穷的生活,而更像是在探寻生活的真谛。

对于我而言,贫穷总是与我的童年生活紧密联系在一起,在我身上更多地表现为贫穷对我童年梦想的影响。穷人家的孩子在童年会拥有许多梦想。因为家境窘迫,父母每天都为生存问题忧心焦虑。像我这样的孩子的梦想往往被忽视,可是我并不介意。因为当时的我还不明白贫穷对我而言意味着什么,我只是把贫穷当成了实现梦想的童年背景。

慢慢长大以后我才发现,贫穷对于一个人来说太可怕了。贫穷意味着你不能接受良好的教育,意味着你不能过很好的生活,意味着你需要比别人付出更多的努力才能实现梦想。因而在叛逆的青春期,我曾一度在心里厌恶贫穷。怎样才能摆脱贫穷的生活状况呢?父亲给我指出了通过高考改变命运的这条人生道路。从那个时候开始，我就避而不谈贫穷，只想通过自己的努力改变人生的命运。

于是我就这样一路走了下来。现在回想起来，我觉得当时的有些想法很是可笑。贫穷就是罪恶吗？我们的父母不是照样生活在农村吗？他们肯定知道贫穷的生活对他们而言意味着什么。可是他们很坦然地生活了一辈子，不能说他们的生活不幸福。他们不希望我们再过他们那样的生活很有可能是因为，对于我们来说有更好的生活等着我们。

所以现在看来，贫穷并不是一件坏事，贫穷反而成了我这些年的生活动力。常年在外求学，不免要经受"风霜雨雪"。每当心情低落的时候，总有一种生活信念支撑着我，这种信念大概就是要摆脱贫穷生活的信念吧。我相信，很多大学生都会拥有我这样的信念。在这种信念的支撑下，我们在求学的生活中就会感受到温暖，这种信念和温暖就是对贫穷命运的抗争。

这是贫穷带给我的财富。虽然我现在还没有工作、没有房子、没有很多东西，但是我并不认为我很贫穷。恰恰相反，我感觉自己很富有。我相信，这种精神上的富有以后会给我带来生活上的富有，然而生活上的富有只是精神上的富有的副产品。换种表述来说，没有谁会因为生活上的富有一直沾沾自喜，他们很清楚这是一个无法填满的无底洞。但是人们都很珍惜精神上的富有，尤其是当一个人在精神上缺乏很多可贵的东西时，这种富有就更显得宝贵。

可见贫穷不一定仅仅是指物质上的匮乏，可能更多的是指精神上的匮乏。我在青少年时经历过物质上的贫穷，反而让我更加注重精神上的富有。所以我在现在的生活中，一刻也没有松懈要实现自己的童年梦想。在这个过程中，贫穷就成了我内心的情感底色。从这里出发，我找到了一个全新的生活世界。

日记与生活

　　当生活离不开记日记,日记不但成为生活的重要组成部分,同时它所记录的生活也成为生命不可或缺的呈现载体。每个人的生活都是生命得以展开的体现,日记通过记录真实的生活就成为生命的真实写照。于是对于个体而言,日记不仅是记录生活的工具,更是思考生命的表达。

　　我的有意识的生活就是从记日记开始的。一开始,记日记只是小学语文课的一项重要学习内容。老师让我们把每天所遇到的和所做的事情记录下来。慢慢地,当老师已经不再检查我们的日记,我反而把记日记当成了一种生活习惯。在我的日记里,有我的故事、我的秘密、我的情感和我的幻想……

　　每当我遇到不顺心的事情,我就会在日记里宣泄我的情感;每当我遇到开心的事情,我会愉快地把它们记在我的日记里面。时间一长,这些日记就成为我生命的记录。有些事情,我已经忘记了。但是当我翻开以前的日记本,这些我成长过程中的事情又会活蹦乱跳地映现在我面前。这令我突然间就感受到了成长的美妙,同时感受到了日记的魔力。

我在日记本内页的页边距上粘着一些贴图。这些贴图都是十几二十年前流行的歌星和影星的图片。年少时的我们都曾迷恋过他们,长大以后,我才明白,我们不应该被这些明星的光环所迷惑。每个行业都有自己的明星,这些人同样值得我们钦佩。因为我们更有可能通过努力成为他们。

除了贴图,我还看见不同颜色的糖果包装纸,它们被夹在不同颜色的字迹上面。而在这些字迹中,有些是工工整整的,有些是为了增加美感,故意写得歪歪斜斜。虽然没有人会看到这些装饰性的日记,但我还是想让它们更完美一些。我看着这些曾经用过心的痕迹,心中缓缓升起一种温暖。这些被自己装饰过的日记,说明我曾经拥有过美好的青春。

长大以后,记日记就成为我在写作中极为重要的一项内容,而写作已经成为我生活的一个重要组成部分。我开始有一种想把自己写的日记发表的冲动,我觉得这些日记就像是自己的孩子,需要得到外面世界的认可。我开始把自己认为对生活有些想法、情感比较浓烈的日记进行投稿。终于在某一个时刻,我的日记开始被发表。之后,我就再也停不下来了。

自己的日记被社会认可,就意味着这些日记里的生活被认可了,更意味着我对这些生活的所思所想、所感所悟被认可了。这对我而言是一种莫大的鼓励。它激励我更加努力地生活,把我对生活的热爱转化为可以延续的表达。我的这些日记就是我想要表达的生活,这种生活把我和身边人联系在一起,让我们都同样感受着生活的美好。

所以,当身边的同学跟我说:"你为什么能够写出这么多的随笔?这些随笔都充满着一种温暖,给人以向上的正能量。"

我每次都这样回答:"我的很多文章都是在生活极度痛苦的情况下写出

来的。然而写出来的每篇文章都很温暖,其实这是我自己对自己的心灵疗愈。"

生活中的苦难反而让我更加热爱生活。我把这种热爱用日记的形式表达出来,通过与大家分享,我希望大家都能更好地生活。

由此看来,大学生应该经常记日记。高校是承载思想和理想的重要载体,大学生是高校的主人,更要有意识地提升自己的思想水平,勇敢地追求心中理想的生活。记日记就为大学生提供了这样的心灵平台。在日记里,大学生能与自己进行对话,感受自己的情感,反思自己的生活,从而不断锤炼自己的受挫力和上进心。在这种对生命意义的思考当中,记日记就成为大学生提升自己思想水平的一种重要方式,同时也成为调节生活和理想的一种重要形式。希望大家都能从日记中找到属于自己的生活。

思想与生活

　　人与动物最为显著的区别是人有思想。动物活在世界上只是为了生存，而人活在世界上却是为了生活。人的生活高于动物的生存，就在于人有思想。有思想的生活才是人最本真的存在。

　　思想与生活联系最为密切的地方就是大学。大学是产生思想的地方，然而许多大学生认为大学只是传授知识的地方，这是一种误解。知识是思想的一种载体，但是知识并不等于思想。思想是主观能力的体现，这就解释了一种社会现象，许多大学生毕业之后从事的工作与专业无关。但是这些大学生都能胜任工作，这说明他们已经把大学里的知识内化为工作中的思想。

　　知识内化为思想的过程就是知识体现为能力的过程。人的知识有三个层次，即"知其然""知其所以然"和"知其必然"，依次对应经验层次的知识、理论层次的知识和意识中更高层次的知识。经验层次的知识侧重于人对世界的认识，理论层次的知识和意识中更高层次的知识侧重于研究人与世界的相互作用。本科阶段主要学习经验层次的知识，研究生阶段主要学习理论层次的知识和意识中更高层次的知识。不管处于哪个阶段,知识都是可以传授的。

人的知识有三个层次,相应地人的能力也有三个层次。较低层次的能力与如何获得"知其然"的知识相联系,较高层次的能力与如何获得"知其所以然"的知识相联系,更高层次的能力则与如何获得"知其必然"的知识相联系。不管是哪个层次的能力都不能传授,而是只能培养。这既意味着教师对学生能力的培养,又意味着学生对能力的自我培养。而且从根本上说,教师对学生能力的培养只能从外因上起到激发内因的作用,能力的培养只能是学生自我的培养。

对于本科生而言,自我能力的培养主要体现在把握知识的能力上;对于研究生而言,自我能力的培养主要体现在研究知识的能力上。只有从能力中才能看出一个学生的思想水平,因而能力是学生思想的集中体现。在生活中本科生能够"现学现卖",是因为他们通过学习相关知识就能解决工作中的具体问题;而研究生在生活中则要思考诸如"这些知识合理吗""这些知识对人类有什么意义"之类的问题,因此科研生活对研究生提出了更高的要求。研究生只有养成严谨的学风、刻苦钻研的意志和勇敢的探索精神,才能在已知的基础上探索未知的领域,同时通过未知之物来证明已知之物。

由此可见,不同层次学生的生活方式体现了不同层次学生的思想水平,不同层次学生的思想水平又体现了不同层次学生对于生活意义的不同理解。从根本上来说,大学生的生活世界的意义,就在于生活世界是大学生自己创造的、实现大学生自身发展的世界。因此,大学生要有意识地提升自己的思想水平,锻炼自己的主观能力,不断思考自己的生活方式,才能在自己创造的生活世界中加深对生活意义的理解。

文学与生活

　　我很小的时候就喜欢上了文学。记得有一次，父亲出车回来给我带了两本故事书，我当成宝贝，爱不释手地翻阅了好多天。我沉迷于书里的童话故事。可能，我从小就喜欢天马行空之类的幻想吧。按照一些人的说法，我喜欢"务虚"而不是"务实"，这或许就是我的性格。我在坦然接受的同时，一直乐在其中。

　　在我具有独立阅读能力的时候，我就开始进入了文学的广阔天地。我早已不再满足于语文课本上的文章，就在身边搜索着能借到的读物。我记得，初中的伙伴们都喜欢金庸和古龙写的武侠小说，他们宁愿花五角钱借出一本书来读上一周。他们读完之后，我就凑份子式地拿过来读一下。我只喜欢书里的故事情节，因而总是狼吞虎咽地读着。这种不求甚解确实给我的精神生活带来了丰富多彩，却没有给我的写作带来多少益处。

　　我在高中阶段就喜欢上了世界名著。在学校的附近，有许多小型书店，里面有许多我想阅读的书籍。我一有空，就跑到当时的"精神家园"，如饥似渴地占有着它们。每当读完一本,我就开心极了,连忙跑回宿舍,在笔记本上记下这本书的书名,这就是我当时最得意的"战利品"。我还记得,英国女作家夏洛蒂·勃朗特创作的长篇小说《简爱》是最令我感动的一本书。我在高一语文课的考试作文里写了这本书的书评。我满以为会得到语文老师的青睐,想不到她却给我的书评浇了一盆冷水,说我写得很不规范。可以想象,我当时多么灰心失意。可是,这次大胆的尝试却在我的心灵深处播下了创作的种子。

我在大学里就开始写一些生活感悟类的小文章。当时的我天真地把文章寄给了许多报刊,却没有收到一封回复信件。我当然失落了,但我怎么会就这样轻易放弃了写作的梦想呢?我就把写出来的东西拿给身边的好友看。他们都鼓励我,让我继续写下去。我可能朦胧地意识到自己的写作水平不够,就大量地阅读各类文学作品。如果让我谈一下历届诺贝尔文学奖的获奖作品、中外文学名著等,我立马就能对答如流。阅读文学书籍就是我当时生活的一个重要主题。

在攻读硕士学位阶段,我的文学创作才真正有了突破。几乎是一下子,有好多家报纸类刊物都录用了我的随笔。第一次看到自己的文字变成铅字的时候,那种喜悦感和成就感真是一辈子难以忘怀。我把这种质变归结为以下原因:一是文学阅读的长期积累,二是内心情感的逐步积淀,三是写作技巧的不断提高,四是人生爱好的持续推动。于是,文学写作就成为我生活当中的一部分。我把生活感悟和人生情怀都通过文字的形式表达出来,既在感受着生活的点滴美好,又在记录着自己的成长之路,确实让我感受到了生命的价值和意义。

之后,我的文学创作之路就没有停止过。我沉浸在阅读文学作品的快乐之中,并把我感悟到的心灵收获通过文字的形式传达出来。虽然我的生活几经变化,但我的文学创作之路却从未改变。我既在阅读文学作品的快乐中感悟着生活的美好,又在从事文学创作的过程中享受着心灵的自在。正是文学让我的生活充满着乐趣,尤其是当我领到稿费的时候,我就迫不及待地跑去书店买我想要的书籍。这是文学带给我的恩赐。我还要感激赏识我的编辑老师们,没有她们,我不可能在文学的道路上一直坚持下来。我想,我会一直沿着这条文学之路走下去,让文学写作不断充实我的生活。

心灵与生活

在日常生活中,大多数人都在忙于应付各种事情,心灵就容易疲倦。很多人会说,"活得真累"。其实,不是我们生活得很累,而是我们的心灵累了。这尤其是对当代大学生来说的。大学生的人生尚处于起步阶段,心灵还没有受到外面世界过多地熏染,往往会理想化地理解生活。由于没有受过较大的挫折,当大学生活中出现不如意的事情,心灵就容易受挫,感觉活得很累,从而走各种极端。大学生要有意识地培养处理好心灵与生活的能力。这就是我们通常所说的:大学生要守护好自己的心灵。

一般而言,一个人的心灵成长与他的生活阅历有着直接的关系。大学生的生活阅历往往比较简单,从家庭走向学校,大学生感受着亲人和老师们的关怀和帮助,缺乏大量的社会阅历和生活历练。这既表明大学生的心灵比较单纯,很少受到生活中不良环境的影响;又说明大学生的心灵比较脆弱,当受到打击时,心灵就容易受到伤害。我们的生活环境原本是复杂的,只不过是大学校园环境相对而言较为简单。这就为大学生提供了一个历练心灵的场所,大学生要在大学里学会处理好人与人之间的关系、学业与爱情的关系、人生理想与当下生活的关系,等等。

无论我们面对的生活多么复杂,只要我们勇敢地迎接生活的挑战,就能让我们的心灵不断地成长。大学生要有自己的生活。心灵需要什么样的生活,大学生就要勇敢地去追求。只有这样,大学生才能在自己的生活中坦然面对自己的心灵。大学生的心灵往往比较纯洁,这是因为他们的心灵中正收藏着人生中最美好的青春年华,他们的生活也往往丰富多彩,能够演绎出最动人的青春乐章。所以,只有在大学校园里才有"心有多大,生活的舞台就有多大"的豪迈话语。大学生需要做的就是用自己的心灵发现生活中的精彩,心灵的力量可以使大学生们飞得更远。

如何让心灵的力量转化为生活的动力? 这是一个需要认真思考的重要问题。心灵需要幻想。这里的幻想不是不切实际的胡思乱想,而是一种有勇气的大胆设想。大学生可以设想自己的大学生活如何更加精彩,可以设想自己要实现的人生理想,可以设想自己今后拥有怎样的理想生活,等等。所谓心灵的幻想就是给予自己前进的生活力量。

曾有一段时间,心灵的幻想就是我的生活支撑。当时的我想要继续在学业上有所突破,攻读硕士和博士学位的想法时时徘徊在我的内心深处。正是在这一心灵的幻想和召唤下,我才逐渐走出当时的生活低谷期,开始自己想要的理想生活。我发现,身边有许多大学生拥有和当时的我一样的想法,那就朝着自己心灵的方向勇敢追求自己想要的生活吧!

在奋勇拼搏的过程中,心灵容易疲倦。除了身体劳累,心灵的疲倦感也会以漂泊的方式表现出来。大多数大学生都是在远离家乡的异地求学。由于难以适应新环境而产生的水土不服、朋友较少、不适应大学生活等原因,会使大学生产生失落感、孤独感、自卑感等不良情绪。这其实是大学生的心灵在漂泊的一种表现。大学生的生活是一种漂泊的生活,在工作、婚姻等诸多问题没有解决之前,大学生的内心肯定充满着迷茫。大学生此时需要做的是,在漂泊的生活中结束漂泊的心灵。那如何才能做到这一点?大学生应在大学生活中充分准备人生的各种才能,包括储备专业知识、锻炼生活能力、提升人生境界等方面。在充实人生的过程中,心灵才能得以安放,生活才会以饱满的形态得以绽放。

当然了,心灵也需要修行。大学生尤其要注意自己心灵的修行。注重自己心灵的修行,既表现为在学习、做人和处事的过程中更好地生活,又体现在通过解决各种生活问题回归心灵的家园。心灵的修行不是一种逃避现实生活烦恼的借口,而是通过解决生活中的具体烦恼和痛苦,找寻到自己内心的真正需要。大学生一定要明白这一点,通过其他极端行为是不能解决任何问题的。我一直关注自己心灵的修行,并试图通过这一途径使自己的生活更加理想。我还认为,心灵之间可以相互感染,一个人在修行的过程中,会逐渐感受到心灵的力量,并用这份美好感染他人。在相互感染的过程中,每一个人的心灵都可以变得很辽阔。这正是心灵的力量给予我们生活的恩赐。

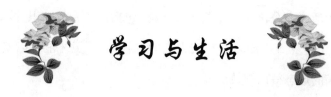

学习与生活

　　人们通常会认为,学习主要是学生的事情,这里的学习是指专业知识的熏陶和训练。如果转换视角来思考,凡是要发挥人的主观能动性用于解决现实生活中的问题,都可以称之为学习,这样学习就成为每个人生活中的重要组成部分。

　　在生活中,学习是作为人的内在需要而产生的一种社会现象。每个人在生活中都会遇到形形色色的问题。为了解决这些问题,人们就会发挥主观能动性,这就是学习的表现。这说明,学习是人的生活的内在需要,而非外在要求。这同时表明,学习是人的最基本和最重要的需要,而不是基于外在的强迫性选择下的行为。否则,人的生活就没有办法正常维持。

　　对于学生而言,学习与生活之间的紧密联系表现得更为典型。这是因为学生的学习不仅表达为一种学习理论知识的过程,更在于学生的学习是在学习理论知识的过程中,要解决为什么学、为谁学、如何学、学会了什么等诸如此类的问题。恰恰是在学生对这些问题的探索和解答的过程中,学习的本质得到了体现;也是学生在对这些问题的探索和解答的过程中,学生才会对自我与自我的生活、自我与他人、自我与社会的关系进行主动的探索和理性的思考。

对于我来说,学习就是我的生活。作为学生的我首先要认真努力地学习,学习对我而言非常重要。我对学习的认识也经历了从粗浅到深刻的过程。刚开始,我把学习当作我的精神家园,用来为我遮风挡雨。这样的认识仅能让我好好学习,并不能让我真正明白"学习"一词对我而言的重要意义。因为学习对于现在的我来说,不仅是作为一种工具价值而存在,学习更像是能够安置我心灵的精神家园。这个精神家园已经不再是当初可以保障我暂时安定的生活场所,而是成为不断激发我建立有意义生活的心灵家园。

正是学习赋予了我这种宝贵的生活状态。只有自觉地意识到学习能够赋予人这样一种宝贵的生活状态,才能真正深刻地体会到,学习对于人而言是人生活的基本需要、内在需要,乃至最为重要的需要。这种需要的满足会远远大于其他许多层次的需要的满足,让人体会到学习为人们带来的精神上的愉悦和生活中的快乐。

哲学与生活

　　人们通常认为哲学是高大上的思考,是离生活很远的学问,其实不然,哲学就在我们的身边。哲学是关于生活的学问,专门教人如何过有智慧的生活。

　　当代中国哲学家张世英把"哲学的根本问题概括为人生在世'在世结构'的问题。'结构'就是指人与世界相结合的方式"。张老对哲学的认识很到位。中国人走到哪里都有一句口头禅,叫作"人生在世"。通俗来说就是人怎样生活在这个世界上?人抱着什么样的态度面对这个世界?这既是人生最大、最根本的问题,也是哲学的最根本问题。因此,哲学就是研究人与生活(世界)相结合的学问。

　　如何结合,就是体现智慧的地方。有些人不爱独立思考,生活把他变成什么样,他就是什么样子,因而成为被生活要求的某种人。有些人偏偏不肯安于现状,喜欢刨根问底并想改变生活。这类人想要成为他所想要成为的那个样子,因而处处体现着人作为人且能够成为人的本色。毫无疑问,后一类人是懂得把哲学与生活相结合的人。哲学的智慧莫过于使人成为人,而非使人成为某种人。在日常生活中,超越某种人的局限性就是哲学智慧的体现。

哲学的这种大智慧不是现成的生活答案,也不是既有的生活知识,而是对生活方式的追问,对生活信念的探究,对生活价值的反思。这就需要发挥人的主观能力。人的主观能力是最能体现人本质的能力。对生活世界是什么和这个世界对人有什么意义的思考,以及把这种思考运用于现实生活当中,都体现着人的主观能力。这种主观能力是使人与生活相结合的基本能力。

我喜欢学习作为知识形态的哲学,并注意思考生活中的哲学问题,都与我意识到了要充分发挥我的主观能力有关。"学有所思,思有所悟,悟有所为"就是主观能力的发挥。我在山西农业大学和上海大学的求学阶段,就接受过哲学教育的启迪,经历过哲学思想的熏陶,受到过哲学思维的训练,这使我在生活中时刻注意把生活所学转化为生活智慧。虽然我在学士、硕士和博士阶段的专业都不是哲学,但是我通过旁听哲学课程、阅读哲学书籍,与哲学老师们交流等多种途径,使自己爱上了哲学,并把自己的研究方向与哲学相结合,开展交叉学科方向的研究。

在平时的生活中,哲学已经成为我过一种有智慧的生活所不可或缺的存在。生活智慧可以通过主观能力得以体现,作为一名专门的科研工作人员,我的主观能力是通过学术论文、生活随笔、与人交流、服务社会、传承文化等多种形式体现出来。这些方面基本上概括了我平时的所思所想和所作所为,也大致描绘了我的现实生活和我的人生选择。我的人生和生活是我过有智慧生活的现实载体。而这种有智慧的生活既是我对生活的理解,又是我与生活相结合的体现,还可以说是我在生活中的一个展开。这就是哲学对我的生活启发。

自爱与生活

最近几年,各地大学校园里频发的伦理道德事件在社会上引起了一片哗然。有不珍惜自己生命的大学生自杀事件,有视他人生命为儿戏的校园刑事案件等。这些大学生要么不自爱,要么轻视他人,都让我们为逝去的年轻生命扼腕叹息。可能个中原因较为复杂,但是暴露出来的问题是:如何引导大学生正确认识自爱,教会他们如何有效处理好自爱与生活的关系,是教书育人的重要内容,也是大学生的一门必修课。

爱是人类的一种普遍情感,包括两个方向的爱的表达:向自身的爱是自爱,源自每个人生存和发展的本能;向他人的爱是仁爱,基于推己及人之心而为他人着想。生活中的人们为了实现自爱,就需要爱他人,因为自爱往往展现于对他人的仁爱之中。于是,为了过一种有爱的生活,我们既要勇敢地爱自己,也要自觉地爱他人。

爱自己可以有许多表达方式。有些人是通过外在的方式来爱自己,比如,要让自己在金钱、物质、权力、荣誉和肉体上得到快乐。这样的爱是贬义上的自爱，因为这是一种不断满足自身欲望的爱，容易将人引入种种歧途。生活中这样的例子真是数不胜数。其实，爱自己就要先满足自己的生活需要，这本无可厚非。可是，当自爱仅意味着多占有身外之物，就应当受到谴责。

有一种自爱应引起我们的关注，甚至我们应该用欣赏的眼光来看待。这种自爱就是爱有德行的自己，或者说，爱自身那个德行的部分。这里的自爱就是德行之爱，为了活出自我的高尚而爱自己，为了展现自我的善良而爱自己，为了表达对他人的爱而爱自己，最终为了实现全天下的爱而爱自己。于是，爱自己就要做好事而不能做坏事，爱自己就要严于律己宽以待人，爱自己就要行为高尚摒弃低俗，爱自己就要推己及人普爱天下。

或许，很多人会对这种自爱嗤之以鼻，认为这是一种完全理想意义上的自爱。我却不这样认为，如果每一个人都在高尚的行为方面相互竞赛，那么我们生活于其中的世界就是一个充满爱的世界。为什么我们就不相信自己能创造出这样的生活世界？我还相信，好人必定是自爱者，会通过自觉自愿的高尚情操实践对自己和他人的爱。我认为，这才是值得大家认同的自爱。

想要做到有德行的自爱很难，却很有人生意义，也能为自己的生活赋予价值。通过理性地爱自己是实现自我之爱的一种途径。古希腊哲人亚里士多德就认为："己者，理性之己；爱己者，爱理性之己。"他告诉我们，爱自己就要做理性的事情，尤其是用理性冲破欲望的束缚。虽然人的本性是趋利避害和趋乐避苦的，我们却要在理性的行为选择中超越自身的局限性，而从一种更高的人生境界中爱自己。

我刚开始也没有意识到什么才是真正的自爱。我在学校里受到一些委屈，就会滋生抱怨情绪，还想到处发泄。这可能是许多大学生的共性问题。

其实,校园里的问题都不太会是性质特别严重的问题。如果我们能理性看待学习过程中的挫折、不顺,甚至是对一些人和一些事的绝望,我们就会在隐忍和宽容中慢慢地超越自己,从而使自己变得高尚。这就是我对自己的理性的爱。如果我们还能换位思考的话,就会发现矛盾纠纷是在所难免的,靠自信心来解决好生活中的各种难题,才是我们要认真去做的事情。这就是用理性的爱感染自己所生活的环境,从而达到我与生活的协调。

我衷心希望所有的大学生都能正确地爱自己,既爱有德行的自己,又理性地爱自己,从而在大学生活中过一种充满浓情爱意的生活。等到自己毕业的那一刻,可以自豪地说:"我在大学生活中学会了如何爱自己!"

自信与生活

　　自信是生活中影响我们的一种普遍心理现象。一般而言,当我们越成功就会越自信,越失败就会越不自信。然而人生不如意之事十有八九。在做事情的过程中,我们失败的次数远比成功要多得多。难道我们因此就不自信了吗? 面对失败,有人愈挫愈勇,他的自信是建立在失败的基础上的;也有人一蹶不振,他的自信转为自卑,就会在心里看轻自己。

　　我时常被"自己是否自信"的问题困扰。在做事情的过程中,我经常怕自己没有能力胜任,尤其是经过多次努力后,还是没有办法实现心愿的情况下,我就会极度不自信。我考博的经历就是一个例子。连续报考三年都没有考取上海大学哲学系陈新汉老师的博士生,让我对自己是否适合读博士产生了怀疑。当时的我连考三次越来越不自信,还好陈老师最后被我执着的精神所打动,把我给"收了"。

　　带着"我能否完成博士学业"的疑问,我开始了博士阶段的求学生涯。我注意培养自己思考学术问题的能力,以及撰写学术文章的能力。当我的

第一篇学术论文以该期首篇文章发表在较高质量的学术刊物时,我才对自己的能力产生了一点自信。这时我才理解了陈老师在《自我评价论》里的那句话:"自信是以能力为标志的个体关于自身的积极肯定的基本观念。"

自信并非与生俱来,而是以培养和锻炼自己的能力为中介的一种情感认识。当你相信自己能干成一件事情,并努力提升自己的能力来完成它时,你就在做的过程中自信起来了。虽然在这个过程中免不了挫折和失败,但是我们越失败越要自信,因为对自己生存发展的能力持有自信是一个人生活的精神支柱。如果对自己生存发展的能力都失去自信,那生活的精神支柱就坍塌了,也就站不起来了。所以我一直很欣赏列宁的一句话:"世界不会满足人,人决心要以自己的行动来改造世界。"

在建立人生自信的过程中,人就把自己命运的发展与自身价值的实现联系在了一起。人活在这个世界上,总要为国家、社会、家人和自己做一些有意义的事情。并且人还要相信自己能够做成这些事情,才能产生克服困难和跨越障碍的极大热情。只有这样,我们才能在做成这些事情的同时实现自身价值。这就是自信对人生的意义。

然而在现实生活中,很多人走向了自信的两个极端,即自卑或自负。导致自卑的原因尽管很多,但根本原因还是过于低估自己能力带来的消极心理。大学校园里频发的自杀现象,有很大一部分原因就在于这些大学生过于低估了自己处理学业、爱情、工作和生活等方面的能力。他们不知道自己的人生才刚刚开始,任何艰难险阻终将成为人生路上的小插曲。导致自负的原因也很多,但根本原因是过于高估自己能力带来的扭曲心理。很多心理学家认为,常态人群中普遍存在着自负倾向,尤其是在一个浮躁的社会里,很容易产生自负的人。因此,我们要极为警惕自负的心态。

　　自信对我们能否过上较为满意的幸福生活具有很重要的意义。面对人生的得意与失意,当我们心怀自信,不患得患失时,我们就会感到自己生活得很幸福。然而如果我们不能以平常心看待这一切,而是产生自卑情绪或抱有自负心态,恐怕我们就会活得很不幸福。生活中的幸福感在很大程度上来源于我们积极健康的心态,而我们的自信就是积极健康心态的一个重要标志。让我们从现在开始相信自己,拥有自信,我们才能过上幸福的美好生活。

自学与生活

当你在生活中遇到不懂的事情,会自然而然地想要弄明白,这就是一种自学的表现。从每个人不断成长的过程来看,自学在生活中发挥着极为重要的作用。一个人的成长过程就是不断学习的过程,而这种学习往往是一种自学,而非通常意义上的"为学习而学习"。

每个人在生活中都会遇到各种各样的问题,为了解决这些问题,就必须学习相关的知识。久而久之,就会积累许多有用的学问,生活中的大多数学问都是在自学的过程中求得的,只有这种学问才能让我们感觉到切实受用。我们老家有句古话——"学来的曲儿唱不得",意思是说,专门"学曲"的人反而唱不好学来的曲儿,因为他没有将生活体验融入所学的曲儿当中,自然唱出来的就让人感到很不中听。这说明,学习只有与生活相互融通,才能学以致用。自学就是把生活当成学习的场所,通过自己的不断学习和实践增长见识、学问和本领。

生活经历越丰富的人越懂得自学,因此成长得越快。这里有一个极好的例子。中国著名思想家、教育家和社会活动家梁漱溟先生就非常注重生活中的自学。他在《我生有涯愿无尽》一书的开篇就专门论述这个问题。他说:"像我这样,以一个中学生而后来任大学讲席者,多半出于自学……我们相信,任何一个人的学问成就,都是出于自学。学校教育不过给学生开一个端,使他更容易自学而已。青年于此,不可不勉。"生活就是一门大学问,对于青年大学生而言,就是要通过自学从这门学问中有所发现,有所受益。

在日常生活中,我的成长就与自学分不开。当我感到课堂上的学习不能满足我的精神需求时,我就开始涉猎课外的趣闻逸事、中外文学和学术名著等。在阅读和写作爱好的驱使下,我把自己沉浸在各类读物当中。这对于一个农村娃而言,就是一种实实在在的幸福生活。当然了,这里的自学还处于自发性的无意自学状态中。随着学业的深入,我开始进入了有意自学的状态,就把学业当成生活。生活阅历也告诉我,学业就是我安身立命之所在。我就是在这样的认识下养成了自学的生活习惯。

可以说,自学就是我最好的生活启蒙老师。我对钱伟长高等教育思想的研究就是一个自学的例子。在上海大学求学期间,我才开始接触钱伟长的教育理念。通过自学《钱伟长文选》和相关研究文章,结合我在上海大学所受的教育,我从上海大学的发展看钱伟长对中国高等教育的贡献,对钱伟长高等教育思想有了自己的理解,并撰写成文与学术界同人交流。我认为,培养学生的自学能力是钱伟长高等教育思想的一条主线。钱伟长老校长说:"大学教育应该重视学生自学,大学教育就是要教会学生自学,培养学生自己学习新知识的能力。"可见,自学是大学生成长成才的关键。

掌握自学的关键之处是培养自学的生活理念,而培养自学的生活理念最要紧的是确立精神上的自觉性。在读书和做事中可以锻炼自学的能力,这并非生活中第一重要的事情。如果不再求学或无事可做，难道就不需要自学了吗？恰恰相反，自学正好是生活中最重要的事情，读书或做事只是自学的一种而已。凡是涉及解决生活中的问题，而自己不会不懂的地方，都是自学的用武之地。这就需要养成自学的意识和生活习惯，在精神上重视自学的重要性。只有树立这种自觉性，我们才能在生活中更好地成长成才。

百态博士生活

很多人想了解博士生的生活到底是个什么样子。我在攻读博士学位阶段，感受着身边博士生的不同生活，他们总能在各方面给予我很多启发，仅举一些有代表性的例子和大家一起分享，或许他们的博士生活可以让我们更好地理解人生。

我在博士阶段的师妹黄文丽是一个较为传奇的人物。她是我身边唯一没有上过正规大学，却成了一名大学老师的人。她高中毕业后，一边工作一边自学，先后读完了自学考试的大专和本科，考上了云南大学的硕士研究生。在云南大学读完硕士研究生后，她就在云南省的一所大学里任教。按道理说，这种日子过得还算惬意，可是她却选择攻读博士学位。她告诉我，当了六年的大学老师，还想在学术上面有点追求。我知道她比我大好多岁，读博的过程比较辛苦，就说："黄大姐，您既要保重身体，又要多看书。只有抓紧时间，才可能顺利博士毕业。"

黄文丽同意我的观点。尽管她压力特别大，平时还要帮老师做很多事情,只要一有时间,她就去图书馆看书。有时候,我在楼管值班室看见她了,就过去和她们闲聊。黄大姐就把酿好的苹果醋之类的东西拿出来和我们分享。我们都很惊讶,她还会这些活计,不过她做的东西确实味道不错。她待人热情真诚,一发现什么流行的玩意对我们的生活有帮助,就马上和我们分享。她虽然比我大好多岁,心态却比我年轻很多,生活更比我潮流时尚多了。

师兄王玉波是一个颇为儒雅的学者。之所以这么说,是因为他不仅学问做得好,而且做人做得好。他为人平和,处事做人很有雅量和风度。我身上的毛病不少,师兄总是友善而巧妙地提醒和指点我。我们漫步在上海大学校园的时候,他把一些日常道理用喜闻乐见的故事表达出来,从而带给我很大触动。他很有思想和远见,但从不轻易外露。他总能在合适的时机与大家分享一些东西,让我们都有所收获。所以,我们都愿意和他打交道。

然而王师兄的博士生涯也不是一帆风顺的。他读了整整六年,才顺利毕了业。他是在职攻读博士学位,平时除了来上大读书,还要在河南的一所高校代课。而且他除了读书上班,还要照顾老人和孩子,因此他感觉压力很大。他学术水平很高,已经发表了多篇权威期刊文章,毕业肯定能进好大学,但是他还要解决爱人的工作问题。虽然他爱人和他一样优秀,但是两个人要想在一起工作,还是有些难度。所以他早已经通过了毕业论文的盲审环节,但是迟迟没有答辩毕业。因为他找了一年工作,始终没有找到比较合适的单位。功夫不负有心人,师兄最后去福州就业了。以后我们见面的机会肯定比现在要少很多,但是我相信,我们都能通过努力过上自己想要的生活。

"大师"袁逢是博士楼里名副其实的传奇性人物,没有一个博士生不认识他。他的传奇体现在很多方面。在学业上，他对自己要求特别高。据说，他已经写了近百篇高质量的学术文章，但是没有投出去一篇。他说："要慢慢修改，'文章千古事'，不要着急发表。"我们博士毕业都要发表核心期刊文章，他却连一篇都不发表，但是可以肯定的是，他的学术水平绝对很高，从他买的和看的书籍，以及与他的学术交流中就知道他是"真人不露相"。他不仅爱学习，爱看书，还懂得如何修心养性。每年的假期，他都去全国各地寺院静修。他把所思所想运用到太极拳法中，不仅广收学徒，还传播佛法。这种豁达高深的人生境界，我们一般人很难达到。

他还富有爱心，被公认为是博士楼里的"猫王"。从养第一只"博士猫"开始，我们博士楼就成了猫咪的乐园。他外出的时候，怕这些猫挨饿，就把猫粮转交给我们或者楼管老师。我们都知道他生活特别艰苦，一年四季，他总是穿着凉鞋走路，他身上的衣服也是"老三样"。那他哪里来的钱买猫粮啊？他很少吃肉，把钱从自己的嘴里省出来，花在了楼里的猫咪身上。试问，楼里有几个博士生能有这样的想法和做法？所以我认为，他是我所见到的博士生当中活得最洒脱的人。

博士生群体中还有很多有个性的人，真的无法一一列举。这个群体中的大部分人都生活得艰苦朴素，但一直努力追求进步。辛苦是大家共同的感受，每个人却有不一样的辛苦。既然我们选择了这条道路，就要勇敢而执着地坚持下去。值得欣慰的是，大家经过一番拼搏，最终的结局总还是好的。只是这个拼搏的过程给我们留下了太多的回忆，有些回忆令我们终生难忘。如果还有人想要尽快开启自己的博士生活，那就赶紧努力吧。这样的生活还是很值得追求的。

博士生活三部曲

　　我的博士生活主要由三个部分组成:第一部分是科研生活,第二部分是文娱生活,第三部分是情感生活。

　　科研生活是最主要的博士生活。博士生的生活主要是进行科学研究。对于从事哲学社会科学研究的我来说,就是要通过每天的读书与学习、思考与写作来认识外在于自身的生活世界,并用这种认识来把握独立于外在生活世界的我的内心世界,以此来不断地完善和发展自己。

　　在这种生活中,能够给我带来的最大鼓励是,从学术研究中获得的精神愉悦。这既意味着你能在理解别人的思想中获得精神上的愉悦和满足,又意味着别人能在理解你的思想时使你获得精神上的愉悦和满足。我的博士生活就是理解思想、生产思想和表达思想的生活。对此爱丽丝·门罗说得好:"在这儿,我们的思想所得就是我们的全部所得。"

　　由于科研占据了我生活中的大部分时间,文娱生活才显得极为重要。这是缓解我的生活压力、调整我的生活节奏最有效的办法。我喜欢通过写随笔、看电影、跑步、游泳、聊天和养花等多种方式来放松自己。把情感用文字的形式记录下来,是我表达自己的一个重要方式。有时候,我也能从电影中找到自己,这是因为许多电影都是通过记录别人来表达自己。

我也不仅满足于做一个文艺青年,在人们日益重视健康的今天,我也试图通过跑步和游泳锻炼身体,缓解科研带给我的无形压力。我习惯早晨跑步,我可以在跑步的过程中思考一下当天的日程安排。我和室友彭小龙都喜欢游泳,我们一个月至少游一次。有一次游泳,我就问他:"你听过张雨生的《一天到晚游泳的鱼》这首歌吗?每次游泳的时候,我都会想起这首歌。"他就笑着说:"我们都是那条'一天到晚游泳的鱼'。"他的这句话说出了我的心声。

聊天是我和小龙每天必做的功课,他会把一天发生的事情和我分享,然后听听我的看法,我也同样如此。有时候,我们会聊到如何养花的话题。我们寝室阳台养着三色堇、铜钱草、薄荷、吊篮和七八盆仙人球。于是,如何"伺候好"这些花就成为我们生活的一部分。现在回过头来才发现,照看这些花竟然成为我们放松的一个重要环节。

情感生活是困扰很多博士的一个难题。这主要是因为读到博士阶段,大部分人都已经到了而立之年。很多人却一直因为种种原因,没有解决个人问题。在父母的经常催促下,单身的博士们才开始着急了。很多博士在读博期间,就被介绍过很多对象。

我和小龙都存在这个问题。我们都是从农村走出来的,把生活精力主要用到了学习上面,自然就无暇顾及其他。当发现一直是一个人在奋斗,我们也会觉得孤单。于是,情感问题就成为我们最经常谈论的话题。我觉得,这个问题在很多博士身上都存在。有一次,楼管侯老师就说:"博士楼里的单身男女这么多，都要在读书之外认真考虑一下个人问题。"她说得很对。正因为情感问题是博士群体的一个普遍问题，情感生活才应成为单身博士不得不认真对待的一个重要方面。

博士生活有喜有忧。只有当快要毕业的时候，才会突然发现，这让人纠结的博士生活也特别值得人留恋。不管是紧张繁忙的科研生活，或是轻松愉快的文娱生活，还是让人惴惴不安的情感生活，都给我们的博士生活留下了深深的印痕。不管我们过得如何，在博士阶段的生活中没有完成的任务，只能就这样交付给以后的生活了。

博士生活后记

　　人到三十而立。对那些到了三十岁还在继续为求学而忙碌的人来说，读博士好像是一次人生远航。回首三十年的求学生涯，最大的感受是自己一直在不断地成长。成长的过程中充满了欢乐与悲伤、收获与失意，这是一种奇妙的感觉。这种感觉虽然奇妙，也伴随着飞逝的时光从指尖滑落，只有记忆永不褪色。这些记忆仿佛为自己定了一个人生基调。它用永远不能改变的过去时刻警醒自己要努力珍惜当下，用力所能及的积极心态点缀生活的平淡质朴。再回首才发现，唯一没有改变的是自己的心灵，这是一种坚持。不断更新的知识和阅历伴随重复的生活方式奠基了人生的奋发向上，成为漫长人生旅途的起点和动力。三十岁又像是人生的一个转折点。在这样的年纪求学更要清楚心灵的需求与自身的社会定位，才能更好地坚守生命中最重要的东西。

　　我的学术成长与攻读博士学位阶段，以及我对生活的思考联系在一起。博士阶段生活的主要内容是学习。更确切地说，学习对我而言就是搞科研。

在每天读书与学习、思考与写作的过程中,我一直试图用科研的理性思维方式来认识外在于自身的生活世界,并用这种认识来把握独立于外在生活世界的我的内心世界,以此来不断地完善和发展自己。同时,通过认识和把握生活世界,用不断丰富的自我,为生活的世界做出自己应有的努力和贡献。在这一过程中,人生意境的不断提升可以促进我对生活世界的深刻理解。

这种科研生活就是一种有思想的生活。有思想的生活才是人最为本真的存在。思想是主观能力的体现。知识内化为思想的过程就是知识体现为能力的过程。因此,我在有意识地提升自己的思想水平,锻炼自己的主观能力。只有这样,才能在自己创造的生活世界中加深对生活意义的理解。

在这里,我应该特别感谢我的导师陈新汉教授。短短两年多的时间,我学习了陈老师怎样搞科研的方法,认真学习了他的思想,也学习了他的为人处世之道。虽然时间不长,我却深受他的影响。这体现在我写的学术文章上面,体现在我看问题的角度上面,体现在我的生活上面,也体现在我的情感上面。我真的要感谢陈老师。我用三年的报考换来了博士生活的用心读书,我感到自己比以前进步很大,这离不开陈老师的指点。尽管我犯过多次错误,但陈老师像父亲一样,在批评和教育中开导我,使我很受触动。在陈老师的悉心教导下,我已经不再像读本科时那样无知,像读硕士时那样迷茫。现在的我知道自己应该做什么,重点要放在什么上面。虽然现在已经没人告诉我该怎么办了,但是我已经知道自己应该怎么办了。带着自信和坚持,我会更加用心地学习。

我还要感谢上海大学。我爱上海大学。艾里希·弗洛姆在《爱的艺术》一书中提出:"爱是一门艺术。"爱的问题不仅是一个对象问题,而且是一个能力问题。对我而言,"爱"伴随着我的成长。我的成长是在对"爱"进行思考的过程中展开的。我爱我现在就读的学校上海大学。我对上大的爱一开始只处于弗洛姆所说的爱的对象阶段。我爱上大的一草一木,特别喜欢在晚饭后漫步上大校园;我爱我的导师,上大的老师们还有社区等后勤部门的阿姨们,他们是我求学道路上的引路人,更是我成长道路上的良师益友;我爱上大的老校长钱伟长,他的求学经历和治校精神深深地触动了我;我爱参与上大的活动,这不仅锻炼了我,充实和丰富了我的生活,更让我结交了许多朋友。我对上大的爱逐渐由爱的对象阶段过渡到爱的能力阶段。

爱上大就应当以上大为荣,为上大增光添彩。我积极参与学校与学院的学术交流活动、志愿者活动和文体活动,通过自己的努力证明自己,影响他人;我认真努力地开展自己的学术研究活动,通过自己的学术成果证明上大培养学生的高质量,回报陈老师的悉心指导和学校的大力投入;我用心做好学校与学院交付的管理和教务类工作,用自己的努力和行动回报学校的培养。这是爱的能力的体现。爱上大,就把自己的能力自觉地投入到对上大的各类活动中。在参与的过程中,自己的成长与上大的成长就紧密联系在了一起。上大对我们的爱与我们对上大的爱就紧密联系在了一起。

爱上大还要欣赏上大、欣赏自己。陈老师认为,"自信或是否自信是影响人类生活的普遍心理或意识现象,是个体自我评价活动的一个基本范畴。"上大就是一个社会个体,生活在上大的师生是一个个自然个体。实践钱伟长教育思想体现了上大人的意志。这是上大的独特之处,也是上大的自信,更应该成为上大人的自信。作为自然个体的上大人有意识地实践钱伟长教育思想和治校理念,并结合自己人生价值的实现,这是一种自信的精神。个体的自我肯定和发展就在这种自信的精神中得到实现,这是一个欣赏的过程。自信意味着欣赏。上大人在自信中应当学会欣赏,既欣赏上大又欣赏自己。

在博士阶段的求学生涯里,我不断地收获了爱、欣赏和感动。读书让我远离尘嚣,不断地感受着质朴的爱和宁静的生活。许多情感的流露和感悟在这段求学路上沉淀又升华,激励自己不断找寻生活的价值和活着的意义。用"爱"这个主题词来形容三十年的求学生涯,同时也回答了自己为什么会毅然选择在这条道路上继续走下去。这是一种对回报的坚持,也是一份对心灵的答卷。爱让自己成长,也让自己收获感动。虽然自己已经走了很远,也不想忘记最初的承诺。命运是一种看似随意却又精心准备的安排。二十年前的自己,浪荡在教室与田野的不着边际,不知道读书为何物;十年前的自己突然发现读书的重要一路坎坷坚持到现在。这才发现,之前的不读书也是为现在的读书做一种准备。后知后觉之后,才更加努力珍惜读书的来之不易。所以,我才会一直坚持。所以,我才想在博士阶段充分准备人生的才能。

最后我想说的是,求学与家庭也是相连的。最初的认知来自父母的引导与熏陶。亲人营造的童话般的岁月停留在上学的初期。无忧无虑的童年生活把单纯的读书染成色彩斑斓的快乐成长。长大以后,来自社会的各种要求纷至沓来,读书增加了功利性的成分。身边的亲人牺牲各种幸福陪伴在求知的我们身边,供孩子读书就成为家庭的一种生活方式。用心读书也成为我对亲人的一种回报,尤其是在三十而立的年纪。三十年的求学正是积淀人生腾飞的起点。三十年了,一直在积累,一直在学习。三十年了,正是把所学的知识和本领学以致用,运用到生活的关口。这是一种转型,也是一次飞跃。人生再也不会有第二个三十年用来专门安心读书。用三十年的时间磨成一"剑"行走"江湖"。处在这样的人生境况,我更应当有所作为。

我也只有摆正自己的人生姿态,用三十年的求学厚积薄发,才能无愧这三十多年的求学生涯。

大学亲证

友 书

读书是个不太新鲜的话题,也是能刺痛人心的话题。

中国新闻出版研究院每年都会发布全国国民阅读调查报告。2016年4月18日,第十三次全国国民阅读调查数据在京发布。2015年,我国国民人均纸质图书阅读量为4.58本。这一数据虽比往年有微弱提升,但远远落后于许多国家的人均阅读量。联合国教科文组织的调查显示,全世界每年阅读书籍数量排名第一的是犹太人,平均每人一年读书64本,韩国国民人均阅读量约为每年11本,法国约为8.4本,日本在8.4~8.5本之间。而中国的情况是,扣除教科书,平均每人一年读书1本都不到。

为什么大多数人不喜欢读书?读书无用论恐怕是最通常的认知。可能有人会说,学生不就是应该为人生奋斗而读书吗?从形式上来说,学习教材也是一种读书,这是多数人通常的理解。因此,但凡走出校园以后,绝大多数人就结束了读书的使命,从此与书告别。这正是令人哀伤的地方。

读书不等于读教材。教材仅仅提供了获得知识的最基础的信息。而读书是为了获取人类智慧的丰富果实,陶冶人的心灵,提升人的素养。经常读书的人都知道读书的重要性。读书也绝不仅仅是为了求名图利。虽说读书可以改变命运,却不是为了改变命运而读书。书中的故事其实是在记录我们自己,书中的知识是在证明人类的伟大之处,书中的思想能证明人类在自己的路上走了多远……

我常被以书为友的情怀所感动。把书当成朋友的人,懂得如何去爱惜书。作为朋友,书里的世界不仅是谈心的场所,还是追梦的天堂。我曾一度醉心于中外世界文学名著,在这方广阔的天地里肆意释放自己的文学梦想。我虽然从未正式走在这条路上,却始终怀着热烈的渴望,关注着我人生中的另一种可能性。在我迷茫、痛苦的时候,这一特殊的知心朋友就会陪伴在我的身旁;我时而快乐、时而惬意的时候,这一人生的"不二"相伴就会见证我的成长。

因此,以书为友体现了我择友的价值取向,而以友为书则表达了我生活的价值追求。书籍可以成为朋友,这是读书人的通常理解。而朋友是书籍,则强调了以书为生的生存生活方式。我每天的生活方式就是读书,读书的时间要比吃饭和睡觉占用的时间总和还要多。对我而言,读书不仅在读一种精神境界,更是在读一种人生情怀。我在书中努力寻找理想中的生活和自己。对于不理解的人而言,这可能是种逃避现实的行为。我却认为,我是在勇敢地面对残酷的现实。活在平庸之中,当然会觉得生活每天都是如此这般,而我却想从这平凡的日子中活出一点思想上的新鲜感。以友为书就让我感受到了纯粹的精神乐趣。

有感读书

　　自古以来，人们抱着各种各样的目的读书。最常见的一种就是，读书是求取功名利禄的一种捷径。把书读好了，就能改变命运，这也是老百姓普遍的想法，不然"万般皆下品唯有读书高"怎么会广为流传呢？

　　在我懵懵懂懂的童年，似乎就对书有好感。有一次，父亲从远方出车回来，给我捎带了两本作文书，我爱不释手地翻看了好长一段时间。也不知道是这两本书里的故事吸引了我，还是家里缺少读书的氛围，看到书就觉得比较新鲜，从那时起，我就喜欢上了读书。在去左邻右舍玩耍时，如果看见有书和报纸一类的东西，我都会认真翻阅。

　　在农村，书香门第寥寥无几，所以要想找出可读的书也不是一件容易的事情。大多数农村孩子从小就没有读书的意识，因而也不把认真求学当成一回事，自然就得过且过，不求上进了。这就解释了我们中的大多数人要么中途辍学，要么考不上高中和大学的现象。贫穷不是我们的错，但我们真正做错的是，没有意识到读书的重要性，更没有在学校里好好读书。

后悔是没有用的,我们只能羡慕那些认真读了书的人。其实通过读书改变命运的人,生活也不一定就如我们想象中的那么美好。在生命展开的过程中,每个人都有自己要承受的痛苦。与我从小玩到大的一个同村好友任志敏,学业成绩一直特别出色。我们两个都读了研究生,在村里的同学中算是学历最高的了,可是我们的生活也不是想象中的那么好。

在一直求学的过程中,为了改变自身和家庭的命运,我们也牺牲了许多,直到现在,我们的个人情感问题也一直没有得以解决。我在想,是不是我们两个都读书读傻了。虽然这是一句揶揄的自我调侃,可事实上,在学有所成之后,我们确实没有处理好生活中与读书无关的其他事情。我们在思想上日益丰满了,可在情感上却一直荒芜。

怎么解决这个让人烦恼的问题呢?读书静心。对我而言,读书的一个好处是,可以让我静下心来感受思想的快乐。虽然这是一种逃避现实问题的方法,却也可以充实生活,为自己和社会做一些有益的事情。以前是家穷,找不到书可读;现在是有书可读,且我已走上了一条以读书为职业的道路,就要用心把书读好。这是我对自己的要求,也是一种人生鼓励。

读书的最高境界可能是立志于身,功于天下。我现在显然还没有达到这个境界,就更要好好读书了。静心读书是我对自己的要求,尤其是我心浮气躁的时候。在以前,读书是为了实现往昔困顿之时无书可读的心愿。现在这个心愿实现了,就要追求更高的读书境界。只有如此,方不忘读书之恩,亦能在此之上开辟新的人生征程。

你所能及的精神追求

德国哲学家、法学家费尔巴哈说："人就是他所吃的东西"，就精神食粮来说，这句话是极好的。从一个人的所思所想和所感所悟，大致可以判断出他的精神追求。一个徜徉在人类思想宝库中的求知者，与一个沉溺在过眼烟云的新闻当中的人，当然生活在完全不同的两种世界里。我一直是第一种类型的人，因为我相信，精神上的富足能使我正视和承受人生中的悲剧与挫折，同时使我的心灵依然单纯且快乐，对世界充满着爱与感恩，对生活充满着热情与希望。

有一个寓言故事恰好能表达我的这种想法。过去在同一座山上，有两块相同的石头，三年后发生截然不同的变化。一块被雕成佛像的石头受到很多人的敬仰和膜拜，而另一块普通石头却被人们忽视。不如意的石头极不平衡地说道："老兄呀，曾经在三年前，我们同为一座山上的石头，今天产生这么大的差距，我的心里特别痛苦。"佛像石头答道："老兄，你还记得吗？曾经在三年前，来了一个雕刻家，你害怕割在身上一刀刀的痛。你告诉他，只要把你简单雕刻一下就可以了;而我那时想象未来的模样,不在乎割在身上一刀刀的痛,所以产生了今天的不同。"人生的成长必然面临着刀割的痛苦,而我们的精神追求能使我们正确地肯定苦难本身在成长中的意义。

一、认识你的精神自我

我经常被"我是谁"困扰着。问这个问题倒不是我精神错乱了,而是我想要真正认识我自己,尤其是认识精神的自我。我是那个沉迷于声色名利无法自拔的我吗?我是那个不断满足形形色色欲望的我吗?我是那个整天庸庸碌碌却又感到精神空虚的我吗?我是那个不断奋斗却仍然很孤独的我吗?……人最大的困惑其实是认识自我。或者被这个困惑所吞没(斯芬克斯之谜里回答不出问题的人),或者战胜这个困惑(俄狄浦斯式的人)。可以说,认识自我是一件比认识世界更难的事。而相比较认识肉身的自我而言,认识精神的自我更加困难,却也更加重要。

阿波罗是古希腊神话中的太阳神。他与恶龙皮同搏斗,并斩杀恶龙于德尔菲,从此德尔斐城的人们幸福地生活着。崇拜阿波罗的人们就在德尔菲建造了一座神庙,来祭祀这位伟大的神。德尔菲神庙门口镌刻着一句名言:"噢,人呀,你不是神。认识你自己。"与此相应的是,神庙前殿墙上的两句名言:一条是,"凡事不可过分";另一条是,"自恃者必毁"。这则寓言告诉我们:第一,每个人首先必须认识自我,不能认识自我的人就不能生存,因为他无法理解自我,更遑论活着的意义。第二,这里的自我是指精神的自我,我的肉身在本质上与动物无异,而我的精神却是我作为人的表征。第三,认识自我是有方法和途径的。"凡事不可过分"与"自恃者必毁"既表明做人要有自知之明，又是做人的两条尺度。

人是价值性的存在物，应当首先认识精神的自我。精神自我不同于肉身自我之处在于，精神自我是这样的我：我始终守望着我的精神世界，重视人生最基本的精神价值，并关注着人类精神生活的基本走向。因此，我不会追求物欲横流的平庸生活，关心物质价值甚于精神价值，相反我与一切所谓的潮流保持着一定距离，反思时代给我们带来的精神平庸。我知道，即使再舒适安逸的生活，如果精神空洞匮乏，也毫无幸福可言，只有丰富的精神生活才能拯救我焦虑和不安的心灵。我要独自承担解放自我的任务，除了认识精神自我别无他途，这也将是许多人的命运。

二、走向圣人之心

如果人生中没有一点神圣的东西，我无法知道人能靠什么活下去。有些人在宗教中找到了自己生命中的神圣，有些人在哲学的慰藉中找到了神圣。二者的不同之处在于：宗教是在一个确定的信仰中找到了人的神圣，而哲学始终走在寻找神圣的途中。这种神圣不一定是某种具体的信仰，却能为你带来心灵的归宿。也就是说，你走在寻找信仰的路上，你就已经有了信仰，心中也始终装着神圣的东西。正是这种神圣，使人执拗地在一生中寻找一种精神上的追求。

我把每个人寻找神圣的过程概括为带着肉身走向神圣。从古至今，没有谁不是带着沉重的肉身活在这个世界上的。人只要活着，就要受肉身滋生的欲望的折磨，最后还必然要走向死亡。对于那些渴望超凡脱俗的人来说，只能在肉身之上寻找生命的意义。我们既然无法直接消灭自己的肉身，就要带着肉身走向心中的神圣。我认为，每个人的心中都有一尊神，观照着我们动物性的本能。只有把这种本能升华为一种精神上的自觉，才能展现我们人性中的神圣。而只有对本能的欲望进行必要的限制，才能为心中的神圣开辟出道路来。试想，一个欲壑难填的人是无异于禽兽的。这类人的心中没有任何禁忌，为了满足不断膨胀的欲望，可以做出任何无节制的事情来。而古圣先贤之所以值得我们崇敬，正是因为他们心中装着神圣，并且带着肉身走向了神圣，而成为人人敬畏的圣人。

《辩问》载："俗所谓圣人者，皆治世之圣人，非得道之圣人。得道之圣人，则黄老是也。治世之圣人，则周孔是也。"得道的圣人以通达内心的神圣为己任，往往会成为人们心中的神人。老子就是这样的例子。治世的圣人用仁义礼智教化世人，孟子就认为："人皆有不忍人之心……无恻隐之心，非人也；无羞恶之心，非人也；无辞让之心，非人也；无是非之心，非人也。恻隐之心，仁之端也；羞恶之心，义之端也；辞让之心，礼之端也；是非之心，智之端也；人之有四端也，犹其有四体也。"不管是"内圣"还是"外王"，都是圣人之心的表达。王阳明曾说："心之良知是谓圣。圣人之学，惟是致此良知而已。"相比圣人而言，我们肯定要显得平庸。但是，如果我们都能走向圣人之心，那么就会成为有良知的人。这是我们能够企及的精神追求。

三、灿烂星空与道德自律的魅力

德国古典哲学创始人康德在其名著《实践理性批判》中的一句话刻在了他的墓碑上："有两种东西，我对它们的思考越是深沉和持久。它们在我心灵中唤起的惊奇和敬畏就会日新月异，不断增长，这就是我头上的星空和心中的道德律令。"这句话不仅说得好,而且说得深刻。人对自我的认识就是从头上的灿烂星空和心中的道德律令开始的。不信,我和你分享一下古希腊哲人泰勒斯的故事。有一回,他走在路上,抬头仰望天上的星空,如此痴迷,竟然不小心掉进了路旁的一口井里。这个情景被一个姑娘看见了,便嘲笑他只顾看天而忘了地上的事情。姑娘的嘲笑也在情理之中,不过,她理解不了泰勒斯的幸福。或许,他正可以回答道:"相对于广袤的宇宙,人类存在的有限和生命的短促是多么明显,忙于地上的琐事而忘了看天岂不是一种更可笑的无知?!"人们往往过分专一地投入于身外的劳作,而失去了心灵的自在,即使赢得整个世界,又能怎样?

我的心中也有一片灿烂星空。我喜欢胡思乱想,读书和写作恰好满足了我的心灵需要。在读书的过程中,我走进了他人的精神世界,感受着他们生命的精彩。我阅读的书越多,就越发现一个道理:无论什么时候,每个人都必须独自面对他自己,靠自己获得他的精神追求,他的精神家园就是他心中的灿烂星空。没有人能够代替他感受自己的精神命运,就像没有人能够在他死后代替他再活一次。于是,我在写作的过程中思考着自己的精神追求。我是一个平凡的人,却想要活出自己的特色。我决心成为我自己,通过我的精神成长而与整个世界建立一种精神关系。至此,我才彻底明白了中国著名学者、作家周国平的一句话:"活在世上,最重要的事就是活出你自己的特色和滋味来。你的人生是否有意义,衡量的标准不是外在的成功,而是你对人生意义的独特领悟和坚守,从而使你的自我绽放出个性的光华。"

有趣的是,我心中的灿烂星空也是我的燕园。复旦大学的燕园旧址是三国东吴时的乌衣巷。唐代诗人刘禹锡曾在此吟诗一首:"朱雀桥边野草花,乌衣巷口夕阳斜。旧时王谢堂前燕,飞入寻常百姓家。"他是在感慨世事的沧桑巨变,而我却惊喜地认为,自己这只老百姓家的"燕子"终于飞入了"王谢堂"。每个学子的心中都有一个"燕园"梦,复旦就是多少贫寒学子梦寐以求的"象牙塔"啊。一开始,这里的自由氛围让我感到不适,没人管的日子多少显得有些不安和孤独。时间一长,我就发现了自由的好处。我可以做自己喜欢做的事情,自由为我提供了最佳的成长环境。我放任自己的心灵徜徉于喜欢的书籍当中,感受着读书带来的纯粹享受和快乐。在这里,读书和写作就是我的生活方式。

幸福生活需要灿烂星空,也离不开道德自律,二者往往是相通的。每个人头上的灿烂星空就是精神家园的灯塔,指引着我们为理想而奋斗。然而在进行自由的精神探索时,我们也要有道德自律的勇气。学术研究和交流最忌讳造假、剽窃等不正之风。一个好的思想、观点或语句能让我们感受到精神的愉悦,却不一定非要占为己有。道德情操高尚的人会尊重他人的劳动,因为他们心中有一把自律的道德标尺,因而能在心灵所允许的范围内创造属于自己的东西。所以,真正的创造是灿烂星空与道德自律双重影响下的个人实现。我希望大家都能有这样的精神境界,创造出一个值得回味的人生。

有思想的社会实践

在现在的大学校园里，社会实践已成为大学生的一种惯常活动。这是我羡慕他们的地方。我上大学的时候，社会实践还没有完全普及，我们只能通过参加学生社团活动接触一些课本之外的东西。无形之中，各种学生社团就承担了组织学生社会实践的角色。

我就是通过学生社团参加了山西农业大学的特色学生社会实践。农业经济管理学院和公共管理学院的学生联合成立了大学生支农队，组织爱好支农支教的同学定期下乡开展社会实践。我怀着一颗好奇心加入了这支特殊的队伍，太谷县的大威村小学是我们负责的支教项目。为了丰富小学生的课外生活，我们要提前集体备课，不同专业的同学在一起商量上课的内容和形式，有经验的同学还倾其所有，为我们授课解惑。我感觉，这样的社会实践既让我们学到了新鲜知识，又通过交流增进了友谊，还丰富了我们的大学生活，更重要的是为社会作出了力所能及的贡献。这就是有思想的社会实践。

而我现在不时会听到一些大学生抱怨学校组织的社会实践太没有意思了，就是在浪费时间。这不禁引起了我的反思。我们那时的社会实践很少，参加的同学都是自愿的，甚至还要往里面贴钱，但是大家都感觉很有意义。现在的社会实践很多，学校对社会实践还有很多补助，但是大家的积极性却不高。我想，根本原因并不是社会实践的形式和种类繁多的问题，而是现在的社会实践越来越缺乏思想性了。学校为了迎合功利的指标考核体系，不断增加学生的社会实践；而学生为了达到学校的考核评价指标，功利地参加社会实践。他们根本就不是出于纯粹的兴趣爱好，自然就感受不到社会实践的价值和意义。

社会实践本身一定要有思想性。我不太赞成纯粹制造一些社会实践的做法。社会实践的思想性体现在解决社会问题的过程之中。我们的支教活动就是为了丰富小学生的课余生活，增加他们对生活的了解和认识，以达到他们热爱生活的目的。所以，我们在设计课程的时候，就尽可能多地把对大自然的认识，对培养生活爱好的兴趣，对强身健体的活动考虑在内。这些内容都能引起小学生的兴趣。于是我们就能在支教的过程中，与他们成为好朋友。他们也在近似玩耍的过程中度过了愉快的时光。家长和老师把孩子交给我们也很放心。

因此我一直认为，只有具有思想性的社会实践才能体现出活动的深度和高度。那些没有一定思想指导的社会实践，恐怕到最后只会流于一般的形式化，失去社会实践的功能和效果。虽然大学校园里的社会实践很多，也参加或关注过一些，但我还是觉得带有服务社会性质的社会实践最有意义。因为这类社会实践是为了解决社会问题而存在的，具有强烈的现实针对性。这类社会实践对学生的综合素质还有一定的要求，学生通过参与能较快提升自我,这对于社会、学校和学生而言,都能达到共赢的效果。那么,哪些社会实践是属于这种类型的呢?诸如支援西部计划、社会公益活动、社会调研活动等都是对社会的一种了解和认识。只要用心地参与,就能在社会实践中增长见识,并学以致用。这对于我们的人生成长而言,岂不乐在其中?

学校教育之我见

随着专业化的分工越来越细,每一个人都从事一定的社会职业。从事具体的工作,就有相应的生活,围绕着工作,生活呈现了类型化特征。比如,教师的主要工作是教书育人。与此相适应,教师的生活主要是为学生传道、授业、解惑。这是一种生活方式,这种生活方式就呈现为教师—学校—学生的类型化特征。

学生作为学校的主体,其生活呈现为学生—学校—教师的类型化特征。学校是学生与教师打交道的桥梁。学生在学校里不仅学习知识和真理,而且也在学习教师的为人处世,因而教师为人师表就显得特别重要。可惜很多教师不能严于律己,一些负面事件把学校里的一些教育问题凸显出来。

学校作为一种教育载体把教师和学生联系在一起,说明教师与学生之间具有相互依存和相互转化的关系。教师的工作是育人,在生活中主要是与学生打交道。如果学校招不到学生,那么该学校的教师存在的问题就会凸显出来。如果一个学校的教师品行不高,其教育教学能力有限,那么这个学校的名声就会受到影响，久而久之就很有可能招不到学生。现在很多学校都面临着这个问题，所以对各层次的教育资源实行分流，是当前中国教育改革的主要内容。

教师的教育和人才培养体系的合理性，是学校教育是否合理的衡量标准。最近诸如高考改革、惩治学术腐败等教育问题成为社会讨论的热门话题。高考改革直指人才培养体系的合理性问题，而惩治学术腐败则涉及教师如何教育的问题。这些讨论都在强调一种观点，要改变过去教师在教育体系中占绝对优势的地位，而学生在教育过程中处于劣势地位的局面。

这就涉及对学生和教师关系的重新理解。通过改变过去教师—学校—学生和学生—学校—教师的类型化关系，而是转变为"学生—教师—学校"的类型化关系，才能正确建立学生、教师和学校三者之间的关系。也就是说，育人是学校的中心工作，学生是教师和学校存在的出发点。教师要为学生的成长成才服务，学校要为教师的教育提供各种便利和资源。教师和学校的存在是否合理，要看其是如何培养和教育学生的。

如果教师爱生如子，尽心尽力地培养学生，学生不仅会对教师感激涕零，还会激发学生以后从事教育的志向。这就是学生向教师的转化。当学生把成为一名教师作为自己的职业选择，就首先表明了该学生拥有成为一名教师的思想和主观能力，这也侧面反映了教师对学生的深刻影响。但是这种情况只是一部分学生的选择。教育的根本目的是使所有学生都能更好地在社会上生存和发展，所以教育过程中出现的问题只有通过不断地教育改革，才能在完善人才培养体系的过程中更好地实现教书育人的目的。

教师节的感想

每到教师节,我的心中就有一种难以忘怀的情感。对于要通过知识改变命运的学生来说,内心深处最感激的人莫过于自己的老师。

我从小学一直读到现在,老师是我求学旅途中一路相伴的人。他们虽然在不同的时间与我相遇,却都让我难以忘怀。小学的贺老师让我感到特别亲切,她经常在课余时间教我们唱歌。当知道她要转走的时候,小小年纪的我竟然在上完晚自习后,一路高歌去她住的地方找她。初中的李老师改变了我顽劣的性格,让我喜欢上了语文课。课堂上的他富有感染力的朗读声,让我感受到了一种说不出的美和向往。到了高中阶段,毛老师、柴老师、马老师等多位老师放弃平时的休息时间,免费给我们补课,让我们很是感动。大学里武老师的课堂让我感受到了一个深邃的思想世界……

我曾经认为,青春是被导演的一场戏。我们是演员,老师是导演,老师把自己的思想通过对我们的教导表达出来。老师走在青春旁边,见证了我们的青春和成长。当有一天我们飞向了远方,老师就在心里默默地祝福着我们。前几天我突然接到了硕士导师李老师的邮件,说他要举办一个学术研讨会,问我是否要参加。我当然愿意。老师来信让我又一次地感受到了心灵的温暖。时隔多年,他还能记得我,而我却时常感到惭愧。在硕士阶段,我没能专心用功学习,以至于荒废了好几年时光。所以能再有机会上学,我努力按照博士生导师陈老师对我的要求认真学习,唯恐辜负了他的教诲。

博士入学以后,陈老师肯定了我在杭州的工作经历。他说,当了三年大学老师再回来读书,就更加能够体会到静心读书的来之不易。陈老师说得对。在学生和老师之间不断的身份转换,让我更加珍惜来之不易的学生身份,也让我对教师职业有了深刻的理解,更加对老师怀有一种崇敬之心。虽然求学路上有寒有暖,但是在我的求学路上,老师就是一盏指路明灯,照亮了我前进的道路。老师在我的心里种下了一颗梦想的种子,每当我身处逆境的时候,就能够感受到梦的力量。孔夫子说:"吾十有五,而志于学。三十而立……"而立之年的我才有志于学,以前的混沌无知可想而知。于是,我到了三十,愈加渴望求知。面对各种压力,我更加像小孩子一样死守着自以为生命中最重要的东西。

今年的教师节,大学时期的王老师要来沪上高校访学一年。他正好是教师节当天来到上海,他给我打电话,说想和我见个面聊一聊。我自然欣喜若狂。王老师是我本科毕业论文的指导教师,也是我在本科阶段参加支农支教实践活动的指导老师。自本科毕业之后,我再也没有见过他。曾经的大学生活虽已不在,内心的大学情结却瞬间溢满心田。我感谢王老师,感谢曾经关心过我的老师们,感谢现在正在关心我的老师们。老师通过自己的传道授业解惑,通过自己的思想言语行动,深刻地影响着我、感染着我、激励着我。我祝福老师们教师节快乐!

未毕业的学生情结

许多人大学毕业之后内心深处都有挥之不去的学生情结,虽然已经毕业,青青校园里的回忆却从此拉开帷幕。

内心的学生情怀,成为我人生中最值得珍藏的感慨。我们曾经演绎青春的豪迈与悲伤,当青春从我们的手中和眼前飞快流逝,才发现那熟悉的校园环境和曾有的豪情壮志都成为支撑生命的永恒动力。

"但见时光流似箭,岂知天道曲如弓。"毕业之后,我的生活发生了很大变化。带着理想走出校门的我对未来满怀憧憬,人生路上布满荆棘,直到现在,作为社会人的我一直把作为学生的我看作人生旅途中最为闪闪发光的自己。

作为学生的自己当年是多么的认真,把全部的精力投入学业的学习。记忆中出现的第一个画面总是当年的自己坐在昏暗的灯光下紧张有序地默背所学的知识。记忆中最让人感动的画面总是学有所成时拿到最高额奖学金的幸福时刻;记忆中最珍藏的画面总是上着喜欢的老师的课,在享受中默默地励志将来一定要成为像他那样的人；记忆中最兴奋的画面总是燃烧求知的欲望，不断地让自己成为能够领悟更多知识乐趣的攀登者。

作为学生的自己当年是多么的快乐，用真挚的情感呵护美好的爱情。还记得在植物园里为你唱过的那些歌曲，还记得与你一起聆听的音乐会和欣赏的那些画展，还记得与你一起探讨名著与人生的那些激扬文字的感动，还记得与你一起备战考试闲暇之余还不忘赏花、爬山的那些美好时刻。我会永远记住那一个深爱着女孩的你是多么的快乐，那些年的你闪闪发光。

作为学生的自己当年是多么的执着，让复杂的友情"折磨"着进取的心灵。直到现在都不能原谅一些人，直到现在都不堪回首一些事，直到现在都一直逃避一段情。大学的自己曾经像疯了一样不能容忍友情的背叛和疏离。七年同窗之谊在风吹雨打中漂泊流浪，最后，伤痕累累的自己封锁了疲惫的心灵。现在的自己再也不会为任何人做出这样疯狂的举动，现在的自己再也不会为任何人拥有这么执着的坚定。

作为学生的自己当年是多么的幸福，让款款师生情照亮前行的道路。老师是人生导师，挖掘你才华的潜力，疏导你心灵的阴霾，指引你前行的道路。我一直觉得自己很幸运，也很幸福。在我的求学生涯，有那么多的好老师一直关注我的成长。他们鼓励我继续求学，他们帮扶我的日常生活，他们激发我的创作欲，他们温暖我的平凡心。他们让我对生活产生了认同感，对环境产生了归属感。他们深深地影响了我的生活，并在我的心中留下了难以忘却的记忆。

回眸我的大学时光，不后悔的我仿佛依然置身校园。校园里的我埋头苦学，笔耕不辍地描绘母校所寄托的心愿蓝图。

失去的时间在哪里

转眼间，我们走到了现在。还没有意识到长大了，我们就已经开始怀旧。怀念过去时光的美好，还没有开始认真地过，怎么就一去不复返了。当我们在时间中一点一点地老去，不禁要问，失去的时间都去哪儿了？

时间陪伴我们走过了求学的历程。在少不更事的年纪，无忧无虑的童年时光把单纯的读书染成了色彩斑斓的快乐成长。很多人在求学的日子里都会有这样的经历，或许是因为考试的失利不敢回家，或许是因为打架闹事不来上课，或许是因为听不懂而在课堂上偷偷地睡觉……时间就日复一日地看着我们。在学校与回家的路上，我们一点一点地长大。

童年对于我们来说，是那么漫不经心的一个过程。我们可以为了一个玩笑大打出手，也可以为了友谊称兄道弟。当我浪荡在教室与田野中不着边际，不知道读书为何物的时候，时间就把我推向了中考。没有作好准备的我，灰头土脸地继续复读。这才突然发现读书的重要，并一路坎坷地坚持到现在。

从参加第一次中考后复读的那一年算起,到现在已经十六年了。时间就像跟我开了一个玩笑。人生的前十五年我把读书当成玩物,一点都不放在心上;时间就让我在接下来的十五年努力学习,拼命地补上没有好好读书时应当做好的功课。我这才发现,时间仁慈地原谅了我童年的无知。我在求学的过程中,也开始慢慢地明白了许多人生的道理。

时间还陪伴我们走过了与家人在一起的难忘时刻。我们的肚子最清楚这一点,因为我们最爱吃的饭菜永远都在家里。每一次回家,父母都提前作好准备。在进入家门的那一刻,热气腾腾的饭菜就摆放到了桌子上,迎接着我们的归来。与家人坐在一起吃饭,才更加分明地感受到时间的脚步。

吃饭的过程中,母亲会唠叨着我不在家的日子里村里发生的事情。听着母亲的讲述,我试图回忆相关的场景,却发现记忆离现在越来越远。时间既改变了他们,也改变了我们。父母那辈人都老了,我们这辈人也到了成家立业的年龄。为了生计,父母们和同龄人都在忙碌奔波。有的就在老家生活,有的外出打工拼搏。不变的是,每年回家过年,我们都在变老。

如果我们还没有结婚,父母们就像热锅上的蚂蚁,着急得很。他们又是询问现在是什么样的情况,又是张罗着要介绍对象。本来我们还想着,好不容易回到家里,要在家里好好休息几天,却不知道父母们已经忙活开了。在这个又是感激涕零、又是提心吊胆的日子中,我们感受着家的温暖。

等到要离开的时候才发现,自己舍不得离开这个家。这个我们在其中长大成年的家,已经成为我们的精神寄托。不管我们走了多远,不管我们离开多长时间,在我们的心中,这个家永远都是温暖的港湾。

于是,现在回过头来再想想,我们失去的时间都去哪儿了?我们把最重要的时间,一部分用在了自己身上,一部分用在了家庭上面。这些都是我们人生中最为重要的时间历程。因为太重要了,所以我们自然而然地就把这些重要的时间忽略了。当有一天,我们专门回想这些人生历程的时候,突然发现花费了的时间都是我们心甘情愿地选择。那时,我们的人生也就无怨无悔了。

来自杭师大的温暖

在杭州师范大学当辅导员，是我人生的第一份工作。我怀着对大学的热爱来到了这里，仅停留了短暂的两年时间，却改变了我的人生轨迹。我应该感谢杭师大。我已经离开这个地方好多年了，还不时地感受到来自杭师大的温暖。

初来杭师大工作时，正是家里最困难的时候，急需我通过就业撑起这个家。虽然我还有继续求学的梦想，却只能放在心里。所以刚办理入职手续时，尽管我感受到了身边浓浓的暖意，却满怀一腔失意。不过，我还是振作精神投入到了工作当中。幸运的是，这里的老师很关心新人，不管是在生活中，还是在指导工作上，都为我提供了很多帮助。

很快，我就被分到了文一路校区的杭州国际服务工程学院（信息科学与工程学院），管理2010年入校的计算机、电子和信息三个专业的部分新生，同时兼任计1003班和信1001班的班主任。我把全部热情都投入到了管理学生的学业和日常生活当中了。每天检查他们的早读和晚修是我的重要工作,我同学生们一起学习,顺便督促学生们好好学习。我这人比较严厉,一般不轻易给学生批假条。就因为这个事,好多学生私下都对我有意见。我当然知道这个情况,可我还是认为老师严厉一点就是对他们负责。

我已经离开杭师大三年多了,前阵子突然有杭师大的同事杨鹏飞老师和我联系,说现在还有学生记得我,并把那位学生的访谈发给我看。

在方巧珍同学被问及"你在学习期间对你影响最大或者您的印象最深刻的老师是哪一位或者哪几位? 你对他(她)印象最深的原因是什么?"关于这两个问题,她非常认真地作了回答。

对她影响最大的是她大一时的辅导员——任帅军老师,虽然任帅军老师作为方巧珍的辅导员只有一年的时间。在她大二时,任帅军老师就调任下沙了。但任老师一直让方巧珍心怀感激:"可以说在我最失落的时候是他拯救了我。"方巧珍因为当年高考严重失利,大一过得很郁闷。她非常坦诚地告诉我们,她大学生活起初过得很混沌,因为高中太压抑了,大学里突然的自由让她很放纵。跟大多数人一样,她也逃过课,大学英语四六级考试考了很多次。总之学业很是不堪的,尤其是专业课,因为是服从调剂,根本不喜欢,一点都学不进去。大一时她负责党建工作,这项工作也做得十分差劲。"应该说前两年都是浑浑噩噩地混吧。"她这样调侃道。而当时的辅导员——任帅军老师会分享一些他自己的经历,旁敲侧击地告诉她一些东西,即使那个时候她似乎听不进什么道理。在方巧珍的印象中,任老师是那种很坦率很实诚的老师,也很关心学生。有人说在他那里特别难请假,但是在方巧珍看来,这正是他负责任的表现。

我看过后,特别感动。这是来自杭师大的温暖。当我已经快要忘记这段历史的时候,不时地有来自杭师大的同学和老师关心我的近况。我当时的助班高迪龙也常和我联系。我每次更新网络日志,他都要看看,我当时管理的很多学生也是如此。他们在我离开杭师大以后,还一直关注着我,这份情感特别让我感动。

工作第二年,我就从杭师大文一路校区调到了下沙校区的信息科学与工程学院。这里的师生丰富了我在杭师大的单调生活。我参加了工会组织的教工合唱团,认识了一大批喜爱唱歌的老师。跟他们在一起排练和演出,我感受着生活的丰富多彩。我就把这些日常感悟记录下来,很多篇这样的散文都发表在《浙江日报》和《杭州师范大学学报》上了。现在回想起来,我当时的生活可谓惬意舒适。

在我离开杭师大之前,校报老师还送了我一份特殊的纪念品。这是杭州师院成立时的第一份校报样刊,还有我在杭师大两年的校报合集,里面有我发表的多篇散文。每当我翻阅杭师大校报时,当时的场景又一次次地浮现在我的眼前,恍如发生在昨日一样。

如果杭师大的部分老师和学生来上海了,也会顺便过来看看我。我和他们聊天时,感觉他们还是以前的他们,没有任何变化。我就在想,杭师大应该也还是老样子吧。于是,一股温暖和感动油然而生。我怀念我曾在杭师大的样子,从他们身上,我看到了我怀念的杭师大。这也是来自杭师大的温暖。

杭师大始终在我心中占据着一块特殊的位置,我也时常感受到来自杭师大的温暖。我会把这份温暖长存于心,时时激励自己不断奋进。这是我当时离开杭师大的承诺,我会一直努力兑现这个诺言。感谢杭师大,感谢关心我的杭师大师生。

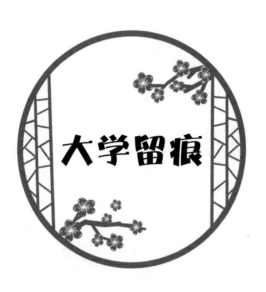

大学留痕

回忆大学里
读书的时光

　　本科毕业之后，我就没有回过山西农业大学。并不是因为我忘记了这所学校，其实我在心里很想念这所学校，它给了我改变命运的机会，可是我又害怕回去。

　　记忆中的第一个场景总是动物科学楼的第四层自习教室。穿过昏暗的楼梯和过道，坐在泛白的灯光下，我正在复习当天所学的课本知识，那间教室里的第四排中间靠左侧过道的位子就是我的座位。我总是很固定地坐在那里看书、写作业。

　　来上自习的人并不是很多，有时候还会有情侣在教室的最后面嗑着瓜子，偷偷地小声谈笑。虽然我已经坐在了前面，可是仍然听得清清楚楚。时间一长，我就有些反感。在犹豫中，我不知道是否应该告诉他们，让他们小声点。有几次，我就上前说了，之后教室里就会安静一点。现在想来觉得自己蛮搞笑的，怎么眼睛里就容不下沙子。

　　好景不长，在我要升大二的时候，动物科学楼的自习室就改成实验室了。我被迫离开熟悉的环境，另找属于自己的位置。之后的我辗转于主楼、四号楼、五号楼和六号楼之间。这几个楼的自习条件都比动物科学楼要好，可我却只对动物科学楼的自习室情有独钟，因为我第一个固定的自习教室座位就在这个楼里面。

很多人都喜欢去大学的图书馆上自习，其中的便利条件，大家都特别清楚。可是我只偏爱自习室，我很少在图书馆上自习，倒不是因为图书馆不方便，而是因为图书馆的自习室有时候很吵，无法让人静下心来思考问题。不过我倒是喜欢来图书馆借书。学校图书馆的许多文学书籍都已泛黄，年龄比我可大多了。看着这些没有人借阅的书籍，我却如囊获至宝地借过来看。我记得还把看过的一些书借给了楼管看。

文学书籍看多了，就想写随笔和诗歌。写出来了，就想着发表。虽然一直坚持写作，可惜投了几家报纸，都没有音讯。当时的我很受打击，不知道自己还要不要继续写下去。既然投稿无望，那自己写的东西也不能就这么白白地浪费了。于是，年轻的我就拿着手稿让人看。有一位仁兄和我志同道合，他也把写的诗歌让我看，我们就经常交流写作的成果。

最让我印象深刻的事情是，他用诗歌求爱，却遭到了拒绝。他不但没有泄气，还把诗歌用篆刻的方式做成礼物，送给了那个女孩。在这方面，我只能望尘莫及。我是通过诗歌交朋友。在第六餐厅，我和一位学姐在同一张桌子上吃饭，我就大胆地把自己写的诗歌给她看。她不但没有拒绝，还认真地看了起来。现在想来，当时的我是多么的稚嫩，又是多么的富有激情。

那位师姐之后考上了浙江大学的研究生，毕业之后就再也没有联系上。不过她对我的肯定和鼓励，直到现在都深深地感染我。我的文学梦没有因为几次投稿未果而戛然搁浅。当时在党办上班的王老师对我写作也产生了一定的影响。他是专门写稿子的。我去做助理的时候,他就曾指点过我。还有纪委办的梁老师也和我交流过写文章的事情。她横溢的写作才华让我赞叹。他们都不是我的专业课老师,却都像关心小弟一般地关心过我。直到现在,我还是很感动。

除了看书和写作,我还经常参加社会实践活动。虽然每次想起来都很后悔,当初过多地参加了这些社会实践活动,影响了我的学习成绩,不过我现在的实践能力也是在这些活动中锻炼出来的。我老家邻居的小弟正在读大二。为了增加社会实践能力,他寒假在上海打工,前两天他空闲的时候来看过我。我记得上次看见他的时候,他快两米的个头很是晃眼。而现在看着他瘦得不成样子,个头好像也矮了几分,我又是心疼,又是鼓励。大学里的我也是这个样子,当时的体重都不到一百斤。

这让我想起了电影《中国合伙人》,讲述了三个年轻人在大学里的创业故事。我看过后内心久久不能平静。虽然这个故事的背景离我们很远,里面的生活却离我们很近。三个性格迥异的年轻人为了梦想走到了一起,他们有过挣扎,也有过矛盾,却一起奋斗干出了一番事业。回想我的大学时光,我与我的兄弟们也奋斗过。我们虽然没有干出像他们那样的轰轰烈烈的事业,却都在家境最贫寒的时候,认真努力地完成了学业。

现在的我们已经长大了,却不时地回忆曾经有过的大学时光。有时候,一个很久没有联系的大学同学或老师突然联系上了,记忆的闸门就如泄洪般地打开了这段时光。我会情不自禁地再次回想起大学里的点点滴滴。这是一种幸福,也是一种激励。我们已经从本科阶段的大学生活里走出来了,就更应该把在大学里的奋斗精神延续到现在的生活中。等再次回到久别的大学,才能无愧于心。

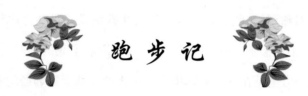

跑 步 记

　　跑步已经成为我生活中须臾不可缺少的一项活动。人生的许多乐趣皆来自跑步。

　　在我的印象中,小时候跟着一群伙伴在田野地里疯跑,或者是捉田鼠,或者是玩游戏,都是抹不掉的快乐回忆。就拿老鹰捉小鸡的游戏来说,其中的乐趣恐怕不是简单地捉与被捉,而是在捉的过程中跑得气喘吁吁,释放全身热情的过程。没有大人看管的时候,小孩子都爱跑着出去玩,尤其是喜欢无拘无束地跑来跑去,这大概就是生命中最简单的快乐吧。

　　只可惜这种把跑步融入游戏的方式,离我们的生活已经越来越远。那是因为我们都长大了,已经不再玩小朋友们的游戏了。我从初中开始,就懂得要锻炼身体。当时村里有许多年轻人一大清早就出去跑步。好友任桂宏在天还没有亮,雾气正浓的时候,就来叫我跑步。我们在能见度极低的黑夜里慢慢跑着,即使是跑在平时熟悉的路上,我们也有些害怕。还好没跑多久,就碰上了每天早上都锻炼的那群人。我们想要跟着他们跑,可是他们跑得太快了。我们瞎胡跑一会儿，就悻悻地回家了。现在想起这件事，就觉得当时跑步的年轻人的生活充满了阳光，能够感受到他们对生活的热爱。

在村里跑步，当然没有专门的操场和体育设施，只能沿着马路跑。我在高中锻炼身体的方式依然是跑步，只不过跑步的范围已经从村里的马路扩大到了周边的公路。有一段日子，我和好友任国兴每天早上都沿着山西铝厂的绿化带跑步。在跑步的过程中，我们交流学习心得，就感到学习也不是那么枯燥了。地理老师毛云霞还对我们说："我在大学里经常跑步，既锻炼了身体，还在跑的过程中思考问题。"她鼓励我们多跑步。我跑步的美好时光，以及其中的乐趣正好反映了毛老师的这句话。

上了大学以后，锻炼身体的环境明显得以改善。山西农大不仅有专门的操场可以跑步，还有游泳馆和其他体育设施。我就是从这个时候开始把跑步和游泳当成专门的爱好的。我喜欢夜跑，看着满天的繁星，感受着夜里清新的空气，我的心情就有一种豁然开朗的感觉。我听说，下午跑步更科学。于是，我就在吃晚饭之前跑一会儿。人总是有惰性的。我懒惰的时候，也会疏于跑步，为了坚持每天锻炼身体，我不跑步的时候，就会游泳。既然下午和晚上会因为各种各样的事情耽误了跑步时间，我就开始在早上跑步。感受着每天早晨的气息，我一天都觉得精力充沛。

来到上海大学，跑步竟然成为我每天的必做功课。这里的游泳费用可比山西农大贵多了。情不得已之下，我就只能靠跑步聊以自娱了。这时的跑步对我来说已不是单纯地锻炼身体了。我在跑步的过程中开始思考学术问题，多篇论文的构思就是在这样的情况下产生的。上大美景不胜数。我偏爱在校园里跑步，可以欣赏一年四季上大的美。好友孙涛和我有一样的爱好，他也喜欢在校园里慢跑。我们边跑边畅谈人生，这样的日子真是舒心惬意。

可惜到了复旦大学，条件就艰苦多了。北区宿舍这边没有专门的操场，就连过往的马路也是坑坑洼洼。可是这并不影响学生们跑步的热情。来到这里你就会发现，随时有人靠着路边跑步。于是，我每次跑步的时候，都心生感慨，在条件如此艰苦的情况下，这里的学生们都在刻苦学习，还不忘记锻炼身体。好多学校的硬件设施那么好，可是又有多少人能自觉学习呢？

有时候，我在跑步的过程中还会浮想联翩。我在想，人生就是一场又一场的长跑。有的人能够坚持下来，并跑出精彩。可能他们在生命起点上并不领先，但是由于执着地坚持，他们逐渐弥补了落后的人生差距，甚至达到一个光辉的终点。这样的人生长跑多么有意义啊！我一直希望自己能够跑出这样的人生轨迹，那就在每天的跑步中认真展开人生的长跑吧。

午　休

　　我已经习惯了午休,正如我已经习惯了写作。如果有好长一段时间我什么也不写的话,就会觉得心里空落落的,很不是滋味。正如我一天不午休,身体就会马上抗议。然后,我就什么也干不成了。

　　午休对我的重要性甚至超过吃饭。一顿饭可以不吃,下顿多吃点就能补回来,可要是把午休给错过了,非得当天补回来不可。若中午有事情没睡成,就索性睡上一下午。若这个觉到了晚上还没睡成的话,干脆就吃过晚饭后开始睡觉,午睡和晚睡放到一起,连着睡十几个小时,也是一件快意之事。

　　我午休的习惯是从小养成的,来到上海多年,却一直变不了。北方的生活节奏较慢,许多人在中午都会小睡一会儿,这个闭目养神的过程也是享受生活的过程。日子在这样的舒适中慢慢过去,也是一份美好。可惜大城市的"朝九晚五"却不能提供这样的闲暇,绝大部分人都不午休,他们宁可利用中午的空闲时间做点喜欢的事情。对我而言,在这个时间段,我最喜欢做的事情就是午休。在这个时间点上,没有什么事是比午休更为重要的。

我还记得因为午休，我受过一次处罚呢。那还是在上小学五年级的时候，班里每天中午都要安排一个人检查大家的午休情况。有一天轮到我负责了，而我却趴在桌子上"睡大觉"。当班主任发现时，就把我拽出教室，狠狠教训了一顿。我当时就觉得很委屈，这样的感觉到现在都挥之不去。

在之后的求学生涯里，我都是自行安排午休，能留下深刻记忆的时候不多。那是在高中一次晚自习的时候，我实在困得不行，就趴在桌子上酣睡了起来。历史课老师怎么也摇不醒我。我当时学习还是蛮认真的，只是那天中午我没有午休，直接影响到了晚上的学习。事后，那位老师把我叫到办公室，关心地询问我的生活情况。她叫我平时多注意休息，这让我感到很是温暖。我的人生轨迹就是从上高中才开始改变的。当时有很多老师都在默默地关心着我。语文老师、地理老师、化学老师、政治老师、生物老师……我现在已经忘记了他们中大多数人的名字，但这份师生的恩情我却常怀于心。

午休除了给我带来一些故事外，还安抚着我疲倦的心。有时候，我会觉得快节奏的生活给我带来了无法形容的疲倦。我什么都不想要，只想安安静静地躺在床上睡个午觉，这对我而言就是最大的安慰。

我想，午休的习惯我会一直保持下去。午休为我带来了生命中的简单快乐，不断充实着我的日常生活，还能平复我忧伤的心灵。我虽逃避不了烦扰的现实，却能在午休中感受到片刻的宁静。这也就足够了。

晒 被 子

　　如果说生活中有那么一点简单的小乐趣会让我的心情时时转个弯,晒被子就莫过于此了。我从来没有像今天这样认为,像晒被子这样的小事也值得一写。然而我确实应该写一下晒被子,因为这是我日常生活中不可或缺的重要组成部分,我甚至应该感谢一下晒被子带给我的各种乐趣。

　　我还是来到上海以后,才开始养成晒被子的习惯。上海比北方老家潮湿,一年四季少不了雨水。在老家的时候,天天盼望着下雨。因为庄稼需要雨水,人也需要雨水滋润一下干燥的生活。然而我住在上海,却有些厌烦雨天了。一下雨,我就感觉整个人都湿漉漉的。手到之处,皆有潮湿阴冷的感觉,自然让人极不舒服。

　　还好雨过天晴之后,就是艳阳高照之日,我恨不得把寝室里所有的东西都拿到太阳底下晒一晒。可惜,我只能晒一下铺盖之类的东西。阳台就那么一点地方,还是先用于晒被子吧。这样,晚上睡觉的时候就会无比舒服了。

　　我站在阳台上，一眼望过去就发现，大多数阳台都让被褥之类的东西"霸占"了，看来大家都在晒被子呢。我以前就听说："走进上海的弄堂，会看到家家户户的窗口伸出晒衣服和被褥的杆子，就像展览万国旗一样的。"当然了，这句话听上去像是在贬损上海的市容。可是，我现在想来，觉得生活就应当如此。这才是市井的真实生活。生活原本不需要刻意美化，只要是真实的生活就能走进人们的内心。晒被子就是真实生活的一个象征，所以我想为晒被子"正名"。在我眼里，晒被子就是生活中的一道亮丽风景线。

　　尤其是在晒被子的过程中，我经常能看到一些漂亮女孩把刚洗好的衣服拿出来晒晒太阳。她们把自己的小房间弄得干净舒适，让人感觉属于她们的小世界充满着温馨惬意的生活。等这一切安排妥当，有一个女孩就拿个凳子坐在阳台下，双腿翘在阳台栏杆处，惬意地看书。这种安静和闲适的生活惹得我有几分羡慕和嫉妒呢。懂得生活的人，就是会在这种平常中找到乐子。

　　对我而言，晒被子也充满着乐趣。看上去，我是在晒被子，其实我也是在晒自己的心情。心情不好的时候，晒晒被子，仿佛我的心情也在太阳下晒得阳光了；心情好的时候，我更喜欢晒被子，干嘛不让我的被子阳光一下呢。总之，天气好的时候，我就喜欢晒被子。可能很多人会发现，我的阳台上每天都晒着被子。确实如此，在晒被子的过程中能够自得其乐，也是一件美事。我常常情不自禁地陶醉其中。如果哪天我不晒点东西，反而会觉得辜负了这美好的阳光。照此看来，具体要晒什么对我来说倒也无所谓，关键是经常晒一晒自己，免得让自己"发霉了"，这倒是正事啊！

"有梦方觉人生甘甜"
——忆母校师生情和同窗情

当我看到与武星亮老师合影留念的这张照片时，内心的大学情结瞬间溢满心田。这张弥足珍贵的毕业照是我们在母校毕业之际，与武老师唯一的一次合影留念。当时不知道是用谁的相机拍摄的，事后我们也都匆匆毕业，竟然把与武老师合影留念的事情都忘在了脑后。今天无意间浏览大学同学的空间时发现了这张照片，一下子把我从上海拉回到了山西农业大学，把我从当前拉回到了大学时代。

就像歌词里唱的那样，"好想再回到那些年的时光"。那些年，我们是多么意气风发地过着属于我们的大学生活。山西农业大学的很多学生都来自贫寒的家庭，我也是其中一员，为了拿到能够补贴生活费的奖学金，我们都在努力学习。好像每次想要上自习的时候都很难找到自习教室，因为每个自习室"人满为患"，并且鸦雀无声。有时候你正在自习，讲台上突然来了要上课的老师，这时就要很无奈地再另外寻找自习教室。

我喜欢在一个固定的自习教室、在一个固定的座位上自习。时间长了，就会认识一同自习的同学。直到现在,成为我人生挚友的这些人大都是在自习教室里结识的。我们虽然来自不同的学院,却能在一起畅谈人生。由于学校的贫困生较多,勤工俭学的岗位就成为稀缺资源。学校规定,每个学生只能做一份勤工俭学的工作。为了赚取生活费,我们都偷偷地同时干着几份勤工俭学的工作。或者打扫两间教室,或者一边打扫教室,一边打扫校园。就是这样,我们还不满足。为了能够攒钱接济家里,我们还在外面做家教,赚取当时一小时五块钱的上课费。现在回想起来,当时的我们在学习和工作上都很投入。

在学院里,武老师是把我引入哲学殿堂和学术道路上的第一位老师。武老师是学校乃至省里和全国的教学名师。他的课堂充满着哲学思辨,让我感受到了一个深邃的思想世界。我总是怀着强烈的好奇心和求知欲,想要窥探这个世界。在他和王宇雄老师的指导下,我顺利完成了本科毕业论文,并考上了研究生。在上海读研的时候,武老师来上海参加过好几次全国的学术研讨会。他专程来上海大学看望过我,鼓励我好好学习。在武老师的鼓励下,我又踏上了读博的道路。对我们这些到了三十岁还在继续为求学而忙碌的人来说,能平静地面对一路走过来的自己,内心的酸甜苦辣咸五味杂陈。求学路虽然漫长而艰辛,唯一没有改变的却是自己内心对学术的追求。我应该感谢我的大学老师,他们在授课和指导我们社会实践活动的过程中,通过自身的言谈举止端正了我的求学态度,让我对学术产生了敬畏之心。

现在的我们就像一粒粒珍珠,撒在了祖国的四面八方闪闪发光。这条珍珠项链曾经是那样的完整,而母校就是串起这一粒粒珍珠的纽带。在这条纽带上,有关母校的一切都是记忆的起点。每次回到这最初的起点,记忆像开闸的洪水,汹涌澎湃地触动我内心深处挥之不去的大学情结。我们这些已经毕业的农大人,虽然天各一方很难再次相聚,却都把农大人的"勤奋学习,注重实践"的学风烙在了自己身上。不管是在农大求学的日子,还是在已经毕业的日子里,我们都在勇敢地面对人生的挫折。当身处逆境的时候,我们没有丧失自己的梦想,因为农大给了我们这个梦想。我们更加要认真学习农大"崇学事农,艰苦兴校"的办学精神,只有这样才能"有梦不觉人生寒"。

擦黑板

在我当学生的青葱岁月里,擦黑板是我最爱干的一件事情。这可以算是我开始用心学习的一个标志性举动。我以前可不是这样的。老师们没有关注到我的学业情况,我也不爱学习,自然就想不到要主动为老师擦黑板。除非我是当天的值日生,才敷衍了事地去擦黑板。

可是,自从我开始喜欢上学习,我就养成了爱擦黑板的习惯。这个习惯是在高中阶段养成的,还要感谢我的高中老师。高一阶段,我是全年级最后一个班的学生。班里有一百多号人,学习氛围又很差,为了提高我们的学习成绩,老师们自然要投入更多精力。看着每一门课的任课老师都在黑板上用心地写着,我心中就生出莫名的感动。下课后,在内心的一股股动力的推动下,我就走到黑板前面擦了起来。

刚一擦起来,黑板上的粉末就肆意地飞舞着。我从小就有过敏性鼻炎,对粉尘和气味特别敏感。为了少吸入一点粉末,我就捂着嘴巴和鼻子,使劲地擦着。擦上一会儿,我就跑到教室外面呼吸一些新鲜空气,然后回来接着

100

擦。我一般擦两遍:第一遍先把字迹擦干净,到卫生间把黑板擦磕一磕,用水冲掉粉末,回来接着擦第二遍,这样黑板就会变得很干净。

现在的教学环境越来越好,连黑板和黑板擦都和以前不一样了。以前的黑板是用木板制作而成,用黑色涂料抹在木板上,才能用粉笔在上面书写。现在的黑板都是墨绿色的新型材料复合板或白色的磁性白板,把木制黑板挤出了历史舞台。新式白板确实好用,用水笔代替粉笔,在擦黑板的时候就不会出现粉末了。然而,新式板擦和水笔的液体黏在手上也不太好处理,还有那股子难闻的气味也不比粉末更让人好受一些。

不管我的学习环境怎样变化,我都一如既往地擦着黑板。我总觉得擦黑板是爱学习的一部分。黑板就是老师们传授知识的场所,能让他们的思想呈现在黑板上,就是我力所能及的一点快乐。当然了,老师们的板书风格迥异,有的老师喜欢在黑板上留下密密麻麻的板书,有的老师擅长把条理化的思想规整地呈现在黑板上,有的老师则喜欢天马行空般地往黑板来上一笔,还有的老师从不在黑板上写一个字……为了让他们能愉快地把知识传授给我们,我就自觉地把黑板擦得干干净净。

其实,擦黑板的行为只是一件微不足道的小事。可是从这件小事上就能看出一个学生对老师的尊敬和对知识的热爱程度。在我的求学路上,擦黑板是我为老师们做得最好的一件事情。对我而言,正是擦黑板的经历给我的求学生涯留下了难忘的回忆。我还要继续在校园里生活,和老师们过一样的生活。我想,以后在我上课的时候,肯定也喜欢这种爱擦黑板的学生。

走在青春旁边

青春已经眷顾过我，我正在远处望着它。

我知道溜走的美好时光和徒增的苦茑岁月一样让我不知所措，我却依然着迷于萌动和张扬的青春，一直不能释怀，是因为在内心深处一直感觉我错过了它吧，所以喜欢走在拥有青春的你们身边。每次看到你们，印在我心灵里面的都是青春的影子。我喜欢看你们阳光朝气的脸庞，我喜欢听你们讲述生命中的喜怒哀乐，我喜欢被你们信任的感觉，有时候甚至会上瘾。我喜欢青春的你们有时迷茫困惑，有时无忧无虑。

从人生的懵懂开始，青春就以我无法察觉的面目出现。快乐的童年与求学的生涯在青春的舞台不断地上演又谢幕。很多事情我早已遗忘，也有我无法忘记的回忆。我却不知道，不经意间青春让年少无知的我渐渐长大。伴我走过青春的人都定格在青春的回忆里，而我只能在感慨中不断翻阅残留的青春画卷。

青春是被导演的一场戏。这场戏的精彩可能只是针对青春的独特而言。我一直认为,青春中那些难以忘怀的老片子和总是意犹未尽的老歌,让我在热血沸腾中感受生命的华美,只是因为它们难以复制的独特。在这些独特的情境中,我感受着生命的孤独与辛酸,或喜悦与温馨。这些都让我激动地被感染和享受着。

有时候,我喜欢回顾自己的青春;而有时候,我却无法面对自己的青春。我的青春充满无法弥补的缺憾,让我爱恨交加难以割舍,并深深影响我人生的抉择。然而,岁月的打磨总会让人长大成熟。当有一天,我发现这种缺憾也是一种美,反而让我的青春更有味道,这时的我才真正地理解并感激青春对我的馈赠。从这个意义上来说,青春并未离我而去。

青春是我追逐的一场梦。我曾经认为青春就是一场迷失的寻梦之旅,我不知道我为何要一直走下去,我只知道自己要一直走下去,一路地走下去,没有目的,但这似乎是唯一可以做的事情。在这年轻的战场上,生命中的所有经历都让我若有所思。每当我疲惫不堪,被生活淹没了自我,我就仓皇逃离。每当不会再第二次出现的生活际遇摆在我面前,我都在偶然中自我地选择。我不知道,却深受影响。

青春是一种情结。内心的学生情结会成为人生中最值得珍藏的感慨。曾经的我演绎着青春的豪迈与悲伤,当青春从我的手中和眼前飞快流逝,才发现那熟悉的校园环境和曾有的豪情壮志都成为支撑生命的永恒动力。在我的人生中,学生时代的青春之歌是人生旅途中最闪闪发光的亮丽一笔。

走在生命的长河里,青春是人生的一种生活佳境。当涩涩的朦胧感退却,牵手幸福的约定正从青春开始。

又到临近毕业时

"毕业"对我们这个群体而言,是一个美好的词汇,因为我们中的大部分人都不能按时毕业。不是因为我们没有好好学习,如果是这样的话,我们肯定上不了博士;也不是因为我们不想毕业,赖在学校对我们来说是人生最大的浪费。因此,能够按时毕业就成为我们这个群体最大的盼望。

正因为如此,每逢临近毕业,许多延期的博士生就会黯然伤神。一想到自己的毕业论文没有写好,或者是自己的学术论文还没有发表,或者是还没有找到合适的工作,或者是为了照顾家庭或是工作而疏于学业,或者是面临异地恋……种种原因都让"毕业"成为一个能够刺痛人内心深处的词汇。

当初,我们中的大多数人选择读博士,还是想在学问上面有点追求吧。对我而言,选择读博士就是想要继续在求学的道路上充实自己。我还在读硕士的时候,就很羡慕那些正在读博士的人。当时,我觉得这个群体是学生当中最有学问的。每次路过博士生公寓,我都会看到他们忙进忙出,心里就会不由自主地想着,这样的生活才是让人向往的。

因此,我博士刚入学的时候,也是满怀豪情壮志,我曾经为之努力的日子就这样摆在了我的面前。在博士一年级的那年,我曾经疯了似地学习。在博士生课堂上,我踊跃发言,还与别人激烈争论学术问题。在宿舍里,我不停地看书,并把心得体会写成学术论文。那个时候,对我来说,好像不存在周末,就像当时的莫言获奖点燃了国人的诺贝尔奖梦一样,我也试图为自己构筑一个理想的博士梦。

我一直认为,大学就是造梦的理想场所。在"象牙塔"里,我们可以用思想驱逐人生的迷茫。当时的我就是这样想的,也是这样做的。这让我坚信了自己的选择。然而理想之所以美好,不仅在于你追求它的过程中能够感受到它的美好,还在于当它破灭的时候更会让你痛彻心扉。我的博士梦就在临近毕业之时快要结束了。我曾经感受过其中的美好,也体会到了其中的痛苦。就和大多数博士生一样,我怀着复杂的心情想要让它尽快结束。

然后,我想重新开始一种新生活。我希望,这种生活平平淡淡,而不是像我的博士生活那样,要么进行得"轰轰烈烈",要么一度陷入"一蹶不振"。度过人生的起伏状态总是需要一颗勇敢而坚强的心。而立之年的我已经有些厌倦人生的起伏和漂泊,想要在毕业之际成家立业。而我却发现,此时此刻,我的内心已经不如以前那样勇敢和坚强了,与日俱增的年岁让我对生活产生了畏惧,只想祈盼新生活能够顺心一点。

然而,人生不如意之事十之八九,毕业以后的生活又岂能一言而尽之?我也只能把握住现在,让我不要过多地陷入来不及喘息的伤感里面。所以,我要祝福身边的博士生同学,真心祝福你们为毕业而付出的努力能够得到回报。我也要自己为自己打气。在这今后不会再有的时刻,我要继续坚持到底,让这即将成为往事的博士生活重新焕发精彩。路正在我脚下,那个能给我博士生活画上圆满句号的终点,应该就在前方不远处吧?

我们的歌声

参加过合唱比赛的人都知道一个秘密,只有身临其境才会发现这个秘密,也才能找到这个秘密的答案。

来自上海大学延长校区的博士生合唱团同学要回延长校区了,我们这些宝山校区的同学在北门口与他们依依惜别,不舍之情流淌在我们的心中。短短几天的排练转眼间就成为脑海里挥之不去的美好记忆。这几天,我们也用心地排练过,可是到了真正演出的时候,我们却还是紧张得不行,全然没有博士生的老练心态。站在即将演出的舞台上,我和另一位领唱的同学竟然也会紧张到忘词的程度,还好旁边有队友及时提醒。真正到了开始唱的时候,就凭着之前反复排练过的感觉走,也就不太会出现纰漏了。等到台下爆发出热烈的掌声,才知道我们顺利地完成了任务。这时悬在心中的不安才真正地放了下来。

可能是心中的歌声把我们所有人吸引到了这里。第一次见到其他十五位同学的时候,就能感受到他们内心的喜悦。当时的我们一见面就立即投入状态,开始建言献策要唱什么曲目。大家都争相谈论自己的想法,为自己建议的歌曲作论证,这可能是博士生才会有的风格。最后,大家把选择曲目的基调定为能够表达博士生的爱国情操和良好的精神风貌,能够表现博士生的团结向上和积极进取的生活毅力。在指挥的建议下,我们认为《中国人》这首歌最能体现我们的心声。定好曲目以后,接下来就是排练了。这也是最为重要的环节。表演的成败其实就在于平时我们能够练到何种程度。博士生平时都很忙,科研压力也很大,能够聚在一起练歌很不容易,所以大家都很珍惜平时练歌的机会。我们在第一次排练的时候就把这首歌的基调掌握了,第二次排练的时候我们就背出了歌词,最后一次排练的时候我们就按照演出时的场景排了好多遍。然后我们就上场表演了。虽然我们只是学校研究生合唱比赛的暖场,也不敢马虎大意。指挥老师为了增加演出时的整体效果,为我们设计了几个肢体动作,也让我们把玩了一番"歌唱表演"。

演出结束后,又回到了博士楼活动室,那是我们排练过的地方。这个让我们从不相识到相互熟悉的地方,忽然间让我们有了一些留恋和不舍。大家抓住这最后相聚的机会,拼命地讲述自己的故事,企图让其他人多了解自己,为以后的博士生活多留点美好回忆。鹏鹏讲着自己科研生活的感受,巧红姐向我们诉说成家以后读博的辛苦,武欣告诉我们在上大读书的快乐感受,来洁和高萍忙着给我们中间还单身的博士生介绍对象,昌骏给我们讲解专业领域的趣闻逸事,我讲了自己的科研感受和对读博生活的思考,继清偶尔插话用自己的生活印证我们的情感共鸣……虽然我们没有相互问过一个共同的问题:"为什么来参加合唱比赛?"其实在我们的行动中,都已经回答了这个问题。我们是在用合唱表达自己对音乐的热爱和追求,我们是在用合唱来表达自己对生活的热爱和思考,我们是在用合唱来表达自己对学校的感谢和热爱,我们是在用合唱来表达自己对国家的祝福和热爱。

就我个人而言,我以前还参加过学校研究生合唱团和杭师大教工合唱团。每一次合唱,大家都很开心,也很用心。当时的我就在想,是什么把大家凝聚在一起的。这个问题就像谜一样长期地盘绕在我的心中,成为我一直想要破解的秘密。参加合唱团既不能为大家带来直接的经济利益,还要占用大家宝贵的休息时间。可是大家都兴高采烈地参与进来,并且都很珍惜合唱过程中的点点滴滴。

现在回想起来才明白,合唱既是唱歌,也是唱情,又是唱人,更是唱心。大家都能在合唱中开心生活,自然会很珍惜这种人生经历,也就对合唱团有认同感和归属感,直到多年之后我还是能够对当时参加合唱团的情景历历在目。这可能就是我要寻找的答案吧。在我已经不再寻找的时候,这个答案像启示一样告诉我,加入博士生合唱团这个大家庭,我又拥有了一份美好的生活经历和让我值得把玩的美好回忆。这或许也是参加过合唱比赛的人都知道的秘密和答案吧。

爱在山明

回到上海大学（简称"上大"），再到山明餐厅吃饭，有一种回到家的感觉。这里的饺子会让人吃上瘾，这里的砂锅很有特色，这里的米饭和菜量总是给得很多，但是价格却不高。让人印象最深的是这里的阿姨和大叔总是特别的热情。

在上大校园里生活的年轻人都喜欢寻找能够打动人心的东西。这也是钱伟长校长的寄语，他一直希望上大学子能够做"一个有文化修养、道德品质高尚、心灵美好的人"。在山明餐厅，你能感受到这种关爱。山明常年资助残疾学生和贫困学生。你在吃饭的时候，能够经常碰到他们。这时，你会发现能让他们和我们一样平等地坐在一起吃饭是一种多么温馨的场景。

正走向成熟的大学生比较喜欢证明自己，尤其是当他们远离家乡熟悉的环境，在一个繁华却陌生的城市里生活，心灵极其容易疲惫不堪。这时各种莫名的感觉会不时地涌上心头，除了一个无法安放的高贵灵魂，怒放的生命总是一无所有。来到山明，让心灵静下来。吃一碗水饺，满足口腹的挑剔需求,这样美美的一顿饱餐便能让人的心情舒畅不少。这是一个养心的过程,也是一种幸福的感觉。

当陌生变为熟悉,心中就会有许多挥之不去的情结。在家里吃惯了母亲包的饺子,一旦离开老家就有心瘾。每当想要寻找家的温暖的时候,第一个念头就是想到山明餐厅吃顿饭。一个人静静地坐在餐桌前,看着忙碌的阿姨们,就想到了母亲。此刻的她正在千里之外老家的某一个餐厅忙碌着。我把内心对家的思念和感受都放在了这里。

上大的餐厅都极容易让人流连忘返。就像我对山明餐厅怀有的情感一样,我在清真餐厅总能碰到以前毕业的一位师兄。能够看出来,他已经习惯了在这里吃饭。虽然他现在住在学校外面,但每天总要赶到清真餐厅吃完早饭以后再去上班。身边的一位好友告诉我,他对益新一楼很有感情,他觉得只有那里煮面条的阿姨能让他吃饱,因为那里的面条是免费加的,就像大米饭一样。只要你跟阿姨说一声,阿姨肯定会让你吃饱再走。

餐厅里的工作人员和我们一样,都是从全国各地来到这里。他们把上大学子当成了自己的孩子,他们用钱伟长校长所说的社会责任感在上大默默地贡献着。同时,我也想到了作为上大学子,如何能把"钱伟长之问"落实到现实的生活中。钱伟长校长希望我们能够"先天下之忧而忧、后天下之乐而乐","自强不息"地做"一个全面发展的人",用学到的知识和本领造福社会。他说,天下就是老百姓。百姓之忧,民族之忧,你们是否放在心上?我想,上大学子和在上大的工作人员都是老百姓,我们一定要把钱伟长校长的寄语落实在我们的学习、工作和生活当中。

上大是一个能让人产生归属感的地方,我一直认为上大培养出来的学生都应当是有责任感、有爱心和有修养的人。这是钱伟长校长希望我们能够做到的,也是山明等上大的工作人员教会我们的。大学生活精彩又温馨、匆忙又平淡,我们只有勇敢地沿着前进的方向一路走下去,才能无悔我们的大学生活。

室 友 情

　　每逢毕业之际,我总会生出淡淡感伤。室友要毕业了,难舍之情溢于言表。

　　我住进上海大学博士生楼04幢206室时,杨卫民师兄还不知道。匆匆搬进该寝室,我的内心有些担忧,不知道室友是一个什么样的人。只是听楼管侯老师说起过杨师兄,搬进来快一周了才见到他本人。和杨师兄聊天,才知道他是近代史的博士生。看着他的书架上摆放了他发表的学术文章,我心中对他的敬佩之情油然而生。

　　杨师兄告诉我,他这一年主要就是写毕业论文。他还说他在土耳其当了一年对外汉语老师,也是才返校搬进这个寝室。寥寥数语,我就了解了他的大致想法。我忙着应答道:"师兄在学业上成绩斐然,我会用心向师兄学习。"想不到师兄很是谦虚,说"要向你学习,相互学习"。之后一年的交往,师兄不吝赐教,使我在学术上得以很快成长。

　　杨师兄更像是一个很会关照小弟的大哥。每天晚饭过后,我总会与杨师兄漫步上大园。他为我讲如何做学术,每次我都认真地听着。他也是出版社的资深编辑,有着丰富的学术阅历。我就问他:"图书馆的超星电子书为什么不能全文检索?""学术论文的注释如何上标?"等问题,师兄都能一一为我详细解答。晚上卧谈,他给我讲述历史人物的故事,以及他的看法。说到动情处,我们都哈哈大笑。很多次,隔壁的舍友跑过来问我们:"你们是什么情况?"我们才意犹未尽地结束当天的卧谈。

杨师兄毕业以后,我去他所在的单位做过一次交流。师兄热情地接待了我,并全程参与交流活动。听完我的主题报告,师兄点评说我有三高——"个子高、声音高、学术水平高"。师兄的赞语,我实不敢当。这两年之所以能够在学术上面有点所思所想,全赖师兄的用心指点。师兄毕业之后,对我的帮扶还是一如既往。这让我既感动,又感到汗颜。我应当认真向师兄学习做学问的精神和为人处世的方式方法,才不枉与师兄同住一室。

杨师兄搬走以后,我们寝室又迎来了一位学霸。彭小龙是在澳大利亚联合培养一年,完成那边的学业后返校的。他是数学系的博士生,回来也是主要写毕业论文。一听说他是数学系的博士生,我就有点兴奋。当时的我正在写逻辑悖论的文章,就请教他数理逻辑里面的罗素悖论的问题。他知无不言、言无不尽地认真回答我的问题,这让我感觉到他为人热情而善良,又知识渊博。

小龙学习很刻苦,经常早出晚归。每到晚上十点左右我就熬不住了,但此时还没有等到他回来的迹象,我就先行睡觉。第二天一早,我就"盘问"他:"昨晚几点回来的?"他就嘿嘿地笑着回答我。我们也经常晚上卧谈。小龙喜欢和我谈情感问题。我都不敢和他谈这个问题,因为我也没有多少经验可谈。每当此时,他就会仰卧长叹。我说:"学霸也有叹气的时候?"他就很认真地怪怪地怒视着我。

小龙为人处事严谨认真。我经常和他开玩笑,他却对此不以为然。有一次我见到他和一个女生一起往博士楼这边走,我回来后就问他:"刚才看见的那个女孩子是不是你的女朋友?"他满脸羞红,回答说:"只是普通朋友,一起回宿舍。"我失望地摇摇头说:"那个女孩子个子蛮高的,可以考虑一下哦。"他苦笑着说:"男女之间的事情不要瞎讲,说不定人家已经有男朋友了。"他既然这么说,我就只好作罢不提了。

小龙不仅学业优异,而且有很多优点。比如,他很爱干净,以前大厅卫生都是我负责打扫,自从他来了以后,就把我给"解放"了。他一看到大厅哪里有水渍,哪里有点脏,就主动而自觉地收拾干净。跟这样的室友住在一起,我打心眼里感到舒心愉悦。我在阳台上养了几盆花。有时候浇花的时候,不小心溢出来很多水。他看见以后,也会把溢出来的水擦掉。

和这两位室友住在一起,能够感受到生活中的平淡和惬意。他们既是我生活中的知心好友,又是我学术道路上的指路明灯。跟他们住在一起,总是感觉日子过得很快。可不是,不经意间小龙也要毕业了。再过不了多久,我也要毕业了。到那个时候,这间寝室就会成为我们永远的回忆。但是不管我们走到哪里,这份友情都会陪伴着我们。所以,我想在这里告诉他们,虽然博士生的生活有些枯燥乏味,但是有他们相伴的日子,我感到既充实又愉快。

大学友人

我的导师

从上大学开始,我有了自己的导师。

本科毕业要写毕业论文,学院为每个人提供了一份导师名单。我在高中读书时,喜欢上了哲学,因此我就选择了武星亮老师。武老师的研究领域是马克思主义哲学中的辩证唯物主义。我在大学二年级选择读书小组的指导老师时选择了武老师,当时就看了武老师关于这一领域的一些文章,被武老师深邃的思想和简明的知识图解深深吸引住。武老师成了我的第一位导师。他不仅与我探讨毕业论文该如何来写,还把他如何治学、如何做人的亲身感受讲给我听。他希望我能把毕业论文写好,更希望我能成为社会上有用人才。写毕业论文期间,我还忙着准备研究生入学考试。武老师也没有催我,他希望我能够顺利考上研究生。

当我把考上研究生的消息告诉武老师时,武老师很高兴。他鼓励我在新的起点上要更加奋发有为。武老师是学院的院长,还兼任教育部和省里的很多社会职务。他忙的时候,我就把写好的毕业论文让学院的王宇雄老师进行指点。王老师无私地为我修改毕业论文，他一个字、一个字地改，然后一句话一句话地为我分析。我当时特别感动。我能够把像样的毕业论文交给武老师，前面很大一部分工作都是王老师为我铺垫好的。我感谢两位老师，有了他们的悉心指点，我的本科毕业论文才能被评为优秀毕业论文。

我的硕士生导师是李瑜青老师。李老师给我讲的第一个思想是，在上海读书就要融入上海。我直到现在都很愧疚的一件事情是，我的硕士毕业论文没有写好。硕士在读期间，我也看了一些书，但是没有像现在这样用心地写学术文章，更谈不上用心地写我的硕士毕业论文了。虽然我顺利地通过了硕士答辩，被授予法学硕士学位，但是我求学的精神状态有愧于指导我硕士毕业论文的李老师。李老师是上海乃至全国的法学知名专家。大师兄张善根也是他的学生，大师兄的学问做得很好，李老师也很欣赏大师兄。我到现在才真正踏入了学术之门，而当时的我离李老师的期望是多么的遥远啊。之前参加李老师的一个学术研讨会，李老师耐心细致地询问了我的近况，勉励我继续努力。李老师对我的鼓励让我感动万分，我只有更加努力才能回报李老师对我的关爱。

我连着三年报考了陈新汉老师的博士，在第三年他终于收了我。当时的我都快坚持不下去了。要成为他的博士生就这么难吗？考上以后陈老师见了我，语重心长地对我说，他是被我的精神所感动。我就这样成了他的博士生。我当然很不服气，因此提前两个月开始我的博士生生活，为的就是证明我没有一点不如别人。在我的努力下，经过一年的奋斗，陈老师对我的整体状态比较满意。在这一年里，我在学业上面有了一些成绩——拿了一些奖学金，也替他做了一些事情。我经常找陈老师交流，谈我的生活感受，聊我的学业情况，探讨我接下来的打算。他对我的计划比较满意，也对我比较放心。我通过实际行动证明了自己,也通过自己的努力打动了他。

我学习了陈老师的思想,学习了他怎样搞科研,学习了他如何为人处世。虽然只有一年的短暂时间,我却深受他的影响。这体现在我写的学术文章上面,体现在我看问题的角度上面,体现在我的生活上面,也体现在我的情感上面。我真的要感谢陈老师。我用三年的报考换来了博士生活的用心读书,我感到自己比以前进步很大。这离不开陈老师的指点。我还要在他的指导下过完我的博士生生活。我已经不再像本科那样无知,像硕士那样迷茫。现在的我知道自己应该做什么,重点要放在什么上面。虽然现在已经没人告诉我该怎么办了,但是我已经知道自己应该怎么办了。带着自信和坚持,我会更加用心地学习,用我的成绩来报答关心过和正在关心我的老师。谢谢您们!

老姐王怡

　　老姐是上海大学的老师,她在校报编辑部工作,负责《上海大学报》文艺副刊的编辑工作。我能认识她,是我们生命中的缘分。我在上大求学期间,她曾经无数次地帮助过我,没有任何要求,不求任何回报,这让我非常感动和感激她。

　　我只是老姐众多作者朋友中的一名普通学生。她负责的版面上经常出现知名学者的文章,比如说"伟志闲话"专栏的作者邓伟志先生就是学术界和文化界赫赫有名的大家,再如葛红兵老师是全国著名的作家和学者。有时候我会惊喜地发现,我的小文章竟然能与他们的文章排到同一个版面,这对我而言无疑是巨大的鼓舞。在这种激励下,我自然想努力写出更好的随笔。

　　时间一长,老姐和校报其他老师就想认识我。他们通知我来校报编辑部领稿酬,第一次走进他们的办公室,我多少有些胆怯。当我自报家门的时候,老姐突然站起身来对我说:"我是校报四版的责编王怡,欢迎你来我们这里做客。"她和我握完手,就给我拿了凳子坐,这让我受宠若惊。我还没有镇定下来,老姐就给我冲了一杯浓浓的咖啡。当时的我特别感动,都不知道该说些什么。这时,校报其他老师们也开始关心我的情况。

与老姐交流的次数多了,才能切身感受到她对学生的好。这个好不是一般的好,而是说不出来的那种特别的好。我喊她王老师的时候,她就说:"我们的岁数相差不是特别大,你就叫我'老姐'吧。"我从来没有这样称呼过大学里的老师。当我喊出口的时候,才感觉到"老姐"这个称呼叫得既亲切又舒服。她是真心把我当作自己的小弟,我就经常找她谈心。

她根据我写的随笔,帮我分析各种问题,因此帮了我很多忙。在交流的过程中,我才知道她是曾经的上海科技大学的高材生,怪不得她对问题的理解很深刻,虽然她分析起来慢条斯理,但总能给人很多启发。于是,我遇到解决不了的问题,总会找她出主意。她就根据自己的生活阅历和人生经验帮我分析。时间一长,她就成为我生活中的知心朋友。

但是在工作上面,她永远一丝不苟。刚开始的时候,我写随笔没有认真检查的习惯。我把稿件投到她那里,她就打印出来,帮我分析存在的问题。看着这些错别字、病句和逻辑不顺的地方,我感到羞愧万分。她告诉我:"每一篇文章写好后,自己一定要看两遍。作者首先是自己文章的读者,要对自己负责。"直到现在,我都牢记着这些话,并按照她的要求修改文章。

老姐是我文学路上的引路人。没有她的栽培,我的文学梦就不会生根发芽,更不会茁壮成长。在她的引导下,我逐渐感受到了文学的魅力和精彩。我想通过写作来表达内心的真实感受。她用心指点我,在她的帮扶下,我感觉自己进步很快。我已经把写作当成了一种生活习惯。在对生活的记录当中,我感受着什么是真善美。通过一篇篇小文章,我试图把这种真善美表达出来。但是如果没有老姐，我的许多美好想法终会落空为缥缈般的幻想。

她还让我多向办公室的其他老师们请教学习。她的同事许昭诺老师就无私地帮我锻炼写作技能。我在校园里生活久了，就会把所思所想、所感所悟写下来，这些校园随笔正好符合许老师主持的"校园随笔专栏"。承蒙她的关照，我写的钱伟长系列随笔、上海大学系列随笔、大学生活系列随笔、校园人物系列随笔才得以陆续发表。许老师和老姐用校报这个极为重要的平台支持我的文学创作，上大校报就成为我的精神家园，不断温暖我的平凡心。

博士毕业后，我每周五下午都按时打开上大邮箱，为的是能看到上大校报的电子版。看着老姐和校报其他老师们辛苦工作的结晶，我感到特别地舒心和愉悦；看着上大每条新闻都迸发着青春的活力，我为自己是上大人而感到自豪；看着老姐、许老师、边老师和校报其他老师们的名字，我内心翻滚着无尽的感激之情。老姐和校报其他老师们见证了我在上大的成长，我永远是他们的学生。我要继续用行动证明自己，回报一直关心我的上大校报老师们。

我与郝志景师兄的君子之交

《庄子·山木》里有一句话："君子之交淡若水,小人之交甘若醴;君子淡以亲,小人甘以绝。"在唐贞观年间,我老家河津市的历史名人薛仁贵与王茂生夫妇就用行动诠释了这句话。薛仁贵在生活落魄之时,全靠王茂生夫妇经常接济。后来,他随唐太宗李世民东征时功劳巨大,被封为"平辽王"。一朝登龙门,身价升百倍。前来送礼祝贺的文武大臣踏破门槛,他都婉言谢绝了,只收下平民百姓王茂生的"美酒两坛"。一打开酒坛,薛仁贵才发现里面装的是清水。他命人取来大碗,当场连喝三碗。在场的文武百官不解其意,他就说:"我过去落难时,全靠王兄弟夫妇救济,没有他们就没有我今天的荣华富贵。我知道他们生活贫寒,送清水也是一番美意,这就叫君子之交淡如水。"我与郝志景师兄的交往虽然不如这样的历史佳话,却也平淡如水,不求虚华,让我从中感受到了君子之交的恬淡与乐趣。

我在上海大学快要硕士毕业时,曾有过短暂的迷茫。当时没有考上博士,我曾一度灰心丧气,心想求学梦恐怕就此戛然而止了。然后匆忙来到杭州师范大学报到,内心不免有些惆怅。当时正值暑假,师生大都不在学校,我就一个人慢慢地熟悉新学校的环境。走在偌大的校园里,品着心境的孤独,我无数次地鼓励自己要勇敢地融入新环境中。我在当天办理报到手续的过程中,从网上得知钱伟长校长刚去世。我就昏昏沉沉地回到宿舍,再也没能压抑住内心的悲伤,大哭了起来。之后,我就意识到需要认识志同道合的新朋友。郝师兄就在我最失意的时候走入了我的世界。他是这里的资深辅导员,以过来人的身份宽慰着我。在他的帮助下,我很快调整了心态,开始了全新的生活方式。

我第一次去他寝室,就看见许多书籍。他爱读书,即使平时工作再忙,也要抽空学习,这无形中增加了我对他的了解和信任。他慢条斯理地给我讲述每本书的内容和作者情况,还结合自己的心得体会与我探讨其中的问题。每当碰到熟悉的历史故事,他就试图还原不一样的历史过程。他从来不会盲目地说出自己的想法,而是运用严谨的逻辑挖掘不为人知的细节,或分析有争议的地方,甚至旁征博引,让我从中感受到了思考的乐趣。我喜欢这样思考问题的方式,自然就能和他酣畅淋漓地深入探讨。有时候,我们在漆黑的操场上跑步,在锻炼身体的过程中,会就一个问题应该怎样重新解读而发生过争论。就在与他交流的过程中,我感觉自己的学习能力和思维方式有了很大变化。我不再僵硬地依赖某个权威观点,或执着于某一家之言,而是学着理性客观地思考一些问题。这无疑对我之后的考博起了巨大的帮助。

郝师兄无论在学习上,还是在生活中,都尽可能地帮助我。尽管我知道,他的生活也并非一帆风顺。他从小到大就好学习,成绩一直拔尖。在高考中,他被南开大学录取,并出色完成了本科和硕士阶段的学业。他在大学期间通过国家助学贷款等方式自力更生,为了减轻家里的负担,他没有听从老师们的建议继续攻读博士学位,而是南下深圳工作了一年。但他还是喜欢高校里的生活环境,于是就来到杭州师范大学开始了辅导员的职业生涯。他没有放弃考博梦,而是执着地准备着。尽管学校里的各种事情既烦琐又劳累,他还是拼命挤时间看书学习。我们当时都经历过考博的挫折,于是就不断地相互鼓励。他在我来到这里的第一年快结束的时候,考取了清华大学的博士研究生。他告诉我,连着考了几次,就在最艰难的时候终于看到了全新的希望。他用自己的故事勉励我继续奋斗。我也在考博路上连续受挫,正是人生中最痛苦的时候。我就与灰心丧气的自己作着艰难的斗争,不停地告诫自己:"一定要向郝师兄学习。"我终于在工作的第二年考上了!我把第一个电话打给了他,既向他表达我对他的感激和谢意,又向他汇报了这一振奋人心的好消息。

我来到上海大学读博士,反而密切了与他之间的学术和生活交流。在电话里,他给我讲他在清华读书的压力,发表学术论文的坎坷,以及撰写博士毕业论文的辛苦等。我和他分享了我的学术成长、人生感悟,以及一些生活想法。他在学业压力巨大的情况下顺利成了家,这是在那段日子里,我听到有关他的最好的消息。在他的影响下,我也憧憬着自己的美好未来。在我们都快要博士毕业的时候,我告诉他考取了复旦大学的博士后。他也抱着试一试的态度给这边投了简历,想不到,复旦通知他过来面试。就在面试的当天,我还在不知道的情况下给他打了一个电话,想了解他的近况。更让我们惊喜的是,复旦录取了他!以后我们就可以在同一个学校同一个学院一起工作学习了,这就是上天安排给我们的缘分。

人们常说:"君子之交淡如水。"我和郝师兄刚开始只是普通的同事。因为志同道合,我们都不畏生活的艰苦,几经挫折圆了博士梦。在逐梦的过程中,我们各自过着平淡的生活,却没有忘记彼此。我感受着来自他的这份真心实意的亲切关怀,使我感到生活充满了温馨惬意。他也在和我的交流中,不经意地改变了人生轨迹。他来复旦大学报到的这几天,还不忘关心我的个人问题,让我极为感动。我相信,我们之间的交往就是古人所说的君子之交,虽然平淡却倍感亲近,虽然质朴却值得回味,这或许就是纷繁芜杂的社会中最来之不易的君子情谊吧。这份平淡如水的君子情将会伴着我漫长的人生路,让我更好地坚守生命中最值得珍惜的东西。

我心中的好老师刘锦

　　以学生的身份在学校里生活久了,就会对身边的老师们有一个大致的评价。哪位老师是我心中的好老师,哪位不是,不仅自己心里明白,而且周围的其他同学也会有一个八九不离十的判断。想要做一个好老师不太容易,想要得到学生们的认可就更不容易了。即便在这样的情况下,我们身边依然会有一些好老师。他们总是无私地关心着我们,我的辅导员刘锦就是这样的好老师。在读博期间,她是关心我日常冷暖的好老师。

　　初次见她是在迎新活动中,她热情地接待我们这些刚入学的研究生。在迎新会议上,她不嫌烦琐地告诉我们各种注意事项。我当时就在想:这么漂亮的女老师好有耐心啊。在接下来的日子里,我不时地会接到她的电话,提醒我要办好各种手续。于是,我心中不免生出一种感激之情。虽然这是她的分内工作,但她亲自给我打电话,还是让我觉得不好意思。我也当过辅导员,这种事情我一般都会让学生做。

　　在接下来的日子里,我开始频繁与她接触。第一次近距离交流是在一次学术报告会上。刘老师邀请我给学院研究生群体做一个学术分享交流会。我自感诚惶诚恐，不能胜任，无奈百般不能推脱之下，只能硬着头皮上了。刘老师是主持人，她不但详细介绍了我的学术情况，还把我的整场分享和交流听完，这让我特别感动。事后，她说同学们的反响很热烈，希望我以后还能再多分享一些经验。于是，通过这条学工渠道，我就把自己的学术研究与学院研究生们的学术交流联系在了一起。

我的博士生涯也不是一帆风顺，刘老师帮我处理过很多事情。每当学院有人因为一些事情质疑我时，她就会充分地去了解事情的来龙去脉，再极力替我解释真实的情况，这让我很感动。虽然我并没有亲耳听到过，但是许多老师都间接地向我说过一些。我真的不知道该如何感谢她。她还知道我家庭情况不太好，想尽办法帮我解决生活上的困难，以至于我在生活中有什么解不开的心结，就会首先想到她，她也尽己所能地帮助我。我就把她当作生活中的好朋友，有什么事情都愿意与她分享交流。

刘老师用真心关爱学生，是社会科学学院人所皆知的事实。在学院毕业典礼上，优秀学生代表白云飞上台发言，说他三年共收到刘老师六百多条短信，每一条短信都饱含着温情暖意。我深有同感！刘老师平等对待每一位学生，因而在学生群体中留下了极好的口碑。就连学院公认的传奇老师邱仁富老师也在学院开学典礼上说："刘锦老师是我的辅导员，是学院的'六朝元老'。她请我给学生讲一讲，我当然要认真准备。"由此可见，她在学院师生们心目中的公认程度和重要位置。

我认为，刘老师能成为学院公认的好老师的一个重要原因是，她身上有一种深厚的人文关怀气息。她经常说："学生来上海读书都不容易，我要尽可能给他们创造一个理想的读书环境。"她是这样想的，也是这样做的。虽然一个人的力量是有限,但如果学院乃至学校有更多像她这样的好老师,还何愁培养不出优秀学生？刘老师成为我的辅导员是我的幸运。我相信,上大还会有更多像她这样的好老师,也会有许多像我这样的幸运学生。在这样的好老师带领下,上大一定会蒸蒸日上,上大学生一定会更加用心学习的。

大学同窗

　　我的大学同窗，你们现在都还好吗？追忆曾有的大学岁月，有你们陪我走过这段旅途，真的让人此生难忘。你们就是我在山西农业大学的同窗。虽然农大的学习条件艰苦，彼此的家境也不太好，但是我们曾经相互鼓励，寒窗苦读正是我们大学生活的缩影。

　　王良武是大学里曾影响过我生活习惯的人。他是当时公认的优秀学生干部，在林学院担任学生会副主席兼办公室主任的重要角色。他为人谦虚，干活卖力，又很心细，深得老师们的信任。在我眼里，他就是一个努力用行动证明自己的好学生。当然，他的付出得到了高度认可，但他也牺牲了现在看来可能更为重要的学习时间。我是在不断求学的过程中，才逐渐悟出了这个道理。

　　我和他的交流主要是关于学习和生活两方面。农大的自习教室不多，一到快考试的时候，大家都在抢教室的座位，因而碰个脸熟的机会就多。我在5号教学楼自习的时候，认识了他。他正在苦背政治课的考试内容。恰好我也在复习同样的内容,就和他交流考试资料。他很热情地帮我指出考试的重点,我被他的真诚和友善所感染。在接下来的日子里,我们经常交流学习经验和心得。现在想来,我能在自习室里认识他,是一种值得珍惜的缘分。

真正走入他的生活,我才发现他是一个特别能干的人。第一次走进他的宿舍,他的三位室友就热情地给我指着宿舍里的各种手工小玩意。这些都是他利用废弃的塑料瓶或易拉罐等改装而成的,他还到各个学生宿舍楼收集废弃用品来卖钱。我很佩服他的独立自主能力,以及会生活的本领。

为了解决各种费用,减轻家里的经济负担,他不仅干着学校打扫教室卫生的勤工俭学工作,还在外面带家教,所以他的学费和生活费都是自行解决的。这让我很佩服他。那年暑假,他就和我的另一个好朋友李杰骑车从学校去北京。我恰好去中国人民大学参加中国大学生三农骨干的培训。我们就约定在北京见面。现在想想,大学时候的我们那么富有激情。一想到要做什么,马上就去做。

我和李杰是一个学院的同学,他学行政管理,而我读法学。我们都是山西农大大学生支农队的老队员,当时还有经管学院的王大衍、文理学院的董耿等人。在学院王宇雄老师和柴世民老师等人的指导下,我们利用寒暑假和周末的时间,在农大附近的大威村小学义务支教。为了能起到好的教学效果,我们平时就在6号教学楼组织对大家的培训。每个人根据自己的特长选择教授一门课程。经过反复交流和改进,我们的支教内容受到了对方校长和老师们的充分肯定,也引起了农大校领导的重视。

李杰还创建了"新乡村建设公益联盟"QQ群,定期召开乡建的讨论交流活动,并发布全国各地的乡建信息。在此基础上,他发起成立"中国农民大学"的活动，想为农民继续教育创建一个平台。这是多么富有激情的、多么有意义的事情呀！虽然这事最后不了了之，但他敢想敢干的精神确实让人佩服。

在大学期间，他还多次帮助我。记得有一次，学院组织他们班去山西省汾阳市考察交流。他告诉我这个事情，我也想跟着他们一起去学习。他就跟他们的班主任沟通，征得同意后我就跟着他们班出发了。那是我第一次参加集体外出交流活动，对我萌生"想要走出去看看"的想法起了很大的推动作用。还有一件事情也让我难以忘记，就是我们一起去山西省晋城市下乡调研。在带队王宇雄老师的协调下，我和他们班的同学走村过户，开展农业科技知识宣传和普及工作。他们班同学的热心、温和给我留下了特别深刻的印象。

有一段时间，我特别喜欢去他宿舍学习，并和他的室友们一起玩耍。他告诉我，他书桌上的两个大大的"认真"二字，就是要告诫自己学习我的"认真"精神。这让我有些惊讶，我都没有意识到自己身上的"认真"，倒是被他发现了。他确实很认真，在第一年没考取研究生后，就不气馁地继续复习，在第二年顺利考取了研究生。大学毕业后，我们只在他的婚礼上见过面。他就问我王良武等人的近况，难得他还记得我大学期间的好友，让我特别感动。

我们毕业已经很多年了，心中还不时地牵挂着老朋友。虽然不常见面，却知道各自都在努力生活。就像天上的繁星，虽然若隐若现，却总是闪闪发光，让人难忘。我的大学同窗，你们就是我身边的星光，感谢你们陪我度过了人生中最纯洁、最简单、最开心的美好时刻，期待我们能再次相聚！

传奇学弟

博士入学那年，我就听说学院同时招录了一位具有传奇色彩的硕士研究生。他既没有读过高中，也没有上过大学。在社会上创业的六年时间里，他自学了高中和大学课程，并通过了浙江大学的本科自学考试。他没有停止前进的脚步，又努力考取了上海大学的全日制硕士研究生。

我当时就很好奇，他的传奇人生经历尽人皆知。刚结束两年工作历练的我，也是才重新开始人生的新征程，自然特别清楚他的这段人生饱含了多少汗水和艰辛。我很少听说，没有上过大学的人会考研究生，更没有听说没读过高中的人会一路自学考上研究生。我们都很清楚，就是正规读高中也不一定能考上大学，正规读大学也不一定能考上研究生。千军万马过独木桥，总是要把大部分考生挡在校门外。也正因为如此，他的这段人生经历才特别传奇。

经过详细打探，我才知道他是学哲学的。顿时，我的心中生出敬佩之情。学哲学的研究生肯定是爱智慧的。在古希腊，哲学的英文是"PHILOSO-

PHIA",即爱智慧的意思。他既然读哲学,就说明他肯定有一定的思想,是爱思考的学生。之后我就听说,他是他们这一届学生中学术水平较高的研究生之一,已经在大学学报上发表了多篇学术文章。我们有些博士生都很难在这些杂志上发文章,而他已经有好多学术成果了。这说明,他没有浪费宝贵的求学时间,把精力都放在提升学术能力上面了。

我能认识他,也是一份巧缘。在导师陈新汉老师的博士生课上,我认识了宁莉娜老师,而他就是宁老师的学生。陈老师邀请宁老师给我们作《逻辑的人文向度》讲座。课后,他来找自己的导师处理事情。我才知道,他就是我一直想要认识的学弟。我就主动和他交流,这才逐渐走入了他的思想和生活世界。他给我讲他构建的"欲望学理论"。他说:"人都有欲望。人的生存就是一个不断满足欲望的过程。欲望既能实现人的生存价值,又会消解人的生存意义。儒家哲学强调通过人的欲望实现人的生存价值,道家哲学则为人在欲望之外开辟了精神后花园,从而使中国人面对欲望能够进退自如。"

听他讲述自己的思考,我很受触动。一个人的学术思考状态,既能反映他的思想深度,又能映照出他的内心世界。他是一个爱思考的人,他既对人的欲望进行了批判性审视,又提出通过道家哲学对人的生存境遇的开拓,消解欲望对人的负面影响。他的学术思考活动,既与对生活的思考联系在一起,又试图对当下生活中不少人盲目崇拜物欲等现象进行批判,并提出了解决这一问题的独到见解。我感觉,他的思考很有深度。同时我认为,他的内心世界肯定也很丰富。一个人拥有丰富的学术思想,往往表明这个人的内心世界是丰富多彩的。通过在上大报上他发表的几篇小文章,我更加坚定了这一想法。

他把他的学术思想运用于自己的生活实践。在每一阶段的学习任务完成后,他就去外面游山玩水。他对我说:"人要学会放松。只有休息好,才能更好地开展工作。"我做不到,但很佩服他。他不仅学术搞得好,活得也很轻松。这从他取得的成绩,以及去过的地方就能看出来。在这两年多的时间里,他不仅发表了多篇高水平的学术文章,撰写了诸多随笔类文章,还通过了大学英语四六级考试。他去了北京等地游玩,还专程到北京大学和中国人民大学听课。他一直想到这些名校继续攻读博士研究生学位。仅就试图实现这一想法而言,我就特别钦佩他。他是一个敢想敢干的人。

尤其是临近毕业之际,他更加用心地追逐自己的梦想。当他身边的同学都在为毕业论文发愁时,而他已经写好了毕业论文,并得到学院老师们的一致好评。我相信,以他的刻苦勤奋和执着精神,以及这么多年的知识积累,一定能够再给我们带来惊喜的。大家现在肯定想知道他是谁。他就是上大社科学院的传奇学子——林国敬。他身上自强不息的精神是上大校训的最好体现。这正是值得我们认真向他学习的地方。

杜建军师兄的赤子之心

孟子曾说过："大人者，不失其赤子之心者也。"所谓"大人"就是活出人性精彩的人，所谓"赤子之心"就是拥有一颗善良纯洁而又胸怀宽广的率直纯真之心。我在复旦大学的博士后室友杜建军师兄就是这样的"大人"，就拥有这样的"赤子之心"。

我匆匆忙忙住进来，未见其人，先见其书。只见他的两侧书桌整整齐齐摆满了各类书籍，其中有许多书已成为珍藏本，市场上早就买不到了。光是地板上的《经济观察报》就有十几尺之厚。我惊叹于他的学识广博。见到他人，人更胜书。他不仅是个爱书之人，向我推荐《顾准文集》《野火集》等思想启蒙类书籍，还与我探讨作者对书中问题的评析，以及他的一些独到认识。师兄是一个有良知的知识分子，从不盲从权威。针对社会积弊，他勇于批判。虽然批判的精神历程是痛苦的，却让我从他身上体验到了一颗"赤子之心"是如何工作的。

与师兄交流问题是一种享受。他把自己的生活阅历向你娓娓道来，其中甘苦虽然只能自知,却让我感受到了他的"大人"形象。有思想的人,就拥有一种智慧的思维,能在平常的生活现象中看透本质,觉察出令人深思的非凡见解。师兄就是这样的人。他明白自己的一生其实干不了几件事情,于是就把所有想干的事都用于找寻自己的位置,所以他干出来的都是对社会有贡献、对人生有意义的好事。就拿他自费去西藏义务支教了两年的经历来说,就能体味出他的人生境界。

师兄比我年长,人生感悟自然要比我丰富得多。他没有读过正规大学本科,却一路以优异的学业成绩受到肯定和褒扬。他不仅在学术上颇有造诣(拿到博士后基金,发表数篇权威文章),而且能学以致用:在社会调查中,他试着推广发达地方的先进经验;在课堂上,他对学生进行启蒙式的思想教育;在学术研究中,他用严谨的科学方法解析社会问题;在生活实践上,他用行动做一个对社会有用的人。我曾问他,一个经济学的博士后为什么要准备司法考试。他直截了当地回答我:"律师是社会的良心。做一个好律师就是在为社会造福!"

师兄拥有一颗赤诚、炽热的赤子之心。他的治学、处世与为人不仅体现在人生境界上,还鲜明地反映在与人打交道的过程中。他为人好,这点与我父亲一模一样。他身边兄弟多,经常与三朋四友谈天论地。在生活中,他是离不开他们的。如果有什么事用得上他,那真是找对了人。他会热心肠地替你排忧解难。可是,他有什么烦恼总是尽量自己解决。他对我说:"这么多年过去了,虽然我活得不算太好,却总是活着,也不算太差,而且是越活越见到了生活的奔头。"

我想,师兄这是:人生贵相知,只因缘起缘聚;平生一片心,不因人冷人热。他能理性看待人生中的痛苦与快乐。对待痛苦的事情,他主张放平心态，要放得下一切。他通过谈心论道，舒缓压力；通过外出游玩，放松心情。我很敬佩他"潇洒走一回"的人生姿态。正因为我做不到，才不断提醒自己，要向师兄学习，多欣赏他轻松生活的人生态度。虽然我也知道，他这些年来受了不少打击，在这个令人压抑的社会里一直孤独地活着。可是他不甘心这样活着，一定要活出真正的自我。在这样展开人生的过程中，他已经活出了生命中的精彩。

如果说现在的生活中有什么能真正感动我，那就是师兄的一颗赤子之心。他用这颗善良而纯洁、率直而纯真、赤诚而炽热的赤子之心拷问这个世界、忧伤这个世界，又感染这个世界。我一直在想，他生命的价值和意义，以及生活的勇气和力量所在何处？我想，他的赤子之心就是最好的答案。他曾经把最值得回忆的美好人生呈现给这个世界，直到现在依然默默无闻地发光发热，唯独没有给他自己留过什么名和利，借此机会我用笔给他留下一个浅浅的素描。或许这个画像与他本人相距甚远，我也愿意通过拙劣的文笔与大家共同分享关于他的一些美好。如果还能起到其他更好的效果，那可真是意外之喜了。

品读国浩兄

丁国浩是我读研究生时结交的好兄弟。不管我在上大,还是曾在杭师大,他都像兄长一样关心我,给我提供过不少帮助。承蒙他的照顾,我在学业、生活和工作等方面少走了不少弯路。

国浩兄是一个性情随和的人。在上大读硕士期间,我们住在同一幢楼。每次与他交流,我都感觉心情舒畅。他当时在上海市物资学校代课,利用业余时间赚一些生活费。我就问他是否自己也能过去代课,他很爽快地帮我联系。在这三年里,我们的生活费就来自这点代课工资,所以直到现在,我都很感谢他。

他不仅热情地帮助人,还经常约朋友们外出放松。我们平时学业压力比较大,他就拉着我出去散心。在他的组织策划下,我才有机会到上海世纪公园和顾村公园等许多景点游玩。最有意思的是,我们经常在博士楼顶楼欣赏校园风景。这是全校的制高点,在这里欣赏上大的夏天夜景,会让躁动的心灵渐渐平息下来。此时,感受着心灵的宁静,我就对他说:"你可真会享受生活啊!"

他不但会玩,而且学习成绩特别好。在上海大学社会科学学院2007级硕士中,他是发表学术文章最多的学生。在我们毕业那年,他拿着装订好的资料参加考博面试。后来我才知道,这厚厚的像书一样的东西是他把已发表的文章装订成册的资料。没有任何悬念,他当年顺利考取了某位校领导的博士研究生。在读博期间,他依然没有停止前进的脚步,接连发表了多篇高质量的学术论文,被公认为是学院的学术达人。

他不仅是学院2010级博士中发表学术文章最多、质量最高的学生,还是参与学院科研课题最多的学生。他不仅跟着自己导师做课题,还给其他老师们干活。在做课题的过程中,他的科研能力不断提升。他就与我们分享撰写和发表学术论文的心得,帮助我们提高学术水平。在我们眼里,他就是学院优秀学生的代表。

一个人要是很优秀,那么他的这种优秀肯定是全方位的。国浩兄还担任着学生党支部书记,帮老师们分担日常学生管理和教务类的工作。我曾参加过学院的一次学术研讨会。在那次会议的现场,他是最为忙碌的学生负责人,不仅管理着设备仪器,还作为主持人把控会议的进程。领导能将这么重要的任务交给他,就能由此推知他在学院老师们心目中的重要位置。

他综合能力很强,性格也很鲜明。在与老师们探讨学术问题时,他敢于发表独立见解,并能坚持己见。例如,他在撰写博士论文时,就论文到底采用哲学思辨的研究方法,还是历史学叙事的研究方法,曾与老师们展开过热烈讨论。最后,他还是自己拿定主意,交出了一篇优异的博士毕业论文。他的这种求真治学态度值得我们认真学习。

现在他在杭州的一所高校当老师,日子过得还算不错。他没有忘记我们这帮"难兄难弟",还经常打电话与我们联系。在电话里,他跟我聊学院的近况,这让我很是惊讶。他都毕业好几年了,还这么关心学院的发展。他对学院有这么深厚的感情,让我对他肃然起敬。

现在回想起来,我们都有过相同的生活经历,在上大读书期间代课、考博和玩耍。我们都属于同一类人,对自己曾经奋斗打拼过的地方充满着感情。我们都有着相同的志向,都愿意把青春和热血奉献在教书育人上面。因为拥有共同的生活经历和人生志向,我们才能走入彼此的生活世界,品读和欣赏对方。这大概就是志同道合在我们身上的诠释吧。

海岭的事业心

学弟聂海岭具有很强的事业心。

最初是在刘锦老师的办公室碰到他,他正与刘老师商量学生工作的事情。当时并没有觉得他有什么过人之处,真正与他打交道是在一次公事上面。学院要我的一个宣传稿件,他负责与我联系,督办此事。我把文字稿件给他以后,他说还要相关的图片。之后,我就在学院网站上面看到了这个宣传稿。从宣传稿的形式和内容来看,可以发现他用心编辑了这个宣传稿件。这件事使我很是感动。

令人想不到的是,一年以后因为同样的事情,他又与我联系。当时因为我在写毕业论文,就没有把这件事情认真对待。在匆忙之中,我把宣传稿件发给了他。想不到他主动给我打电话,详细问我稿件里的内容。这让我强烈地感觉到,他是很用心地在做这件事情。为了对这篇宣传稿负责,也为了对我负责,他竟然连续花费了近一周的时间修改我的稿件。当我在研工党委和学院的网站上面看到了这个宣传稿时,说不出的感动久久回荡在我的内心。

我就专门把他请到我的宿舍,请教他如何修改稿件,以及如何解决相关的电脑技术问题。想不到他很认真、很热情地为我解答了许久徘徊在我心中的难题。除此之外,他还为我分析了学院为什么需要这些稿件,以及学院学生工作的一些想法等。在与他的交流中,我才知道学院的学生工作都是由他组织策划的。他是我们学院的学生党总支副书记。从他对工作认真负责的态度,以及他对工作的一些想法就可以看出来,他有很强的事业心。

正是在这种事业心的推动下,他把学生工作当成人生的事业来做。这一点非常重要。人们通常从一个人的成功来看这个人的事业心。其实一个人在做一件事情的时候,就能看出这个人的事业心。正是因为他的事业心,他才能成功。这就能说明一个事实,海岭是因为有极强的事业心,他才当上了负责学生工作的党总支副书记,才能做出工作业绩。用两句通俗的话来说,就是"他上道了""他做工作有这种感觉"。这正是一个学生干部最终要获得的一项本领。

他的这种事业心就是WQ(Will Quotient)的体现。WQ简称为欲商,即一个人想要做成一件事情的欲望和意志。一个成功的人不仅具有IQ(智商)和EQ(情商),更要具有WQ(欲商)。欲商是你在拥有智商和情商的基础上,是否能做成一件事情的关键因素。如果你的欲商值很低,即使你的智商和情商都很高,你不想做这件事情,那么何谈能够做成这件事情呢。

海岭对待工作有很强的欲商。只要他负责了一件事情,就会尽心竭力地把这件事情做好。他想要把这件事情做好的想法,就是欲商值很高的体现。在做这件事情的过程中,他会运用他的情商与人打交道,他还会运用他的智商来思考如何做这件事情。这样欲商、情商和智商就成为他做成一件事情的三个关键因素。正是在他的督促下,这两篇宣传稿件才得以问世。

　　上海大学的学生工作就是要培养一个人如何学会为人处世的能力。这种能力就体现在一个人的事业心上面。而这种事业心不能缺少欲商、情商和智商。相比较情商和智商而言,欲商更应当引起学生干部们的注意。这是学生干部们在拥有情商和智商的前提下,是否能够做成一件事情的关键。这个道理对于普通学生而言更是如此。为学生服务,给学生干部们提供了一个锻炼欲商、情商和智商的平台。而普通学生却不一定能接触到这个平台。所以普通学生相比较学生干部而言,更应当加强这三个方面的锻炼。这样在毕业走向工作岗位以后,才能顺利地融入新的工作环境,为今后的发展夯实基础。这就是海岭的事业心给我们的启发。

鹏东的自信心

张鹏东是我的大学同学，也是迄今为止与我走得最近的本科同班同学，可能以后还会是这样的情况。想写点关于他的故事，是因为他的人生选择和发展能带给我们很多启发。

我们都是山西老乡，却有着完全不同的性格。他天性豪爽，爱在外面闯荡。我性格细腻，比较循规蹈矩。从大学期间做生意的故事就能看出我们两人之间较大的差距。他经常从太谷往太原跑，生意做得很大。那个时候，几千元对我们而言就是很大的数目。而他每次做生意都能赚上这么一笔。我就不一样。刚入学时，有一位师兄拉着我卖电子表，一晚上才赚几块钱，我就清楚自己不是这块料，果断放弃了。

鹏东为人直爽，身边结交了不少朋友。他是国旗班的班长。我们都清楚，国旗班不是随便什么人都可以进去的。他利用这份资源充分锻炼自己的能力，很快就得到校团委老师们的认可，让他同时兼任校学生会的干部。在学校层面的舞台上，他同样活出了精彩人生。然而他没有忘记自己的学院,主动提出担任新生班级的代班(相当于助理班主任角色)。在我眼里,当时的他就是忙碌于各种学生活动的学生干部。

我与他不一样,我把学业看得很重。在他把大量时间投入学生工作的时候,我却努力想让自己在学业上面有点成绩。我既要准备大学英语四六级考试,还希望期末各科考试都能取得好分数,更是雄心勃勃地备战研究生入学考试。我就在想,他不用功读书,等大学毕业的时候该何去何从?现在看来,我纯属庸人自扰。他不但混得好,还混出了名堂。他是我们班里唯一的飞行员,这是多少人年少时的梦想啊。

虽然飞行员的工资福利很高,压力也非常大。他告诉我,大学毕业后,在成都整整培训了大半年,才开始上路的。培训的内容全是空难之类的东西。他说:"没有强大的心理素质是当不了飞行员的。"他也没有固定的休息时间,经常加班飞行。我这才知道,他这行当也不好混。可是他热爱这一行,我想有这个就足够了。

老朋友总会经常挂念对方。在我读博期间,他来过上大几次。我们总会聊到大学时候的一些事。我就问他:"刚入学时,你为什么没有竞选上班长?明明你的得票是最高的,我们都投你票了。"他就帮我分析原因。原来班长的职位也需要经过各种博弈才能上位的。对我们而言,把学业完成好才是我们的本分之职。

虽然他也顺利完成了本科学业,但是他没有好好学习,这是一个不争的事实,也是他大学时期的遗憾。所幸的是,人各有志,他在其他领域活出了人生的精彩。这表明,他对自己的人生充满了自信心,他也知道该往哪里使劲。回想我以往的求学路,何尝不是如此?我把精力用在了学习上,自然就缺乏其他方面的能力锻炼。还好我们都不太在乎别人对我们的异样眼光,只要能在自己擅长的领域里活出精彩，我们就不枉此生奋斗。

现在回过头来看，他的大学经历无疑与大部分人都不太一样。在另辟蹊径的羊肠小道上，他为以后的人生发展开辟出了光明大道。他是有这份自信心的。也正是这份自信心，使他的人生路越走越自信。可见，一个人无论身处什么样的境遇，只要永远抱有自信心，就总能活出生命中的精彩。或许，这正是他的人生中值得我们认真思考的地方。

室友曹建雄

在上海大学攻读博士学位期间，一直有一位室友陪伴着我。他就是曹建雄，一个散发着青春活力的博士研究生。在不知不觉中，我们相处了三年。只是没有想到，属于我们的毕业序幕已经悄然拉开，现在我们都要郑重地称呼他为曹博士了。

曹博士学习很努力。我们这些人都是一个求学阶段完成后，再开始下一个求学阶段。他和我们不一样。他是硕博连读的高材生。我们读完硕士和博士，一共要花费六年时间，他却只要五年就能轻松搞定。我就在心里想：这家伙还跳级念书呢，真是不简单啊！于是，下面的事实也就不足为奇了。在我们六个人的大厅里，他是岁数最小的博士研究生。

接下来的事情更让我们对他刮目相看。在我们共处的第二年，他就到美国加州大学（莫赛德分校）留学去了。这可是一个喜讯呢。在我们都拼命挣扎的时候，他已经可以到国外著名大学继续深造了。在这一年里，他的变化很大，尤其是他的学术水平有了突飞猛进的提升。听说，他在国外发表了一篇非常优秀的学术文章。

牛人一般不走寻常路。按道理说,到国外留学一年,学校算是给他休学一年。待他返校后,要恢复正常学制。他还有两年时间可以完成博士阶段的学业。可他偏偏不是一般人。他告诉我们,要和我们一起毕业。也就是说,他整个博士阶段本来可以读四年的,他却三年就读完了。这样,他又给自己节省了一年。于是,在他的整个(硕博)研究生阶段,他总共为自己节省了两年的宝贵时间。

学习优秀只是曹博士身上的一个优点之一。他值得我们认真学习的地方还多着呢。比如,他很有孝心。有时候,他一段时间不在学校。那他干什么去了?等他回来的时候,我们才知道,他请假回家帮助父母收庄稼了。人们常说,儿行千里母担忧。他对我说,父母远在万里的老家,他始终放心不下。上海离甘肃确实太远了,尤其是他在美国的时候,觉得这个距离更远。但是我在想,虽然我们不常在父母身边,只要我们心里装着父母,这个心里的距离就很近。

曹博士还热爱运动。他老是拉着我去游泳。我特别喜欢游泳,就是觉得这边的费用比较高。他就经常对我说:"哥,你不要整天看书学习,也不要嫌花钱。你要学着放松,跑跑步呀,打篮球呀,游泳呀,玩乒乓球呀,打羽毛球呀。适当调节一下生活,你的学习效率会更高的。"他说得很对。我们在大学里要有意识地培养一些爱好,这样才能让平淡的生活丰富多彩起来。他就有很多爱好,所以他永远充满活力,活得也有滋有味的。

他很会做人,经常在运动中结交朋友。我们一起去游泳,他就叫上其他同学,这样我就又认识新朋友了,他通过体育运动就把大家团结起来了,我们也在相互交流中多有收获。如果哪个朋友有困难了,我们就借着朋友圈的资源相互帮忙。在这一点上,他就帮了我很多忙,自然我在心里很感激他。他有什么事情了也会找我商量,虽然我只能帮他分析,但和他交流的时候,我还是觉得很愉快。毕竟身边有个知心朋友,会让我们感觉生活温暖好多。

我们都要离开上大了,却对上大满怀感恩之情。在上大求学的这段日子里,很多地方都留下了我们共同的回忆。

走到上大校园里,我就想起了,他在这个地方给我拍过留念照,在那个地方我们一起运动过,在另一个地方我们畅谈过人生……虽然他要去蛮远的成都工作,而我还要在上海继续奋斗,但是我们都有一个共同的家:上海大学。当我们还想再次相聚的时候,上大就是我们最好的重逢地。

室友彭小龙

室友彭小龙是典型的上大人。他从2004年读本科开始,就住到上大不走了。在上大漫长的十年求学生涯里,他读完本科就攻读硕士学位,硕士阶段又准备读博士。相对于我这个"半路出家"的上大人,他可是对上大了如指掌。有一次,我问他:"为什么你本硕博都要在上大读?"他的回答很简单也很深刻。他说:"我对上大充满着感情,不想再换学校了。"他的这句话说出了我的心声。我之所以选择在上大读博士,也是这个原因。

Bruce Peng是他的英文名字。这是他在西澳大学攻读联合培养博士时用的名字。Siulon Pon是他的网名,可见他是一个时尚的人。从他在西澳大学的照片就能看出,他喜欢这个学校。看到他与袋鼠"亲密接触"的照片,我就满脸疑惑:"为什么澳洲的袋鼠不怕你?"他就坏笑着说:"袋鼠是我的朋友。"在我的追问下,他才告诉我:"澳洲的袋鼠不怕人,因为人们不会去伤害袋鼠。"他的话引起了我长时间的思考。

小龙有一颗至诚的孝心,这是他最吸引人的地方。我们卧谈时,他经常给我讲他家里的事情。他说："我是我妈的贴心小棉袄。"听到这句话,我就哈哈大笑。过了不久,发生在他身上的事情,让我对他说这句话时的"不以为然"深感惭愧。他用刚拿到的"巨额"奖学金给母亲治病。紧接着,在他母亲50周岁生日的时候,他把所剩无几的奖学金给母亲买了生日礼物。顷刻间,"巨额"奖学金已无踪影。他的孝心深深地感染了我。

我们经常在寝室哈哈大笑,搞得其他博士"很有意见"。有一次,我们聊得正兴趣盎然,我就禁不住放声狂笑。邻楼的好友蒋博士百米传音:"任帅军,你声音小一点。"小龙就笑我:"你看,你的大嗓门杀伤力有多强!"和小龙聊天,我能强烈地感受到他的幽默。他的幽默之处在于,他身上拥有别人少有的童趣。例如,他会故意用一些发嗲的词语和小孩子的语气来说话。可是他说的话都很有道理,也很深刻。我估计,他是以前蜡笔小新看多了吧。

人到而立之年,容易被俗世困扰。在与小龙相处的日子里,我很容易就忘掉这些烦恼。他的童趣冲淡了我们紧张的博士生活。他对人真诚,本性老实善良。这些都集中体现为,他不会说谎话。他有很多师兄师姐和师弟师妹,这些人少不了要麻烦他。有时候,他们问他的问题,让小龙感觉很为难。这些问题并不复杂,只要他们认真琢磨,都不难解决。可是,他们就是要问他。他又不能拒绝,只好一一回答。时间一长,他就成了"救世主"。

我和小龙都是从农村走出来的孩子,身上有着农村人朴实和善良的特点。所以,我们无话不谈。而勤奋、孝心、童趣、善良和老实的特点集中体现在他身上,可以用"一身正气"这个词来概括。相比而言,我自惭形秽。我在各个方面都没有他做得好,我一直以他为榜样,努力学习他为人处世的方法,想以此改掉我满身的缺点。与他相处的时间越长,这种感觉就越强烈。尤其是临近毕业之际,我更觉得要珍惜与小龙在一起的日子。不管小龙今后有什么样的人生,我都会真心地祝福他。

久　志

　　他出生在一个普通的农村家庭,年少时不慎触电失去右臂。父母对他放任自流,可他有志于学,一路坎坷坚持到现在。没有久志和恒心,很难想象他能用独臂创造出一个如此丰富且有意义的生活世界。

　　久处苦寒境,志坚情更切。这是我对他读大学之前的生活描述。我和大多数人一样,认识他以后,就问了这个问题。"你的右胳膊是怎么没的?"他就告诉我:"小时候,父母不太管我们。我帮弟弟取电线上的东西时,不小心触电。医生说,右手是保不住了。在家调养的那段时间,正是寒冷的冬天。父母又疏于照顾,右胳膊受寒导致骨头发炎,其中的一部分也被截肢了。"对一些人而言,这就像一场噩梦。可在与他接触中我感觉到,这份苦难反而成为他的人生财富。当父母对他是否继续上学的问题保持沉默时,他主动作出了自己的选择。他边帮姨妈照看两个孩子,边接受她的帮助坚持念书。经过那几年的艰辛苦读,他终于考上了大学。

　　进入大学后,他的人生才真正开始。他曾一度徜徉于诸多哲学家和心理学家的思想世界里。他说："我当时最崇拜叔本华。因为我觉得他说对了，人生就是苦难。'生命，整个儿地根本地就是痛苦，它是和痛苦分不开的。'"人在痛苦的时候，总是需要一些精神鸦片。叔本华的哲学思想就是他经历痛苦时期的精神鸦片。他在痛苦中不断思考生命的意义。这时，波普尔也进入了他的精神世界。波普尔认为：真正的理性在于它可以接受批判，不迷信、不盲从地批判和探索是理性真正的精髓所在。他赞同波普尔的主张，"我可能错，你可能对，通过努力，我们可以更接近于真理"。哲学家们对生命及其意义的解释使他对自己生命的理解更加通透。也是从这个时候开始，他立志做人文社会科学领域的学者。他说："人文修养对我们太重要了！然而我们的人文修养越高，就越能发现，我们欠缺了太多的人文知识和素养。我们小时候，正是培养人文修养的黄金时期。可惜由于种种原因，我们缺失了太多，只能通过现在的勤奋，才能尽可能地弥补。"

"有志者事竟成。"在大学期间，他把对生命意义的找寻和人生的感悟都放在对专业知识的追求上面了。在跟导师做科研项目的同时，他对新疆的美术考古史有了自己独到的见解。当很多大学生还在大学里浑浑噩噩过日子的时候，他就靠着左臂出版了人生中的第一本理论专著《新疆彩陶研究》。新疆艺术学院教授史晓明这样评价这本著作："这是一本关于新疆史前艺术的专项研究，书里所涉及的许多内容都是新疆考古工作的最新成果。通过这本著作，可以弥补我们对新疆彩陶认识的不足，同时也丰富了我国彩陶文化研究的成果。"正是因为这本书在新疆史前艺术研究领域的重要性，才获得了国家出版基金项目的专项资助。他不但没有浪费宝贵的大学时光，还取得了一般本科生很难达到的骄人成绩。这让包括我在内的很多人都自愧不如！大学毕业后，他选择在上海大学美术学院攻读硕士和博士研究生学位。他说："我要一直坚持我的梦想。人们都说'穷学理工,富学经商,纨绔子弟学文史'。穷人家的孩子就不应该选择学文史专业。既然走上了这条路,我们就要勇敢而执着地坚持下去。"

听了他的这些话,我很受触动。他是一个内心特别阳光的人。在日常生活中,他虽然承受着常人难以理解的痛苦,但他选择坚强和乐观地活着。他不止一次地说："有些时候,会在一些人身上发生可怕的事情。这个时候,我们就要学会寻找发生在我们面前的悲剧背后的意义。"他说得太对太好了! 如果他失去的右臂对他来说具有某种意义的话,这种意义就是用来帮助他找到自己在这个世界上的位置。他是这样想的,也是这样做的。他经常自嘲："像我这样的屌丝一无所有,就要学会逆袭。上帝已经给我创造了所有逆袭的条件。"所以,他用本硕博阶段的求学奋斗历程证明自己存在的价值。我想对他说："你不但证明了自己存在的价值,更用你的存在价值给这个世界创造了更多的价值。"

久有凌云志。他怀揣心中的志向,用长久的人生来实现。这让我想起了孟子的名言："有恒产者有恒心,无恒产者无恒心。"他的志向既是他的恒心,更是他的恒产。他用志向打拼天下。这份豪情壮志就像电视剧《神雕侠侣》里面的独臂大侠杨过一样。他正在用一个个努力和进步向世人证明,自己没有被前进道路上的困难打倒,反而越走越自信,越来越坚强。与他相处的日子越久,就越能发现他是一个自立和自强的人。他就是我在博士阶段的室友——魏久志。我极为钦佩他的为人处世和求真治学的精神,也为能有这样的室友感到骄傲!

身边伟人

从上海大学的发展看钱伟长对中国高等教育的贡献

2015年10月9日是钱伟长老校长诞辰103周年暨逝世5周年纪念日。

钱伟长校长是世界著名的科学家、教育家,杰出的社会活动家。从大的方面来看,他的一生是与推进世界科学进步、推动中国教育事业发展、促进中国社会前进联系在一起的;从小的方面来看,他的一生是与自己的人生理想、生活信念和爱国之情联系在一起的。从上海大学学生到校友身份的转换回顾钱校长的一生,就会清晰地发现:钱伟长教育思想是对中国教育理论的重大贡献。我们应该从钱伟长教育思想对中国教育的贡献、对上海大学师生的影响,以及对自身成长的熏陶等方面来纪念钱伟长校长。

一、钱伟长教育思想是如何推动中国教育事业发展的?

从提出爱国主义教育的"钱伟长之问"到作为知识形态的"拆除四堵墙"理论,以及上大特有的"三制三自"制度,老校长在上海大学的治校实践中不断总结治学经验,从而提出了钱伟长高等教育思想,推动了我国高等教育事业的发展。从上海大学的校训"自强不息,先天下之忧而忧,后天下之乐而乐"就能反映出"钱伟长之问,时代意识"。我国正处于全面建设社会主义现代化的历史进程中,急需一大批能为国家作出贡献,为社会造福的杰出人才。"钱伟长之问"不仅通过从上海工业大学到上海大学的教育实践回答着"杰出人才"如何培养的问题,而且直指"杰出人才"能否造福社会,如何为社会造福的问题。经过二十多年的发展,在钱伟长教育思想的引领下,上海大学成为一所"现代化的大学"、一所向"研究性综合型"大学迈进的中国著名学府,这是钱伟长教育思想对中国高等教育的重要贡献。

二、钱伟长教育思想是如何凝聚上大师生力量,不断推进上海大学向前发展的?

钱伟长教育思想凝结着老校长的教育梦。这个教育梦是国家和社会的大学梦、大学的高等教育梦、上海大学师生的教育梦,以及钱校长的教育梦的四位一体的统一。钱伟长教育思想是钱校长教育梦的集中表达,其对我国高等教育理论和实践的创新与发展的一个重要体现是,通过高度自觉的办学理念和教育实践,试图回答我们要"办什么样的大学""如何办好大学""培养什么样的人才"和"如何培养社会需要的人才"等我国高等教育亟须解决的一系列问题。这恰恰是国家和社会的大学梦,即大学能否培养出服务于国家和地方发展需要的具有创新能力的杰出人才。这也是老校长长期思索并始终在教学改革中予以关注的核心问题。只有把大学教育的使命与国家和民族的实际需要结合起来,才能把所学知识转化为有效服务国家和民族的发展需要,这正是大学的高等教育梦。这个教育梦还是上海大学师生的教育梦。上大师生在长期实践钱伟长教育思想的过程中,就具有了"自强不息"的生命精神、"先忧后乐"的爱国精神,以及"求实创新"的科研精神,于是上大师生就把实现老校长的教育梦与实现自身的教育梦结合起来,在上海大学这片教育沃土展开了自己的教育人生。

三、钱伟长教育思想是通过何种途径对上大学生进行熏陶,培养全面发展的上大人的?

钱伟长教育思想通过对高等教育规律的智慧表达,试图破解我国高等教育的一系列难题。这尤其体现在,第一,他把"学会学习"的理念贯穿于上大的教学改革过程中。通过短学期制度,他要求学生提升自学能力,才能成为在未知领域进行独立探索和创新的人才。在钱伟长教育思想中,反复贯穿的一条主线就是"大学教育应该重视学生自学,大学教育就是要教会学生自学,培养学生自己学习新知识的能力"。由此可见,"学会学习"思想作为钱伟长教育思想的方法论基石,在强调学生获得自学能力的同时,回答了"杰出人才"如何培养的问题。

第二,他把"转识成智"的理念贯穿于上大的教学实践全过程。"转识成智"揭示了认识活动由知识到智慧的转化,引导学生努力化知识为能力、化知识为德性,这是钱伟长教育思想的核心要求。学校能否培养出服务于国家和地方发展需要的具有创新能力的杰出人才,是老校长长期思索并始终在教学改革中予以关注的核心问题。他希望学生把所学知识转化为生产生活中的智慧实践,才能有效地服务于国家和地方的发展需要。他的这种高度自觉性的办学理念是对我国高等教育规律的深刻认识,也是钱伟长教育思想的智慧表现。

四、钱伟长教育思想是通过何种途径对一名普通研究生进行熏陶,并引领其不断成长成才的?

我是在对钱伟长教育思想进行研究的过程中领略老校长的人格魅力、治学理念和壮美人生的。2007年,我有幸被上海大学录取为硕士研究生,成为以上海大学为实践园地的钱伟长教育思想熏陶之下的一名普通学生。在学习和生活中我感受到,钱伟长教育思想是"以学生为本"的教育理念,于是我开始对钱伟长教育思想进行研究。随着多篇相关的学术文章发表,我对钱伟长教育思想才逐步形成较为系统而深刻的认识。

2012年,我有幸被上海大学录取为博士研究生,此时老校长已经离开了我们。我就在2004年上海大学出版社出版的五卷本《钱伟长文选》中沿着钱校长的足迹,不断重温他留给我们的宝贵精神财富。他在《天才出于勤奋》一文中明确希望:"青年朋友们在通往理想的道路上都能有个正确的态度,无论在什么样的条件下都要始终不渝地坚持我们中华民族'勤奋'这个优良传统。"我始终没有忘记老校长对我们的殷切期望。他把生命中的一切都留在了上海大学。我们只有把他的精神传承下去,才能不辜负他对我们的培养。从这一视角而言,老校长就是我们所有上大学生的恩师。我至今难忘钱校长的教育之恩,只有把我的全部所学奉献给社会,才能不忘钱校长对我们的殷切期望。

"钱伟长之问"与中国高等教育

2005年,93岁高龄的钱伟长校长在出席其生平最后一次上海大学本科生毕业典礼时,动情地向台下的学生说"今天你们毕业了,我有几句话要告诉你们,这就是:先天下之忧而忧,后天下之乐而乐!天下就是老百姓,百姓之忧、民族之忧,你们是否放在心上?先天下之忧而忧,忧过没有?后天下之乐而乐,乐过没有?"这就是著名的"钱伟长之问"。

伟人钱伟长渐渐远离我们,他为我们留下了什么,是一个值得广大教育工作者深思的问题。钱伟长是一位教育家。他曾是中国乃至世界上在位时间最长(长达三十多年),在位年龄最高(高达98岁)的大学校长。"钱伟长之问"就是他从教一生对中国高等教育思考的结晶。

如果说"钱学森之问"拷问的是中国的教育工作者:"为什么我们的学校总是培养不出杰出人才?"那么"钱伟长之问"就是钱伟长作为一名教育家对"钱学森之问"的探解和继续追问。钱伟长提出大学要想培养"一个全面发展的人",就必须"拆除四堵墙",即学校和社会、教学和科研、各学院和各专业、教与学之间的墙。上海大学坚持学分制、选课制和短学期制的"三制"教育教学改革方针。在钱伟长教育思想的引领下,上海大学成为一所"现代化的大学",一所向"研究性综合型"大学迈进的中国著名学府,这是"钱伟长之问"对"钱学森之问"的探解,也是"钱伟长之问"对中国高等教育的贡献。

如果说"钱学森之问"是在问中国怎样出人才的话,那么"钱伟长之问"不仅回答了"杰出人才"如何培养的问题,而且接着"钱学森之问"继续追问"杰出人才"能否造福社会,如何为社会造福?"钱伟长之问"直接指向"杰出人才"的社会责任感问题,即"杰出人才"如何为社会造福。钱伟长是一个纯粹的爱国者,他的"万能科学家"美誉是对他爱国者身份的诠释。他也希望上海大学的学生是一个"爱国者"。"杰出人才"要想为社会造福,一定要在其思想意识和道德情感上对自己的国家产生归属感和荣誉感。《中华人民共和国教育法》第六条规定:国家在受教育者中进行爱国主义、集体主义、社会主义的教育,进行理想、道德、纪律、法制、国防和民族团结的教育。钱伟长要求学生做"一个全面的人,是一个爱国者,一个辩证唯物主义者,一个有文化修养、道德品质高尚、心灵美好的人;其次才是一个拥有学科专业知识的人,一个未来的工程师、专门家"。这句教育史上的名言是他对"钱伟长之问"的具体展开,也揭示了中国高等教育培养"杰出人才"的目标。

2005年,"钱学森之问"享誉全国,引起广大教育工作者的深思。2005年,"钱伟长之问"振聋发聩,"先忧后乐"继"自强不息"成为上海大学的校训。"三钱"中的"二钱"想到一块了。而在钱伟长看来,"先忧后乐"比"自强不息"更重要,更能体现"杰出人才"的价值。人才是最宝贵的社会财富,一个"先忧后乐"的人才,能够把所学所长发挥到社会最需要的地方,能够真正成为社会进步的推动力。钱伟长就是这样实践他的教育理念并展现了他的壮美人生。20世纪80年代,他以古稀之年出任大学校长。如何把当时人们称之为"四流"的上海工业大学建成一流的上海大学成为摆在钱伟长面前的一个重要课题,可以说凝结了钱伟长教育思想的"钱伟长之问"就是从这个时期开始形成的。"钱伟长之问"突破"钱学森之问"的地方不仅仅在于"钱伟长之问"是对"钱学森之问"在中国高等教育理论上的继续追问,更在于"钱伟长之问"凝结了钱伟长教育思想从上海工业大学到上海大学的教育实践。或许一句名言道出了"钱伟长之问"的生命意义:"理论是灰色的,生命之树常青。"

钱伟长校长的教育梦

　　钱伟长高等教育思想凝结着钱伟长校长的教育梦。钱伟长校长的教育梦是国家和社会的大学梦、大学的高等教育梦、上海大学师生的教育梦,以及钱伟长校长的教育梦的四位一体的统一。

　　钱伟长高等教育思想是对我国高等教育理论和实践的创新和发展,因而成为我国高等教育思想研究中一笔宝贵的思想财富。钱伟长校长提出的"拆除四堵墙"理论和上海大学的"三制三自"制度是钱伟长校长在其生活经历、求学历程、治学经验和治校实践的过程中关于我国高等教育问题的不断反思和理论创造。前者是对我国高等教育理论的突出贡献,后者有效地回答了"办什么样的大学""如何办好大学""培养什么样的人才"和"如何培养社会需要的人才"等我国高等教育亟须解决的一系列问题。

　　钱伟长校长认为:"大学教育应该重视学生自学,大学教育就是要教会学生自学,培养学生自己学习新知识的能力。"学生只有通过自学才能批判性地破除头脑中旧的思想观念,不断学习社会需要的新知识,成为能够在未知领域独立探索和创新的人才。这是钱伟长校长具体回答"杰出人才"如何培养的问题。国家和社会的大学梦在于,大学能否培养出服务于国家和地方发展需要的具有创新能力的杰出人才,这是钱伟长校长长期思索并始终在教学改革中予以关注的核心问题。只有把大学教育的使命与国家和民族的实际需要结合起来,才能把所学知识转化为有效服务国家和民族的发展需要,这正是大学的高等教育梦。钱伟长校长提出振聋发聩的"钱伟长之问",并用"拆除四堵墙"理论进行解答。这种高度自觉的办学理念和实践是对我国高等教育规律的深刻认识,同时表明钱伟长校长的教育梦与国家和社会的大学梦,以及大学的高等教育梦的高度契合。

钱伟长校长的教育梦是上海大学师生的教育梦。钱伟长高等教育思想"使上海大学这所我国较早进行实质性合并办学的普通高校一跃成为华东地区规模最大、学科齐全、特色鲜明的综合性大学",国务院原副总理李岚清充分肯定了钱伟长高等教育思想和上海大学的办学成绩。把上海大学建成"国际知名、国内一流的综合性研究型大学"是钱伟长校长对上海大学的寄语,是钱伟长校长的教育梦的重要组成部分,也是上海大学师生在长期探索和实践钱伟长高等教育思想的过程中不断努力奋斗的方向。这既是上海大学师生的教育梦,又是上海大学师生通过实现钱伟长校长的教育梦来实践钱伟长高等教育思想的最好表达。

钱伟长校长的教育梦是钱伟长校长在其生活经历、求学历程、治学经验和治校实践的过程中关于我国一系列高等教育问题的阐述,也是上海大学师生在长期探索和实践钱伟长高等教育思想的过程中形成的教育梦。只有坚持钱伟长校长的教育梦,同时创造性地发展钱伟长校长的教育梦,才能真正实现国家和社会的大学梦、大学的高等教育梦、上海大学师生的教育梦,以及钱伟长校长的教育梦的"四位一体"的统一。

精神导师——钱伟长

从研究钱伟长教育思想的角度看,钱伟长校长是我的精神导师。我是在对钱伟长教育思想进行研究的过程中领略了钱校长的治学理念和壮美人生。

2007年,我有幸被上海大学录取为硕士研究生。钱伟长是新上海大学的首任校长。我成为以上海大学为实践园地的钱伟长教育思想熏陶之下的一名学生。上海大学以钱伟长教育思想为指导思想,形成"破除四堵墙"的办学特色,坚持学分制、选课制和短学期制的"三制"教育教学改革方针。这让我第一次体会到了上大办学的独特性,而这种独特性是在中国其他高校中绝无仅有的。正是这一独特性使得上大在短短数年跻身中国著名高等学府之林。

同年12月,学校组织发起了"学习党的十七大精神,践行钱伟长教育思想"的征文活动。经过半年的生活和学习,我对钱伟长教育思想有了一个初步的感受。我以《一名研究生心中的教育家——钱伟长》参加了此次征文活动。在这篇文章中,我提到:钱伟长教育思想蕴涵着"以人为本"的教育理念,培养全面发展的人是钱伟长教育思想的核心。经过评选,我的这篇征文获得了三等奖。

以这次征文活动为契机,我开始对钱伟长教育思想进行研究。接下来,学校出版了《钱伟长文选》,以及关于钱伟长教育思想的一系列论文。高教所的曾文彪同志也在《上海大学学报》上发表了"钱伟长与上海大学"的一系列文章。这些宝贵的思想成果促使我思考钱伟长教育思想对中国高等教育理论的贡献这一命题。钱伟长是教育家,他的教育思想肯定是对中国高等教育理论的丰富。于是,我就撰写了《钱伟长教育思想对中国高等教育理论的贡献——以上海大学为例》这篇文章,发表在《科教文汇》杂志上。在这篇文章中,我提到:钱伟长教育思想中的"破除四堵墙"理论是对中国高等教育理论的突出贡献,科学教育思想和人文教育思想是对中国高等教育理论的又一贡献,和谐教育思想和美育思想是对中国高等教育理论的重大贡献。

这篇文章引起了高教所老师们的关注,他们建议我对钱伟长教育思想中的和谐教育思想和美育思想进行专门的研究。于是,我就撰写了《和谐美育——钱伟长的教育观》一文,发表在《上海大学学报》(2009年3月教育长廊)上。这篇文章被中国信息大学和龙泉之声网站全文转载。文章提到:钱伟长教育思想教给学生科学的学习方法和辩证的思维逻辑,是一种和谐、有序的教育思想,有利于培养具有"创新精神"和"全面发展"的人;同时钱伟长教育思想是一种美育思想,美即和谐,可以求真,可以致善,可以臻美,可以通"和"。钱伟长教育思想可以真正让同学们感受到知识的美和学习知识的乐趣。

三年的研究生生活匆忙又平淡。上海大学让我的思想逐渐丰满成熟。

钱校长为我们题写的"自强不息，先天下之忧而忧，后天下之乐而乐"的校训精神时刻激励着我不断努力前进。正如我的好友、华中科技大学周琳老师与我共同缅怀钱校长时所言，"伟人传承的是精神"。而像钱伟长校长"这样的人，今后很难遇到，很难再有"。我们只有沿着钱校长的足迹，不断重温钱校长留给我们的宝贵精神财富，才能富有责任感和爱心，有修养并成为一名全面发展的人。这是钱伟长校长对我们的寄语。

一名研究生心中的
教育家——钱伟长①

2007年10月9日,我们敬爱的钱校长迎来了95岁华诞。全校以各种形式开展学习钱伟长教育思想,社会各界向钱校长祝贺华诞。《钱伟长文选》也在全国出版发行,并获第七届全国高校出版社优秀畅销书一等奖。

作为一名研究生,学习领悟钱校长的教育思想,发扬实践钱校长的教育理念,是我们上大学子义不容辞的责任和使命。钱校长的教育思想是丰富的、系统的。

一、"拆除四堵墙"理论,是对中国教育理论的突出贡献

现在的上海大学已经是国家211工程重点建设大学、上海市高水平地方大学建设高校、国家"双一流"建设高校、教育部与上海市人民政府共建高

---

① 本文获得上海大学"走进钱伟长与党的十七大"征文大赛三等奖。

校。在1983年1月12日,中央决定将钱伟长调任上海工业大学校长时,上海工业大学已经两年没有校长,全校学生不足千人,被上海人称为"四流"学校。针对这种情况,钱校长提出了"拆除四堵墙"。

第一,拆除学校和社会之间的墙。大学是开放的,为加强学校和社会之间的联系,为适应上海工业结构的需要,必须改造和发展专业。上海工业大学适应经济发展的需要,培养输送高级专业人才,承担科研任务,选送科研成果,开展科技服务,办学指导思想是明确的。

第二,拆除教学和科研之间的墙。钱校长反对照本宣科的教书匠,他说:"一个搞科研的教师和不搞科研的教师是有根本的差别的",必须把最前沿的科技成果带给学生,培养学生发现问题、提出问题、分析问题和解决问题的能力。本科生要培养自学的能力,硕士研究生要培养提出问题的能力,博士研究生要培养提出问题和解决问题的能力。

第三,拆除各学院和各专业之间的墙。钱校长反对专业分的过早、过专。他认为,专业的教育应该放到研究生阶段,本科还是一个打基础的通识教育阶段。自然科学、技术科学、社会科学和人文科学的学科分割线如果消除,不同学科之间不再是"隔行如隔山",而是取长补短。上大法学院结合法学教育的学科特点,已经形成了自身的特色化发展模式。每年上大法学院在全校理科学生中选拔二十名优秀学生直升到知识产权专业硕士点,一方面实现了法律与其他专业的结合,另一方面也为社会培养和输送了一批文理兼备的复合型人才。

第四,拆除教与学之间的墙。钱校长在《八十自述》中写道:"学生只有通过主动学习才能把所学的知识变为自己的知识,高等教育应该把学生培养成自学能力的人。如果学生毕业了还是不教就不会,那就说明你办教育失败了。"钱校长在20世纪80年代就提出:经过研究生培养的年轻老师应该首先开专题课,开与他研究领域相关的课程,逐渐成为副教授以后,可以开专业课,资深的老教授应该去开基础课,"因为这个时候你的知识面也宽了,工作经验也丰富了,讲课的经验也丰富了,你也有能力掌握一百多人的大教室里的教学秩序"。

二、创办上海大学,实践教育思想

1994年5月,上海工业大学、上海科技大学、上海科技高等专科学校和原上海大学合并定名为上海大学。年逾八旬的钱伟长担任合并后的上海大学校长。新上海大学的许多制度在全国高校里都是独一无二的。比如上海大学的学期制度为每年三个学期,每学期十周讲课,两周考试,半星期休息,暑期为十三周。这种学期制一方面可以督促教师精简教材内容,提高教学质量,延长暑期可以给教师充分的时间备课和进行科学研究。对学生而言,短学期制的考试很像老学制的期中考试,学生易于准备,更重要的是学生也有充分的时间参加社会实践活动。2006年、2007年暑期,上海大学法学院青年法律志愿者们先后进行了"执法之手,与社会同行"的暑期社会实践活动,他们先后深入宝山区大场镇司法所、嘉定区嘉定镇派出所等地,深入开展普法宣传和司法服务活动。

上大研究生的三大节日:学术节、艺术节和体育节更是钱校长的首创。2007年9月19日,上海大学"格物致知立德树人"第六届研究生学术节开幕式在新校区图书馆报告厅举行。我参与了此次开幕式。我认为,高校科研阵地是思想萌发的地方。在这块阵地上,科研工作者以其科研成果启迪人们的思想,推动社会的进步。上大开展研究生学术节的意义在于,在高校传统工作之外,为广大研究生进行科研、交流科研成果搭建平台。通过这一活动,在学生心中树立崇尚科学、尊重知识的内在的自觉意识,进而指导科研行为,这有助于形成良性的学术氛围,抵制学术腐败。

钱校长教育思想中的"以人为本"在上海大学得到了充分体现。今天生活在新校区的我,更能通过校区的设计体悟钱校长的这一思想。首先,新校区各个学院的教学楼都是打通的,方便学生在课间更换教室。如果遇到刮风下雨,学生可以免受风吹雨打之苦。其次,在女厕所的设计上,钱校长坚持女厕所面积要大于男厕所。他说,女生上厕所的时间比男生长,这是有科学依据的。这种预见性在当时非常少见,而事实恰恰证明了钱校长的远见。我们还可以看见,在教学楼和学生公寓里都有方便残疾人专用的卫生间,这充分说明了钱校长对特殊群体的关怀。再者,校园里的畔溪湖也是钱校长坚持挖的。当时也有人反对,但是钱校长说:"一所大学没有水,就没有灵气。"如今,这个湖已经成为学子的精神栖息地,伴随着一代代学子成长。在旁边读书、休憩的学生总会感激自己的校长。他用一个湖传达了对学生的关爱和希望。从担任校长开始,钱校长每年都参加本科生、研究生的毕业典礼。与毕业生们合影留念,已经成为钱校长坚持出席的活动。每年炎热的7月,钱校长都会顶着烈日,奔波在延长、宝山、嘉定三个校区,和一个个班级照毕业照。他坐在第一排,用发自内心的笑容目送学生。在2005年的毕业典礼上,同学们都以为钱校长不会出席了。但是看到身体不适的钱校长依旧出现在毕业典礼上,同学们都很激动。钱校长用上大的校训:自强不息和先天下之忧而忧、后天下之乐而乐,希望同学们走到社会上以后,要继续发扬这两种精神,做一个全面发展的人,对社会有贡献的人。周哲伟常务副校长感叹说:"这就是教育家,心里总想着学生,如今很多年轻的校长都做不到这一点。"

三、从党的十七大报告看钱伟长教育思想

2007年9月15日上午9：00,胡锦涛代表第十六届中央委员会向党的第十七次代表大会作了题为"高举中国特色社会主义伟大旗帜 为夺取全面建设小康社会新胜利而奋斗"的报告。在报告中,胡锦涛提出："繁荣发展哲学社会科学,推进学科体系、学术观点、科研方法创新、鼓励哲学社会科学界为党和人民事业发挥思想库作用,推动我国哲学社会科学优秀成果和优秀人才走向世界;大力弘扬爱国主义、集体主义、社会主义思想,以增强诚信意识为重点,加强社会公德、职业道德、家庭美德、个人品德建设,动员社会各方面共同做好青少年思想道德教育工作,为青少年健康成长创造良好社会环境。"

在上海大学,人人都知道钱校长是多么关心、重视文科的发展。每年他都要前往文学院调研,听取文科教师的建议。钱校长和费孝通先生是挚友。费老当年被钱校长聘为上大社会学研究中心主任,共同推动上大文科的发展。钱校长主张每个学生都要参加一个社团。上大搬迁到新校区后,他亲自出面,专门召集艺术教育老师开会,讨论如何开展新校区学生的艺术教育和社团发展。校长亲自出面抓艺术教育,在当时并不多见。钱校长对文科的重视,在上大努力构建完整的文科发展体系,与党的十七大报告中繁荣发展哲学社会科学是相符合的,这必将促进上大在未来成为一所全国著名的综合性的大学。

钱校长是一位纯粹的爱国主义者。他弃文从理,研发高效电池,创立钱码,与钱学森、钱三强等老一辈科学家投身中国国防建设,为祖国科学的发

展作出了突出贡献,被誉为中国力学之父。钱校长只是淡淡地说:"祖国的需要就是我的专业。"今天,我们大力弘扬爱国主义精神,不仅仅是因为它是我们社会主义建设前进中的一面旗帜,它还是激发民族自尊心,激发民族自豪感,促使一辈辈科学家忘我地投身祖国现代化建设中的一种精神力量源泉。

党的十七大报告明确指出,动员社会各方面共同做好青少年思想品德教育工作,为青少年健康成长创造良好的社会环境。在钱校长房间的电视机上醒目地放置着两样东西:一张照片和一个铭牌。照片上是他颈系红领巾、拿着鲜花的小学生簇拥着。这是他在母校荡口小学时拍摄的,十八年来他坚持每年到那里与"科学小院士"谈心、交流。那个铭牌是中国科普作家协会2005年11月颁发给他的"荣誉会员"证书。最近钱校长正忙着一件"大事",给苏州中学高二16班的同学回信。正在开展"向院士学习"的高中生们专门把自己的班命名为"钱伟长班",他们希望听到来自钱校长的教诲。秘书说:"不管多忙,不管身体状况是否允许,这样的信一定要回。"在写了满满两页的A4纸上,钱校长说:"希望学生从院士的身上学到忧国忧民、祖国至上的品质,自强不息、安贫乐道的气节,探索真理、勇攀高峰的锐气。"

钱校长一生成功扮演了科学家、社会活动家、政治家、教育家等多重角色。在每个角色上,钱校长的功勋和威望都是有目共睹的。作为中国著名的教育家,钱校长在提出了丰富系统的教育理论的同时,以上海大学作为他教育理论的"实验园"。我们身为上大学子,能够在钱校长的教育理念下学习科学文化知识,经过几年的熏陶,我们定能成为钱校长希望的人,即"一个全面的人,是一个爱国者,一个辩证唯物主义者,一个有文化修养、道德品质高尚、心灵美好的人;其次才是一个拥有学科专业知识的人,一个未来的工程师、专门家"。

上大岁月

母校情

上海大学的三年研究生生活让我的思想丰满成熟。临近毕业我才最真切地感受到母校的恩情。三年的研究生生活匆忙又平淡。回想初到上海的时候,自己书生意气、挥斥方遒,憧憬着将会拥有的三年美好时光。三年时间眨眼而过,回忆走过的点滴,心中爱恨交织。总有很多的舍不得,也留有很多的遗憾。上大培养了我三年,我总在思考,我在母校学到了什么。它坚定了我心中的三个信念,这是它对我最大的馈赠。这些信念就是上大培养出来的学生都应当是有责任感、富有爱心的人,都应当是有修养的人。

上大让我坚守的第一个信念是,一个人的责任感是他立足社会最好的支点。我在这里参加了许多志愿者的活动,每一次志愿者活动都留给了我难忘的回忆。乐于奉献是上大志愿者最让我感动的地方,它通过这一平台,让上大学子知道一个普通的人也能够无私地为社会作出力所能及的贡献。现在可以这样说,几乎上大的每一位学子都有过志愿者经历,乐于奉献的志愿者在上大这片沃土里遍地生根发芽并开花结果。"人生应该如蜡烛一样,从顶燃到底,一直都是光明的。"上大老校友萧楚女的这句名言在当代上大学子身上得到了真正体现。

上大让我坚守的第二个信念是,一个人的爱心是他回报社会最好的表达。上大的三年研究生生活,我始终被爱包围着。在生活中,社区的老师、餐厅的阿姨让我感受到浓浓的关爱,她们给我提供各种生活用品,帮我渡过生活难关。在思想上,学院和校报的老师对我谆谆教诲,不断给我各种鼓励,她们是我前进的人生动力。在情感里,上大的好友是我摆脱孤独,勇敢面对人生坎坷的好伙伴,他们曾用理解和宽容抚平我波澜起伏的内心世界。所以,我是幸福的。他们给了我幸福的感觉,他们用不需要回报的行动把爱洒向了我。我只能铭记于心,用自己的爱心照亮他人。

上大让我坚守的第三个信念是,一个人的修养是他一生的见证。相信每个人都会有同样的感觉,认为自己一生最美好的时光是在大学里度过的。然而我们经常忽视的是,我们是什么样的人,正好说明了培养我们的学校就是什么样子。我想做一个有修养的人,让别人一接触就感觉自己是一个值得交往的人。所以,我把自己在上大的三年美好时光都用在了读书、看报、欣赏话剧等上面。我很感激上大给我提供了良好的学习环境。上大图书馆的丰富藏书量可以让我不间断地阅读,使我更加感觉到拥有思想的可贵。上大伟长楼永不谢幕的各类文艺汇演陶冶了我的性情,丰富了我的生活。这些活动让我感受到美的存在,让我体验了内心的激动。这些都将成为我人生道路上的美好回忆,让我回味终生。

上大就像一位母亲,我们就是她的孩子。求学期间,我们受到了她的百般呵护。她不仅哺育我们,还教会我们如何求知,怎样做人。这些都是她不求回报的付出,她对自己的孩子永远一视同仁。我们可以尽情地索取,她毫无怨言。我们也可以在成才以后回报她，我想她也不会拒绝。她对我们唯一的寄托就是希望我们能够成为对社会有用的人。而我想对她说的是，经过您的培养，我的思想已经丰满成熟。我会用一生的努力坚守这三个信念，这是我对您的承诺。

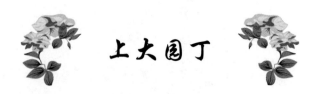

上大园丁

　　园丁一般指负责栽培护理园内植物工作的人。当用园丁来比喻老师，就意味着学生像花园里面的花朵，受到老师们的用心呵护和悉心照料。于是，"园丁"一词就成为甘愿默默耕耘，为学生无怨无悔付出的隐喻。

　　我在上大读书期间，受到了很多上大园丁的栽培。她们既不是我的导师，也不是我的亲人，却在很多事情上给予我关心和帮助。我能在学术上面"茁壮成长"，在生活方面感到温馨惬意，与她们对我的支持和鼓励是分不开的。她们是我心中最好的上大园丁。

　　刘铮老师是女中豪杰。我这样称呼她，是因为她不但学问做得好，在做人方面更是无话可说。我是在导师陈新汉的博士生课上认识的她。当时，陈老师请她给我们讲如何读《资本论》。她不但教我们如何读经典，还结合自己的学术成长道路来讲。课堂休息之余，她赠送我们每人一本著作，这是她的博士论文。我在撰写自己的博士论文的过程中，在很多方面都受到了她的博士论文的启发。之后，我在求学路上遇到了一些挫折，当大多数老师都选择沉默的时候,只有她敢为我说话。而我都不知道这些,直到有人告诉我。

一个人受到了不公正对待,总会被压抑的情绪困扰着。这时,如果有像刘铮老师这样的人为我们说两句话,哪怕这些话并不能改变什么,也能让人感到温暖。园丁就是在花朵需要培育的时候,才显得那么的重要。我的辅导员刘老师也是这样的人。她关心我的生活,在我情绪低落的时候,她主动给我打电话。她和研工委的郭老师一样,想尽办法帮我解决生活上的困难。在生活中,她们已经成为我的好友。我并不能给她们带来任何好处,她们却在我身上付出了精力,我不知道该怎样感谢她们。园丁在浇灌花朵的时候,可能并没有想过一定要得到什么回报吧。

上大有一大批这样的园丁。校报的王老师和许老师也是如此。刚开始,我只是把自己的文学梦当作一种理想来追逐。没想到在上大校报这个平台上,我的文学梦变成了现实。没有王老师和许老师的栽培,我的文学梦就不会生根发芽。我已经把写作当成一种生活习惯,在对生活的记录当中,我感受着什么是真善美。通过一篇篇小文章,我试图把这种真善美表达出来。我希望其他同学也能同我一样感受到这种真善美。没有校报这个平台,没有像她们这样的校报老师,学生的这种情怀就没有了表达的场所。然而,正是因为有像她们这样的园丁,我们才能在校报这个平台上展现自己。

我的社区管理员侯老师对我的影响也特别大。博士入学伊始,她就把我拉入博管会这个大家庭。在这里,我学会了如何更好地服务身边的博士生同学。侯老师多才多艺,她不但在校报上发表随笔,而且还拿到了社区演讲比赛一等奖。在学校的大型晚会上,我们总能看到她编排的舞蹈节目。她还在社区特色寝室评比活动中指导我们,我们都深受她的感染。我也尝试着把随笔投往校报,参加学校的演讲比赛,参与社区的大型晚会和各类活动。在这个过程中,我感受到了喜悦和快乐。侯老师是我身边极为普通的上大园丁,可是我从她身上看到了园丁的辛劳和付出。正所谓"人从心上育,水往根上浇"。她用心服务我们,我们也应该用一颗同样的心回报她。我们的寝室被评为上海大学十佳特色寝室,我被评为上海大学社区优秀学生,这就是我们对她的报答。

我马上就要毕业了。在这种时刻,我更加感受到这些老师的恩惠。她们所做的一切看似那样的平凡,却深深地留在了我的内心深处。我已经把她们当成了我的人生导师。在我读博的这段人生历程中,她们无私地帮助过我、指点过我,在我毕业以后,我会继续把她们当成我的人生导师。她们依然辛勤地工作着,只不过是用心培养着其他学生。而我会把她们的这种园丁精神内化为我的行动,只有用我的行动来印证这种园丁精神,我才能报答上大园丁们对我的培养之恩!

爱上大 爱上海

人们常用"爱"这个字来表达心中最重要的情感。这是因为对"爱"的需要与对"爱"的表达如影随形,伴随着我们的一生。我的心中经常会产生一种对"爱"的需要的情感,也时常萌生想要表达"爱"的需要的情感。在对"爱"的需要与表达中,我的心灵得到慰藉,我的生活得以充实。

那么如何来理解"爱"呢?艾瑞克·弗洛姆在《爱的艺术》一书中提出,爱是一门艺术。爱的问题不仅是一个对象问题,而且是一个能力问题。如果不努力发展自己的全部人格,任何爱的尝试都会失败;如果没有爱他人的能力,自己在爱的生活中也永远不会得到满足。弗洛姆提出了一个深刻辩证的"爱"的解释。"爱"不仅体现在要努力发展自己的全部人格,而且表达为爱他人的能力;"爱"是一个爱与被爱的过程、需要与满足的过程,等等。

对我而言,"爱"伴随着我的成长。我的成长是在对"爱"进行思考的过程中展开的。我爱我现在就读的学校上海大学。我对上大的爱一开始仅仅处于弗洛姆所说的爱的对象阶段。我爱上大的一草一木,特别喜欢在晚饭后漫步上大校园;我爱我的导师、上大的老师们还有社区等后勤部门的阿姨们,他们是我求学道路上的引路人,更是我成长道路上的良师益友;我爱上大的老校长钱伟长,他的求学经历和治校精神深深地感染着我;我爱参与上大的活动,这不仅锻炼了我,而且充实和丰富了我的生活,更让我结交了许多朋友。我对上大的爱逐渐由爱的对象阶段过渡到爱的能力阶段。

爱上大就应当以上大为荣,为上大增光添彩。我积极参与学校与学院的学术交流活动、志愿者活动和文体活动,通过自己的努力证明自己,影响他人;我认真努力地开展自己的学术研究活动,通过自己的学术成果证明上大培养学生的高质量,回报导师的悉心指导和学校的大力投入;我用心做好学校与学院交付的管理和教务类工作,用自己的努力和行动回报学校的培养。这是爱的能力的体现。爱上大,就把自己的能力自觉地投入到对上大的爱的各类活动中。在参与的过程中,自己的成长与上大的成长就紧密联系在了一起,上大对我们的爱与我们对上大的爱也就紧密联系在了一起。

爱上大,自然就会爱上海。我在求学与工作的过程经历了几个城市,上海是最让我感受深刻的城市。上海的制度健全、公开和透明,体现了它的尊重人才和包容的精神;上海的基础设施和经济繁荣,体现了它对民生的重视和先进化程度;上海的文物古迹和文化保护,体现了它对历史的尊重,也体现了它对文化传承和环境保护的重视。爱上海,就会关注上海的制度建设和公益事业;爱上海,就会在闲暇之余游玩上海的文化遗产或名人故居,了解上海进而融入上海;爱上海,就会做好本职工作,把爱上大与爱上海的认识统一起来,自觉地实践上大为地方服务和做贡献的责任和目标。

在爱上大与爱上海的过程中,不经意间就会发现,自己已经融入这种爱的氛围和追求。也是在这样的人生经历中,发现自己在不经意间得到成长。

我曾经说过:"我已经长大,回不到过去。上海就更加像晨曦中的启明星熠熠生辉,永远地照亮我的心灵。"我现在想说:爱上大,爱上海,就用爱的能力和爱的行动表达自己的爱。这种爱在与爱的对象的统一过程中,已经照亮了爱的行动者。

欣赏上大，欣赏自己

——纪念钱伟长校长诞辰100周年

陈新汉老师说，"自信或是否自信是影响人类生活的普遍心理或意识现象，是个体自我评价活动的一个基本范畴。"上大就是一个社会个体，生活在上大的师生是一个个自然个体。个体在社会生活中是否自信直接影响着个体能力的发挥。"自信是以能力为标志的个体关于自身的积极肯定的基本观念。"

钱校长是自信的。上大是他的梦。他创造了一个能够创造梦想的学园。在这片土地上，每一位上大师生都在追梦。"梦，在上大"既是一个理想，更是一种现实，每一个上大人都活在追逐梦想的上大校园里，有的在学术成就中升华自己，有的在社会活动中成就自己，有的在求知渴望中燃烧自己，有的在修养身心中肯定自己。有价值的生活能够体现生命的意义，有梦想的生活就有价值。自信的个体有能力实现自己的梦想。

梦想的实现需要意志。意志作为"要客观化自己的冲动"最终"要建立自己的规定，借扬弃外在世界的规定，给自身以外在现实形式中的实在"。

上大是独特的,这是上大的自信,也应当成为上大人的自信。个体"能意识到自己是一个特殊物,这种意识就是意志"。实践钱伟长教育思想体现了上大人的意志。如何把"钱伟长之问""拆除四堵墙"等理论在上大开花结果,应是上大人造梦的乐园。上大人应该有这份自信,并通过意志来表达自信。

"自强不息""先天下之忧而忧,后天下之乐而乐"作为校训,承载着上大和上大人的自信精神。自信精神作为一种较高层次的发展境界,往往存在于日常生活当中。个体追求什么样的价值,如何实现人生价值,这些都体现了个体的精神境界。个体拥有什么样的精神境界就会呈现出什么样的日常生活。个体的精神愈是符合既定境界,愈是充满发展的动力。因为"人的境界,即在人的动力中"。上大人只有沿着钱校长的足迹,坚定步伐勇往直前才能不断充满动力,实现钱校长把上大建设成为"国际知名、国内一流的综合性研究型大学"的目标。

自信还意味着自觉。个体自我评价活动就是个体对自我存在的一种自觉。作为社会个体的上大有意识地把自己作为充满朝气的极具发展潜力的大学,积极投身于为城市服务,为中国现代化事业服务,这是一种自觉又自信的精神。作为自然个体的上大人有意识地实践钱伟长教育思想和治校理念,并结合自己人生价值的实现,这也是一种自觉又自信的精神。个体的自我肯定和发展就在这种自觉又自信的精神中得到实现。

这是一个欣赏的过程,只有把自身投入到这一过程中,才能真正进行欣赏。自信意味着欣赏。上大人在自信中应当学会欣赏,既欣赏上大又欣赏自己,只有这样才是真正实现了"各美其美、美人之美、美美与共、天下大同"。

四季赏花上大园

　　上大的美是一年四季都可以看到的。在任何一个季节,你走在上大的校园里,都可以看到路边盛开的花朵。

　　春天的上大就是繁花盛开的时节。果园门口两侧的迎春花最为耀眼。当所有的果木都还没有苏醒,迎春花就为上大学子带来了第一份惊喜。星星点点的娇嫩花朵簇拥在一起,在春寒料峭的时节煞是惹人喜爱。

　　比迎春花稍晚一些时候,结香花盛开了。你不用走近,就能闻到它的香味。实在是太浓了,所以能给人留下深刻的印象。在图书馆与泮池相连的地方,有一小片结香。每一个到图书馆自习的学生都能看到它。如果你还不知道它的名字,实在是有点可惜。

　　上大有一些花特别有名气,你肯定知道它们的名字,并且当这些花盛开的时候,不管你有多忙,都要去看一看的。玉兰花就是这一类花中的"贵族"。这不仅因为它是上海市的市花和上大的校花,更因为它开放时朵朵向上、溢满清香,象征着一种奋发有为、积极向上的拼搏精神。如果你想看的话,在图书馆、行政楼和博士楼附近都有大片的玉兰花。

当然了,在春天盛开的繁花中,樱花肯定是不能被忘记的。在美术学院前面有一条曲径通幽的小路,沿着它就走进了樱花园。在小路的尽头,成片的樱花突然出现在你的面前,让你感觉仿佛置身在另外一个世界里。尤其当微风袭来时,樱花花瓣随风而落,你会感到特别的舒心和惬意。

上大的夏季是群花争艳的时节,很多花我都叫不上名字,能够认识的仅有为数不多的几种。果园的荷花是最有名气的。因为它出淤泥而不染的品格,常为世人称颂。所以上大果园的荷花池是不能不去的地方。当你徜徉在果园的羊肠小道上,看着四周的荷花盛开,心中拥有的不仅仅是一种享受吧。

教学楼附近的石榴花也别具特色。经常在自习室上自习的学生,都知道散见在 A 至 D 教学楼之间的石榴花。我对石榴花特别有感情。这不仅因为我们学习的时候有石榴花陪伴着,更因为我从小就经常接触石榴花。小时候姥爷家院子里有一株石榴花,长得特别茂盛。每到夏季,石榴花就开得特别红火,我就忍不住摘上几片花瓣来玩。这大概就是白居易写的"争及此花檐户下,任人采弄尽人看"的场景吧。

要说上大很有名气的花,当然是菊花了。每年秋季的菊花展是上大师生的视觉盛宴。菊花展已经伴随着上大学子走过了十一个年头,这十一年来,无数的赏菊人徜徉在菊花的海洋里流连忘返。在赏菊的过程中赏菊人记住了上大,可见菊花展是展现上大人文氛围和自然环境的一个重要方面。在赏菊的过程中,不管是赏菊人,还是菊花展本身,都成为上大的一道美丽的风景线。

到了寒冬腊月,上大的梅园最为热闹。这种热闹不仅是对赏梅人而言,更是对辛勤的蜜蜂而言的。冬季学期的晚饭过后,我喜欢在上大的梅园散步。看着朵朵梅花争奇斗艳,心中会泛起阵阵喜悦。难怪清代的寸开泰写道:"百劫修来贞洁身,独殊群艳占先春。雪中莫问和美事,且作花间共醉人。"

上大的校园里还有一些花是四季常开的。比如说三色堇,这是我最喜欢的花。三色堇很普通,一年四季都被栽种在道路旁边作为陪衬。就是这些普通的三色堇令我生出真切的感动,它时常让我想起高中时读过的小说《平凡的世界》。多年之后我才意识到,"三色堇们"就是我们这些平凡的人。我们在平凡的生活中会有酸甜苦辣,"三色堇们"在生命周期里会遇到春夏秋冬。我们和"三色堇们"一样,都在平凡的世界里过着平凡的生活。

一年四季,行走在上大校园,在赏花的时候,总会生出无数的欣喜和感动。这些花陪伴着我们走过了春夏秋冬,在它们的陪伴下,我们的校园生活更加丰富多彩。

我与上大校报

如果说上大是造梦的地方,那么它曾经并一直为我的一个梦破浪领航。这个梦就是一位社会科学专业学生的文学梦。

这个梦在我小的时候就已经萌发了。在我读小学五年级的时候,父亲在一次出车回来给我带了两本作文书。当时的我怀着好奇心看完这两本作文书,便对这两本书爱不释手。是父亲激发了我对文学的热爱。直到今天,我才发现,我的思想和生活中不能没有文学。

文学一直是我情感寄托的场所,这是从读者的角度来说的。时间一长,我就越来越不满足仅仅以这一身份与其交流,我就开始尝试以作者的身份与其深度对话。在大学里,我尝试写过一些诗歌和散文,然后寄往省内一些报刊。怀着激动和期盼的心情,我开始了焦虑等待。没有结果的等待自然让人极为失望,我曾经一度对写诗歌、散文丧失了自信心。我也曾怀疑我的写作水平。就在那段时间,我的心灵经历过短暂的严寒期。

我还以为我的文学梦就将要戛然而止。想不到,来上大读研究生的我却意外与《上海大学报》有了不解之缘。还记得第一次投给校报副刊的那篇文章《我的献血情缘》，讲述了我在上大第一次献血的一件小事。这件小事当时成全了我的一个小小的心愿，让我很怀念大学里我的一位好朋友。我把这篇文章投了出去，也没有怎么多想，没想到一周后有人告诉我，在上大校报上看到了我的文章。我自然又惊喜又怀疑，怀着这样复杂的心情，我拿到了总第529期（2008年3月10日）的上大校报。这是我第一次以作者的身份与报纸交流、与文学交流，更准确地说是与我的文学梦交流。这篇文章的发表自然极大地鼓励了我的文学梦，激发了我的创作欲。在接下来的研究生生涯中，我在上大校报副刊和第三版校园生活的校园随笔专栏发表了数十篇文章。随着自信心的增强，我又以上海大学学生身份投送并发表在《新民晚报》《检察日报》等报纸类刊物上数十篇文章。曾经被搁浅的梦想又在上大校报这方天地里扬帆起航。

这一次，我的文学梦并没有因为我在硕士毕业时再一次戛然而止。带着上大校报老师们对我的祝福，我在杭师大开始了我人生的第一次职业生涯。每当遇到困惑的时候，我就想到了我的文学梦，我用我的文学梦支撑着我这并不是一帆风顺的人生。带着从上大校报历练出来的文学功底，我在《杭州师范大学报》《浙江日报》等报纸类刊物上发表了数篇文章。可以说，在这个时候，我才真正地感受到了上大校报对我人生的意义，对我心灵和情感的意义。毫不掩饰地说，是上大校报的老师们在我最困惑和最迷茫的时候，鼓励我继续求学。他们对我的日常生活进行帮扶，并激发了我的创作欲，温暖了我的平凡心。是他们让我对生活产生了认同感，对环境产生了归属感，并成为支撑我前进道路上的一股精神动力。

似乎随着毕业和就业，我失去了与上大校报的直接交流。只要你从前有过美好的经历,并且促进你学习和成长过,你就会一次次地想要再次经历。这可能是我对以前的一些经历怀有的某种人生情结吧。两年之后,我又回到这片曾经承载过我梦想的地方来攻读我的博士研究生学位。不经意间,我与上大校报又有了交流。在钱伟长校长百年诞辰之际,作为上大学子,我想我应该通过某种方式来纪念这一具有特殊意义的历史性时刻。于是我写了一篇随想《欣赏上大,欣赏自己》,发表在总第710期(2012年10月15日)的上大校报副刊上。既然我们是上大人,那么作为上大人,就应当欣赏上大,并通过欣赏上大欣赏自己。这是名校学子应当具有的自信和自觉。

上大校报也总是通过刊发我的文章教育着我。在总第721期(2012年12月17日)的上大校报第三版校园生活的校园随笔专栏,刊发了我的《读书与生活》一文。这篇文章是我四年前投往上大校报的。今天再看这篇文章,内心感慨颇多。在上海市首届马克思主义理论学科博士生论坛的会场上,同班同学李梅敬说,看了我的这篇文章,觉得这篇文章非常符合我现在的生活方式。我报以一笑,说:"这是我四年前写的一篇文章。"到这个时候,我猛然间才发现,原来四年前的我和四年后的我的生活方式还是一样。就像这篇文章说的:"读书是生活的一个重要组成部分。尤其是广泛阅读各类文学名著和经典学术作品,是我作为学生的主要生活方式……只有通过阅读才能发现,他山之石可以攻玉。只有通过阅读才能体会,凡有所学皆成性格。只有通过阅读才能感悟,近悦远来江流有声。只有通过阅读才能臻至,大象无形真水无香。"我现在还想接着说,只有通过阅读,再把自己的想法通过文字表达出来,并公开发表,使自己同时从读者和作者的双重视角审视自己的作品,才能更加清晰地感受上大已故名师费孝通先生讲到的"各美其美、美人之美、美美与共、天下大同"的美的境界。

　　同时不可否认的是,我与上大校报的情缘源自上大校报老师们的爱心。校报老师们的爱心就是卢梭所说的人与人之间的同类感,即换位思考地感受他人的处境和情感的那颗心。用中国古代思想家李贽的话说,校报老师们的爱心就是童心。这颗童心就是真心,即我们常说的赤子之心。只有具有真心,才能成为真人,也才能培养出真人。教育的最终目的就是把学生培养成具有责任感(勇于担当)的真人。这正是校训"自强不息"和"先天下之忧而忧,后天下之乐而乐"的精神写照。上大校报老师在校报这方天地通过自己的努力,培养上大学子,并把上大学子培养成钱伟长校长寄语的"全面发展的人"。从这一视角而言,上大校报已经深深地走进了上大学子的心灵和生活,并将继续发挥着其应有的作用。

赏 菊

　　菊花展已经伴随着上大学子走过了十一个年头。这十一年来,无数的赏菊人徜徉在菊花的海洋里流连忘返。小孩子的嬉戏最让人印象深刻,他们在下沉式广场的菊花展前尽情地摆着造型,这种天真无邪的快乐深深地感染着我。听同门张师兄说,他家的小朋友特别喜欢来上大玩,尤其是菊花展正举办的时候。因为附近的小朋友都会来这里玩,他们在一起玩着他们的游戏,把城里小孩的孤独与寂寞一扫而光。毫无疑问,菊花展是他们的游戏天堂。

　　坐在泮池旁边,可以看到校园里的一对对情侣映现在菊花的海洋里。他们或在拍照,或在散步,或去上课,或去自习,或回寝室……我看见他们的脸上洋溢着微笑,手牵着手漫步在张家港路的菊花丛中。到了晚上,张家港路的装饰灯点缀着菊花展,更是营造了一种谈恋爱的氛围。这时,男男女女络绎不绝地穿梭在张家港路的人群里。他们一边赏菊,一边讲述着自己的故事。而张家港路的菊花则成了他们的花之物语。

前两天,我在校园里漫步,发现一对老人拄着拐杖,相互搀扶着观赏菊花。他们慢慢地走着,不时地停下来仔细地阅读每一个布展单元的说明。两位老人边走边唠叨着。我在远处看着他们,内心忍不住地在想:他们肯定和老校长钱伟长先生一样喜爱菊花。钱校长爱菊。20世纪80年代,钱校长以古稀之年出任上海大学校长。他不顾年岁已高,把以前遭遇的种种不幸都抛在脑后,全身心地投入上大的建设和发展。他的行动正充分彰显了菊的"凌霜自行,不趋炎势"的高尚情操。

作为花中四君子的菊历来就被赋予诸多文化象征意蕴。黄体元的《咏菊》一诗把菊的高洁、隐忍等美好品性都淋漓尽致地表达了出来。他说:"平生肯受霜雪欺,谁向东篱认故枝。三径有人夸送酒,重阳无处不题诗。生成傲骨秋方劲,嫁得西风晚更奇。寄语群芳休侧目,何曾争汝艳阳时。"这首诗把钱校长爱菊的原因都悉数表达了出来。

最近学校的各类会议特别多,许多外校的同学和老师都来到上大,他们正好可以一睹正在怒放的各类菊花。我们学院这两天也举办了两个会议,由于学院人手不够,我还暂时地充当了参加会议的外校老师的向导。他们漫步在上大的菊花海洋里,纷纷赞叹着好看的菊花展。我的内心不由得生出一种自豪之情。学校的发展是一个综合表现的过程,学校的菊花展是展现学校人文和自然环境的一个重要方面。他们的赞叹是对精心培育这些菊花的员工工作的肯定,更是对上大营造和谐、温馨和美丽校园工作的肯定。

每一届的菊花展都迎接着人来人往的赏菊人,赏菊人也把美好的心情留在了上大,他们也就因此记住了上大。上大通过菊花展把精心点缀的校园呈现在赏菊人面前,也会因此驻足在赏菊人的内心里。不管是赏菊人,还是菊花展本身,都因此成为上大的一道美丽的风景线。

上大学子的闲情逸致

　　随着社会节奏的日益加快,人们的休闲时间越来越少。可能在所有的职业中,学生这种"职业"最具有闲暇时间。首先,学生可以自主安排学习的时间比较多,并且学生可以把大量的时间用于闲情逸致上面。我在上大读书期间,就充分感受着上大学子的闲情逸致,并在其中修心养性。

　　令我印象最为深刻的是,上大学子爱猫。偌大的校园里,随处可见悠闲晃悠的猫儿。这些猫儿早已忘记捕鼠的历史使命,当下的它们无需为食物担忧,爱猫的师生们早就为它们考虑到了这一点。人要吃一日三餐,猫儿们也应如此。一到饭点,人还没有吃饭,先提着猫粮赶来喂猫。等猫儿食足饭饱之后,人儿才一步一回头地去食堂吃饭。

　　这种现象并非个案。复旦的学子亦是如此。我来到复旦,发现这里的师生同样爱猫。猫儿以宿舍底层通道为家,不时地一只母猫就像变戏法一样的身后跟了一群小猫。衣食无忧的它们竟然肆无忌惮地任性繁殖着,颇有些让人眼羡。这不禁让我心生感慨,它们比我们这些紧张的学子要活得幸福啊!

高校里的师生爱猫是一种普遍现象。他们爱猫,既是为了猫与人情感相通的那份灵性,又是为了猫与人性格相投的那份相伴。很多人说,猫是奸臣,我却不以为然,猫儿也是懂得感恩图报的,它们吃了你的猫粮,就把这份情记在了心里。我有几次回上大,人还没到博士楼,先听见曾喂过的猫儿"喵喵"地叫着。它们兴奋地跑到我身边,拿头和身子来回蹭我的裤腿,让我心生感动。

回想我喂猫儿的那段求学时光,真是充满着舒心和惬意。猫儿天生机警而狡黠,你喂它们的时候,它们就顺着你,还会故意讨好你。你要是两三天没喂它们,它们就故意与你保持一定的距离,似乎想通过对你的冷漠和疏远来惩罚你。这种性格难道与我们不像吗?所以我们喜欢喂猫,还经常邀三两好友逗猫玩。这样的闲情逸致既能为平淡的生活增添一些生趣,又能缓解我们平日紧张的心情。

除了喂猫,我还喜欢养花。在寝室阳台上栽种三五盆花别有一番情趣。我是从好养活的仙人球开始种花花草草的。没过多久,一盆仙人球就被分成了七八盆,这无疑增加了我养花的信心。于是,我就从好友曹建雄那里弄来了薄荷、铜钱草、吊兰和菊花来养。这些花比仙人球娇贵,要小心伺候才能养好。虽然费了一些力气,我却无比开心。每当楼管老师们来宿舍检查卫生,夸口称赞它们的时候,我心里就会美滋滋的。

临近毕业之时,我不禁有些伤感。这些花花草草怎么办呢?楼门口的猫儿们怎么办呢?楼管侯老师知道我的顾虑后,就为我宽心。她说:"你的这些花就由我来养吧,至于猫儿呢,还有许多同学都在喂呢,你就放心吧。"我很感激它们。它们陪我度过了难忘的上大博士求学生涯,让我在寂寞的时候不会觉得太孤单,让我在开心的时候感受着人世间的美好。

或许有人会质疑,你不好好学习,把时间都浪费在不学无术上面。我不赞同这种看法。人要会学习,才能学好习。喂猫和养花看似不在学习,其实也是在学习。这种学习是在学如何与大自然相处,如何把书本上的知识用于身边的生活。这就不仅是在学单纯的知识,更是在把所学的知识转化成生活的智慧。如果连这样的闲情逸致都没有,恐怕更谈不上修心养性了。

退一步来说,如果这真的算是在浪费学习时间,那么这种浪费也是很值得的。在求学阶段,我们不仅要学好书本知识,还要知道如何学习,更要懂得如何思考人生。如果都没有思考人生的时间,我们会学好吗?大学里的相当一部分时间就是用来"浪费"的,这种"浪费"是用来思考人生的。而这样的时间往往与生活中的闲情逸致分不开。无怪乎西方哲人亚里士多德曾说过:"工作的目的便是获得空闲。"所以在学习之余,请充分利用我们的闲暇时间,让自己的生活多一些闲情逸致,这样我们才会活得从容舒坦。

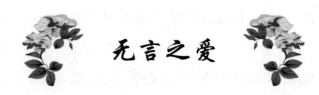

无言之爱

　　通过这次献血，我调整了自己的心态，慢慢地走出了情感的低谷。也是在这次献血中，我充分感受到了来自学校、学院、社区领导和老师、同学对我的热情关爱，所以这次献血对我有着一份特殊的重要意义。

　　学院老师和同学对我的关爱差点让我错失了这次对我有着特殊的重要意义、承载着特殊感情的献血活动。这让我感受到了阵阵暖意。献血现场研工委老师的全程服务，法学院领导的亲切慰问，社区老师的热情探望，让我们感受到了献血的光荣。学校各部门精心组织，密切配合。校医院赠送我们每人一百元的爱心餐券，学院领导也为我们送上了营养食品，社区老师给我们送上牛奶，学校餐厅专设无偿献血窗口。这一切编织成了一张密密的温情之网，把我们的心紧紧地贴在了这张爱心之网上。

　　学院教学秘书代表学院在我献血的第一时间发来了短信，亲切地问我"反应大吗？"叫我好好休息，并给我送来了一些营养品。我是这样一个人：时刻准备着做世界上最幸福的人。当理想、付出、期待与现实有差距时，我迷茫了、消沉了,以为生活永远是属于他人的,我只能做生活的配角。是关心我的老师们改变了我对生活的看法,令我鼓起了直面生活的勇气,我不再选择逃避,勇敢地面对现实的生活。

研工委的老师们在献血现场的服务给了我最大的信心。我想起了在研工委的那段日子。为了把学校研究生的学习和生活安排得井井有条,研工委的老师们把琐碎而重要的每一件事关研究生的事情都刻画成了自己生命的符号,把研究生的事情当作自己儿女的事情,不管多忙,不管多累,也不管加班到什么时候,他们都无怨无悔。苏联的英雄母亲柳鲍娃·奇莫菲耶夫娜这样告诉我们:最好的教育不是长篇大论地说教,不是没完没了地训斥孩子,而是用自己的行动,用自己对待工作、人生的态度,用自己的整个风度教育孩子。她做到了。同样,研工委的老师们也做到了。他们用自己的行动向我们诠释了什么是生命的意义。

生活中一切大的好的事情,都是由细小的不显眼的事物积累而成的。社区老师对我的关爱证明了这一点。不知道该用自豪、感激,还是用别的什么词语来表达。我现在床铺上的毛毯、书桌上的电脑、路上骑的自行车、身上穿的运动服都是社区老师对一名普通研究生的关爱。是他们让我更加懂得,为他人无私地付出得到的不仅仅是感激,更重要的是内心无比的快乐和对生命价值的肯定。

我是幸福的,我无时无刻不在感受着师生情、友情的滋润。这些感动的力量弥补了我心理上的落差,让我明白了生命的高贵并没有因此而陨落,其实我需要的一切就在我的身边,只是长时间的落寞,使我把一切都忽视了。

是该重新振作了,把以前的那种奉献精神和拼搏精神重新找回,这才是我应该做的。

感谢学校领导、学院老师、社区老师!

我能因此而重整旗鼓,对我来说其意义并不亚于凤凰涅槃。我将铭记这段时期,勇往直前,把青春洒向这片热土,放飞我的所有的梦想,让理想花开。

参加研究生学术节的感悟

　　思想有多远，我们就能走多远。我们多数人都很欣赏这句格言，因为我们知道一个有思想的人是智慧的，而智慧的人是我们完善自我的一种趋向。那么思想从何而来呢？高校科研阵地是思想萌发的地方。在这块阵地上，科研工作者以其科研成果启迪人们的思想，推动社会的进步。

　　上海大学开展研究生学术节的意义在于，在高校传统科研工作之外，为广大研究生进行科研、交流科研成果搭建平台。更为可贵的是通过这一活动，在学生心中树立崇尚科学、尊重知识的内在的自觉意识，进而指导科研行为，这有助于形成良性的学术氛围，抵制学术腐败。

　　吴松副校长在开幕式致辞中说道："大学之道，在明明德，在亲民，在止于至善。"怎样达到这个目标呢？本科生教育是立校之本，研究生教育是强校之路。怎样进行研究生教育呢？导师对学生的言传身授是进行研究生教育的基础。在言传身授中，学生是否能够学好呢？快乐的学习是培养和提升学生科研中的创新意识和创新能力的有效方法。怎样进行快乐的学习呢？研究生学术节为研究生的科研创新营造了宽松的研究氛围,提供了广阔的平台。

这是我作为研究生新生亲历"格物致知,立德树人"第六届研究生学术节开幕式的感悟。如果大家都能够这样思考问题,或许我们更能促进自己科研的发展,营造出良好的学术氛围,促进上大朝着建设国内一流的综合研究型大学的目标发展。

读书生活

痛苦与快乐

——读《傅雷家书》有感

在《傅雷家书》中,傅雷言道:"莫扎特的生活只有痛苦,但它的作品差不多整个儿叫人感到快乐。"对于这段话我的感触尤为深刻,"莫扎特的作品不像他的生活,而像他的灵魂"。由此引发了我对痛苦与快乐的思考。

痛苦与快乐长久地交织在我的生活当中,而我却对它们没有一个清晰的认识,以至于我长时间地被自己认识到的痛苦折磨。当达不到预期目标的时候,会被迷茫的情绪困扰;在生活中遭遇挫折的时候,会被种种的不如意羁绊。久而久之,逐渐远离一些人、一些事,对一些领域避而远之,感觉自己生活得很痛苦。

其实,痛苦是自己加在自己身上的思想和生活羁绊。既然不能避开一些不愿见的人,不能避免一些不顺心的事,那么以平和的心坦然地面对生活才是我们应有的生活姿态。一个人最大的敌人是自己,是不能放过自己,尤其是不能放过以前纠结的恩恩怨怨,所以才会长时间地备受折磨,痛苦生活。

　　痛苦也是人为地拔高自己、高估自己带来的消极影响。当理想被现实撕得粉碎，就会心灰意冷，对生活悲观失望。了解自己是改善生活的第一步。建立在了解自己基础上的生活才不是盲目生活，才是自己的真实生活。这样的生活会增强生活的积极性。积极的生活是一种有能力把痛苦转化为快乐的生活，这种生活首先是指一种生活态度、一种生活方式。正因为人生那么无情，我们更应当把自己尽量修改好，少给自己一些痛苦，多给自己一些快乐，同时也少给他人一些痛苦，多给他人一些快乐。

　　快乐的人懂得扬善弃恶，因为他们知道痛苦是欲望与野心对自己心灵的肆虐。所以他们在平时的生活当中就很注重养心处性，尤其是会不断地修改自身的小习惯。他们知道修改小习惯，就等于修改自己的意识与性情。人需要不时跳出自我的牢笼，才能有新的感觉、新的看法，也才能有更正确的自我评价。

　　快乐是真正的道德实践。当你用事实帮助别人的时候，你是快乐的，因为"必须用事实来使别人受到我的实质的帮助，这才是真正的道德实践"。而这样的实践唯有冷静与客观，才能想出最好的办法，也只有这样的实践才能够让生活充满快乐。

　　痛苦与快乐存在于人生的每个阶段。平凡人有平凡人的悲欢喜乐，名人也有自己的困苦与忧愁。所谓"盛名之下，其实难副"。一个人爬得越高，越要在生活的各方面兢兢业业。不管是凡人还是名人，都会存在痛苦。这种痛苦意味着一种孤独。"赤子孤独了，会创造一个世界，创造许多心灵的朋友！"傅雷这样回复傅聪。莫扎特成为音乐的朋友即明证之一。

　　痛苦与快乐是以不同的形式伴随我们一生的。就像傅雷说的那样："可怕的敌人不一定是面目狰狞的，和颜悦色、一腔热爱的友情，有时也会耽误你许许多多宝贵的光阴。"痛苦不一定就是可怕的敌人,可怕的敌人也不一定就是通过痛苦表现出来的。有时快乐也会耽误我们许许多多宝贵的光阴。我们不应当惧怕痛苦,更不能将痛苦拒之门外。坦诚地接纳痛苦,有可能痛苦也会转化为快乐,而有些快乐不一定就是我们所需要的。

怎样才能达到痛苦与快乐的通和,只有将"得失成败尽量置之度外,只求竭尽所能,无愧于心"。懂得生活的人不应当过分地计较得失成败,因为生活永远是向前看,而不是向后看的。得失意味着名利,身外之名,只是为社会上一般人所追求、惊叹,对个人本身的渺小与伟大都没有相干。只有坚定自己的理想与追求,用道德实践栽培、浇灌信念之花,才能在生活中达到痛苦与快乐的和谐统一。

灵魂与信仰

——读史铁生对人生的思考

拷问着人的神性，史铁生的灵魂脱离苦难的躯壳，彻底地融入他的信仰。

"史铁生的特点不在于他所栖居过的某一肉身，而在于他曾经有过的心路历程。"在《病隙碎笔》中，史铁生这样描述着自己。带着对生与死、爱与性、灵魂与信仰、意义与苦难、文学与艺术的思考，史铁生为我们展现了他的一生。

"所谓命运，就是说，这一出'人间戏剧'需要各种各样的角色，你只能是其中之一，不可以随便更换。"先生一生多难，21岁不幸双腿瘫痪，之后病情加重在家疗养。面对生命中的打击，先生并未消沉，开始文学创作生涯。

大家耳熟能详的莫过于先生的《我与地坛》。先生一生著作等身，是中国为数不多的直接以思考灵魂等为主题的作家。《病隙碎笔》《灵魂的事》等著作集中表达了先生对灵魂与生命的思考。先生说："精神，当其仅限于个体生命之时，便更像是生理的一种机能，肉身的附属甚至累赘。但当他联通了那无限之在，追随了那绝对价值，他就会因自身的局限而谦虚，因人性的丑陋而忏悔，视所有的困苦为锤炼，即知不断地超越自身才是目的，又知这样的超越乃是永远的过程。这样，他就不再是肉身的附属了，而成为命运的引领——那就是他已经升华为灵魂，进入了不拘于一己的关怀与祈祷。"先生告诉大家，"是'我'，使生命获得意义"。每个人都可以在不断超越自身的过程中获得意义。

实现这一过程，需要信心。先生说："真正的信心前面，其实是一片空旷，除了希望什么也没有，想要也没有。"如何找寻希望，"纯真的心从不多看那冷淡一眼，走遍一生去寻找，那就是爱的路程"。"爱却艰难，心魂的敞开甚至危险。他人也许正是你的地狱，那儿有心灵的伤疤结成的铠甲，有防御的目光铸成的刀剑，有语言排布的迷宫，有笑靥掩蔽的陷阱。在那后面，当然，仍有孤独的心在战栗，仍有未熄的对沟通的渴盼。"先生用一生的信仰探寻灵魂的奥秘，虽然孤独亦存敬畏之心。"看不见而信的人是有福的。"先生是有福之人，"因信称义，而不是因结果，而信恰在永远的过程中"。

先生认为："文学因不能止于干预实际生活，而探问心魂的迷茫和意义才更是它的本分。"先生专著《写作的事》，探寻文学的根，认为中国文学正做着这样的探究，这样的渴望越来越多了；文学正越来越"深入探究人类命运问题，渴望减轻人类苦难，并且恳切希望将来会实现人类美好的前景"。先生对文学作了终极发问，但无终极答案。文学将沿着这一发问更加具有生命活力。

先生对宗教作过认真研究。佛教教人具有神性，信仰让生命更有意义。"我要使我的灵魂更加清洁。"就像文学和艺术一样，"从来都是向着更深处的寻觅，当然是人的心魂深处。而且这样的深处，并不因为曾经到过，今天就无必要"。先生认为,佛教让人找寻灵魂深处的东西,认识自我的存在和意义。

先生以苦难为题材向我们揭示生命的真谛,这种探求不仅仅是因为难能可贵。"假如世界上没有了苦难,世界还能够存在吗?"先生一直有着高贵的期待,这种期待值得被传扬。

像王小波一样活着

——读《沉默的大多数》有感

　　我是在大学阶段才开始接触王小波的作品。当时他的"时代三部曲"就已经火了十多年了。捧着他的《黄金时代》，我进入了他的精神世界。直到现在，书里正面描写性爱的场景还深深地烙在我的脑海里。更让我佩服的是，这本书让我明白了一个人生大道理。主人公"王二"与命运抗争的故事告诉我，每一个人在其一生当中都有一段黄金时代。谁都要尽快意识到这一点，并抓住自己的黄金时代做出一点成绩来。"王二"用超越和反抗的方式度过了自己的黄金时代，最后获得了精神上的胜利。我们这些读书人又何尝不是如此呢？

　　最近读了他的《沉默的大多数》，感觉他对社会和人生的认识依然那么深刻。就拿这本书的书名来说吧，为什么就叫这么个名字呢？因为他认为"沉默是一种生活方式"。当一个社会的话语正站在人性的反面上，这样的话语权还不属于自己时，社会上的大多数人就只能选择沉默。他讲了一些发生在自己身上的故事。他说自己不想当君特·格拉斯《铁皮鼓》里的小奥斯卡,而是要进行独立的思考并发出自己的声音。我特别佩服他这一点。作为一个靠写作吃饭的人,我深知要完全做到这一点确实很难。现在人们都是通过形形色色的圈子发出自己的声音。既然要依靠圈子生存,就要融入圈子,按照圈子里的规矩说话。

所以他对插队时那只"特立独行的猪"特有感情。这只猪的行为举止不同于其他猪,别的猪除了吃喝就什么也不干,都在千篇一律地睡觉养膘。这只猪与众不同,它从来不吃一般的猪食,也不与猪圈里脏臭的母猪交配。它是知青们的宠儿,自然顿顿都能享受到特殊的照顾。吃饱了以后,它就跳到圈顶上晒太阳,或是模仿汽车和拖拉机的声音,或是去外面与中意的母猪约会。队里的领导都特别痛恨它,无数次想把它劁掉。可是大动干戈了几次,最终还是让它跑掉了。小波这样评价那只猪:"我已经四十岁了,除了这只猪,还没见过谁敢于如此无视对生活的设置。相反,我倒见过很多想要设置别人生活的人,还有对被设置的生活安之若素的人。因为这个缘故,我一直怀念这只特立独行的猪。"看着他写的这些话,我就很感慨。

在《思维的乐趣》一文中,他认为:"愚蠢是一种极大的痛苦;降低人类的智能,乃是一种最大的罪孽。所以,以愚蠢教人,那是善良的人所能犯下的最严重的罪孽。"我们在生活中就经常犯这样的错误,常常沉浸在高大上的理想境界中,并把自己认为好的、幸福的、快乐的东西强加到别人头上。殊不知,这是善良的人所做的愚蠢之事。如果说"己所不欲勿施于人"是维护人的尊严的基本要求,那么"己所欲,勿施于人"就是尊重他人尊严的更高要求。只有做到这一点,社会上才不会有那么多沉默的大多数。我们也就不需要再羡慕那只特立独行的猪了,而是像王小波那样,有着自己的人生信念,为追求真知灼见而活着。所以像他一样活着,也应该成为我们的生活图景。

走进自己的精神生活

——读周国平《各自的朝圣路》有感

　　我读到过各种解释苏格拉底赴死的理由,在周国平翻译尼采的《悲剧的诞生》一书中,如是说道:"赴死的苏格拉底,作为一个借知识和理由而免除死亡恐惧的人,其形象是科学大门上方的一个盾徽,向每个人提醒科学的使命在于,使人生显得可以理解并有充足理由。"我相信这一解释。在苏格拉底式的人看来,科学能深入事物的根本,辨别生活世界的真知灼见与假象错误,因而成为人类最高的乃至唯一的真正使命。其实周国平也是这样的人,只不过他心中的人文社会科学是帮助他来寻找自己精神生活的。在《各自的朝圣路》中,他说:"我写作从来就不是为了影响世界,而是为了安顿自己——让自己有事情做,活得有意义或者似乎有意义。"

　　然而他确实深刻地影响了我。读完《悲剧的诞生》后,我就对译者产生了浓厚的兴趣。我发现他不仅是一位出色的哲学家,而且是一位在文学和生活等领域有广泛影响力的人文思想大师。我迫不及待地跑到附近书店把有关他的书全买了回来,只是为了能安顿心中火一样的求知若渴。我发现自己的直觉没错,在阅读《各自的朝圣路》时,我就像高尔基所说的那样:"我扑在书籍上,就像饥饿的人扑在面包上一样。"我从他的文字中感受到了属于自己的内心生活和存在体悟。我忧郁而困惑的心灵一下子找到了知音,这使我体验到了内心的愉悦和幸福。他真诚地寻找和解析自己的精神生活,热情地向我们传达真切的人生体悟,真正地不失一颗赤子之心。

按照自己的理解,我把这本书的主题归纳为"走进自己的精神生活"。每个人都有一个现实生活,与之相对应的,还有一个精神生活。就像每个人都有一个肉身,与之相对应的,还有一个灵魂。如果说肉身无法摆脱现实生活的束缚,那么精神同样也无法超脱灵魂的指引。然而灵魂是比肉身更重要的东西,就像精神生活比现实生活更能表达人的内在需求。人依靠肉身无法达到自足,因为肉身带来的欲望是无止境的;而满足灵魂的需求却能让人感到自足,因为精神的自由排斥欲望的奴役,让人过一种简单而快乐的生活。关于这一问题的阐释,我没有作者说得好。他认为:"现实不限于物质现实和社会现实,心灵实现也是一种现实。尤其是人生理想,它的实现方式只能是变成心灵现实,即一个美好而丰富的内心世界,以及由之所决定的一种正确的人生态度。"体现灵魂的精神生活就是一种心灵实现,引导我们过一种有灵魂的精神生活。

之所以说我们都要走进自己的精神生活,还因为每个人确实都走在"各自的朝圣路"上。这样的人生路对每个人来说都有着性命攸关的重要性。你看,作者这样描述自己人生的朝圣之路:"我仿佛结识了一个个不同的朝圣者,他们走在各自的朝圣路上。是的,世上有多少个朝圣者,就有多少条朝圣路。每一条朝圣的路都是每一个朝圣者自己走出来的,不必相同,也不可能相同。然而,只要你自己也是一个朝圣者,你就不会觉得这是一个缺陷,反而是一个鼓舞。你会发现,每个人正是靠自己的孤独的追求加入人类的精神传统的,而只要你的确走在自己的朝圣路上,你其实并不孤独。"我相信他的话,我们的精神生活就是我们的朝圣之路。走在寻找精神生活的路上,我们就是有灵魂的人。

人最终要用灵魂评价生活的意义。作者就说:"人身上必有一种整体的东西,是它在寻求、面对、体悟、评价整体的生命意义,我们只能把这种东西叫作灵魂。"我们的精神生活就是灵魂对生命的沉思和体悟,尤其是在我们面对人生的痛苦时,灵魂是能使我们自足的精神慰藉。像苏格拉底一样的智慧活着,又如苏格拉底一样的从容赴死,是一个人所能企及的最高精神追求。苏格拉底无疑是最具有灵魂的人类个体,人之为人的内在本质都在他身上得到了集中体现。我想,周国平也是以苏格拉底为精神导师的。既然从古至今有这么多的人身体力行地坚持走自己的朝圣之路,我们为什么不赶紧走进自己的精神生活,与他们一起加入人类的精神之旅呢?

拥有一颗金子般的心

——读路遥的《人生》有感

一个金子般的人拥有一颗金子般的心。

看完路遥的《人生》，心灵被深深地震撼。刘巧珍有着一颗敬畏的心，这颗心向往着知识，通向人类的文明。

高加林身处偏远落后的农村，无异于黑夜里的一颗耀眼明珠。虽然家境贫寒，作为有文化的小学教师，这一社会身份及承载在这一身份之上的高加林已经全无愚昧落后的气息。有文化意味着有品位，有文化意味着有教养，有文化意味着有情调，有文化意味着有追求。高加林身上承载着许多或许连他自己也不知道的东西，恰恰是这些让他成为家里的希望，也让刘巧珍爱慕并想珍爱一生。

刘巧珍在落后的农村长大，生活在经济富裕却观念守旧的家庭。巧珍最喜欢做的一件事情就是提着竹笼子到江边割猪笼草。此时，高加林正在江水里尽情地嬉戏玩耍。巧珍欣赏加林的才华横溢，也为加林健美的身形心动不已。等到加林尽兴过后，巧珍总是假装偶尔碰见，递给加林一个刚刚采摘的甜瓜。

面对马拴的多次提亲，巧珍依然冷冷拒之。马拴，一个纯朴敦厚、会做生意的农村青年，一个巧珍的父母认为门当户对的家门女婿，每次都用滚烫的热心和丰厚的聘礼踏破巧珍家的门槛，对巧珍浓情厚谊、痴爱不减。

巧珍的心，是加林的。加林有机会到城里参加工作，面对情投意合的高中同学黄亚萍，他逐渐淡却了以往在城里屈辱的岁月，淡忘了巧珍对他的百般疼爱。即使加林知道自己和巧珍不可能走到一起，心里明白只有巧珍才是他的真爱，也自甘陷入这场情感的闹剧漩涡。

巧珍的压力越来越大了，各种流言蜚语在那片农村的小天地满天飞。"高加林飞黄腾达以后瞧不上高巧珍了。"……巧珍在家里照顾加林年迈的父母，无怨无悔地盼望着加林回到她的身边，等到的结果却是加林提出的分手。

巧珍没有任何怨言，毅然选择和牛二结婚。加林因为找工作走后门，被人揭发，一夜间鸡飞蛋打，没了工作，和王秀珍的爱情无望，灰头土脸地回到农村。巧珍已经结婚了，自己现在什么都没有，还要承受村里人的指责与非议。

巧珍知道加林现在处于人生最困难的境遇。她动员富有的老爸和她姐那有权有势的村长公爹，让加林重新返回村里的小学教书。看着加林和巧珍长大的德顺老汉，泪流满面地感叹：多好的一对，可惜没有走到一起。加林丢掉了比金子还要贵重的东西。

巧珍是一个金子般的人，拥有一颗金子般的心。

我时常会被这些事或这些人所感动。

高加林是一类人的典型代表。或许我和他的命运相似但不相同，才会深有感触。在农村长大的我,对农村的落后愚昧和善良淳朴同样深有感触。当父母含辛茹苦供我读书求知,当我的知识和阅历已经不能再局限于村里的生活方式和思维习惯时,我和周围的人同时面临着两种分裂:一种是我要求的生活和周围人的生活越来越远,一种是周围人的观念和我的观念愈不相同。

我可以继续通过受教育改善自己的生存现状,乃至改变自己的命运。而村里人始终如一地那样生活。我越来越具有一种优势,我具有更大的自主选择权:我可以选择回到生我养我的地方,把我的青春才智回馈家乡的父老;我也可以选择留在城市,所谓文明发达的地方,通过拼搏获得更加现代化的生活。这样就意味着我一直消耗着农村的资源,在我有能力为农村做点什么的时候,远离了农村。

我一直面临着高加林的困惑。父母供我上学走出农村,改变了我的命运,他们却不想让我再次回到农村。我比他更幸运的地方在于,我没有加林那样大起大落的坎坷命运,我现在也没有再次被迫返回农村。我比他更加悲哀的地方在于,加林可以继续为生养他的地方做贡献,我只能守望我的家乡,在遥远的地方观望它的发展。

刘巧珍是一类人的典型代表。我曾经拥有像他们这样的一段短暂的感情。我通过考大学走出了农村,她没能跟着走出来。地域的偏离疏远了人的交流,想法的不同淡漠了人的感情。她现在已经结婚了,幸福地生活着。我却始终忘不了她在那些年每次寒暑假来我家,替我妈做家务,给我弟补课的场景。

我现在一个人孤单痛苦地生活着。读了这么多年的书,也在沿海城市找到了一份可观稳定的工作,却发现,心中的情感无法安放,也无处安放。

曾经"爱我的人,我不爱";现在"我爱的人",在哪里。

真爱是比金子还要贵重的东西。当真爱像那串珍珠,被你洒落一地,想要完全捡拾已经成为不可能的事情;当你错过了金子般的人,那颗金子般的心依然闪闪发光,却更加照亮了你人生最黑暗的地方。

我见证普通人的苦乐

——读《沈从文散文》有感

在一个名叫镇筸的地方，生活着一个戴水獭皮帽子的人、一个多情水手与一个多情妇人、辰河小船上的水手、一个大王、一个爱惜鼻子的朋友……这些普普通通的人都是沈从文所生长的地方的普通老百姓。当他们已经被历史遗忘时，沈老却在文中记录了他们生活中的苦乐。我品读着他们的故事，他们的命运际遇就与我紧密相连。我时而为他们的底层生活忧虑着，时而为他们的颠簸命运惋惜着，时而为他们的豁达人生鼓舞着，时而为从他们身上折射出的时代境况叹息着……

沈老见证了这些人的苦乐生活，而我只能在他的文字中感悟他们的喜怒哀乐，却觉得仿佛我也像沈老那样经历了这一切。我的内心满是欢喜，因为我找到了在生活中与我相似的人。我恨不能像这些人一样早上许多年生活在镇筸，这样我或许就能与沈老不期而遇了。沈老喜欢写这些人的故事是有原因的，而这也正是我喜欢他文章的原因。他说："我记得迭更司的《冰雪因缘》《滑稽外史》《贼史》这三部书，反复约占去了我两个月的时间。我喜欢这种书,因为他告诉我的正是我所要明白的。他不像别的书尽说道理,他只记下一些生活现象。即或书中包含的还是一种很陈腐的道理,但作者却有本领把道理包含在现象中。我就是个不想明白道理却永远为现象所倾心的人。"对我而言,想要表达的也莫过于此!

沈老是用自己的生命切身感受遇到过的每一个人。他抒写着这些人的故事,并用这些故事填补他过去生命中的那些哀乐。《边城》里的凄美爱情故事总使人忧愁,却能准确表达沈老情感上积压下来的一些东西。他说:"我的新书《边城》出了版,这本小书在读者间得到些赞美,在朋友间还得到些极难得的鼓励。可是没有一个人知道我是在什么情绪下写成这个作品,也不大明白我写它的意义。即以极细心朋友刘西渭先生批评说来,就完全得不到我如何用这个故事填补我过去生命中一点哀乐的原因。"我难道不也是如此认为的吗?我在写身边普通人的故事时,正是不自觉地用这些故事填补了我生命中的苦乐,方才使我的生命得到了些许平衡。

可是,我没有沈老感受得深刻,自然也没有他认识得深刻。我写的故事只是隐约表达我现在被各种欲望侵蚀的痛苦,被各种不自在压抑的苦闷,因而只是我用来弥补自己情感上的欠缺并向人世间发泄的病态表示罢了。而沈老所写的故事却是"用想象去领略这些人生活的表面姿态,却用过去一份经验,接触了这种人的灵魂"。沈老见证了这些人生活中的苦乐,"看他们在那里把每个日子打发下去,也是眼泪也是笑,离我虽那么远,同时又与我那么相近"。我读到这段文字,内心感动许久。沈老笔下的普通人不正是我们自己吗?这些人的哀乐不正是我们的苦乐吗?

沈老继续说道:"我需要的就是绝对的皈依,从皈依中见到神。我是个乡下人,走到任何一处照例都带了一把尺、一把秤,和普通社会总是不合。

一切来到我命运中的事物,我有我自己的尺寸和分量,来证实生命的价值和意义。"他是这样想的,也是这样做的。他文中的普通人无一不是乡下人,他通过这些人的命运来证实自己的生命。然而,他在见证的同时,也道出了这些人的生命价值和意义,从而也就确证了自己的生命价值和意义。

在多年前,我到过沈老的故乡。在凤凰城这个地方,我实在想象不到这里的环境如何培养出了一代文豪。可是沈老却对凤凰城充满着感情,他说:"现在还有许多人生活在那个城市里,我却常常生活在那个小城过去给我的印象里。"这种情感在他的"湘行散记"里随处可见。我于是就很有感触,我是在读《沈从文散文》这部书,可我分明感觉自己是在读一部厚重的人生大书。透过这部书,我才明白,普通人有普通人的自在,能见证普通人的苦乐亦未尝不是人生的一笔宝贵精神财富。

值得学习的人生智慧

——读《冰心散文》有感

　　中国近代以来著名作家的散文都非常值得一读,尤其是在心情处于波动的情况下,随手翻阅一本他们的散文来读,真是不可或缺的一种生活享受。我读《冰心散文》就满怀乐趣,她把平淡无奇的生活描写得诙谐有趣,又充满着思想上的深刻,真是让人乐在其中。

　　她自己就说:"我素来喜欢小孩子,喜欢描写快乐光明的事物,喜欢使用明朗清新的字句。"确实是这样的。她的系列通讯散文《寄小读者》就是中国儿童文学的奠基之作。她把赴美留学期间的所思所想和所感所悟用通讯稿的形式写了下来,与国内的小读者们分享,在赞美异国风光的美好、对祖国的热爱和记录身边小事的同时,不经意间也把自己对人生的思考诉诸笔端,成为她人生智慧的一种绝好表达。比如说,在谈论痛苦与快乐的话题时,她引用了这样一个警句:"May there be enough clouds in your life to make a beautiful sunset",翻译成中文就是:愿你的生命中有足够多的落霞,来造就一个美丽的黄昏。在她看来,"快乐固然兴奋,痛苦又何尝不美丽?"快乐和痛苦都衬托着生命的壮美。谁还没有品咂过一些痛苦？谁又不是一样坚强地活着？当时正是日军侵华的国难当头时期，她不仅用乐观的信念鼓励自己，还用一篇篇通讯稿鼓舞着祖国的小读者们。

她本人就是一个天生的乐观派，这大概与她从小受到大海的影响有关吧。她的心中一直有一片童年的大海。在《海恋》一文中，她这样描述那片海："右边是一座屏障似的连绵不断的南山，左边是一带围抱过来的丘陵，土坡上是一层一层的麦地，前面是平坦无际的淡黄的沙滩。在沙滩与我之间，有一簇依山上下高低不齐的农舍，亲热地偎倚成一个小小的村落。在广阔的沙滩前面，就是那片大海！"正是这样的一片大海，让她拥有海一样的胸襟，坦然面对99年人生中的艰难坎坷。她经历过的政权更迭，纵使国家和个人的命运再多磨难，也终于走到了扬眉吐气和喜笑颜开的今天。这也是在《世纪印象》一文中，她对近代以来的中国作家历尽沧桑的感怀。

然而，她与这些作家有一个显著的不同之处，就是她拥有一颗不老的童心。正如她心里一直装着小读者们，她越活也越像个"小读者"，可爱又幽默。在《一颗没人肯刻的图章》中，她谈到了自己的长寿问题。大家都祝她健康长寿，她却说自己是个废人，并马上想起孔子的话："老而不死是为贼。"她就想刻一枚"是为贼"的闲章来嘲弄自己，结果身边亲友无人敢揽这个活儿。最后，她还是求人办事才刻好了这么一枚"是为贼"印章。在向年轻朋友赠送近作时，她爽快地在书上加盖了所有图章，自然少不了"是为贼"作为压轴印。

文化名人也会经常遇到心烦事。在《话说"客来"》中，她就讲到最麻烦的采访。她这样写道："有的'记者'，对于我这人的来龙去脉，一概不知，只是奉总编辑之命，来写一个陌生人，他（她）总是自我介绍以后，坐下来就掏出笔记本,让我'自报家门'！话得从九十年前说起,累得我要死!"当我读到这段话时,忍不住大笑了好长时间。她太可爱了、太幽默了、太直率了,因而在我心中也太完美了！她就是会用诙谐的话语把生活的细节描写得这样深刻,让人从中感受到思想的深刻和精神的愉悦。

在《五行缺火》一文中,年轻的编辑们总是这样说她:"老太太的文章好是好,就是烫手。"她就在心里嘀咕着:"烫手?！我有什么好说的？谁让我头上顶着两团'火'呢?"她的原名叫谢婉莹。"莹"的繁体字是"瑩",上面就是两团火。父母给她算命,说命里五行缺火,就取了这个名字。对于这个名字,她是这样认为的:"这一下子,我的'肝火'就'旺'了！我的脾气急得很,刚会说话就'口吃',因为一肚子的话,恨不得一口气就都说了出来。想做的事情,要立刻就做;想要的东西,要立刻到手。"我觉得,我也是这样的一个人。看着她分析自己的这些话,我马上就想到自己。但是,我骨子里总有些悲观情绪。我越急,就越爱发脾气。而她有脾气了,就使劲地搓着双掌,或握拳捶着自己的头,不把脾气往别人身上发。这就是人生智慧啊！

总之,读《冰心散文》就是在与这样一位世纪老人交心畅谈。她在用一个个平淡的生活故事告诉我们怎样才能过好自己的一生。她的一生经历了太多的故事,她就把这些故事分享给我们,其中的人生智慧真能给人醍醐灌顶的感觉。如果还有谁正在经历着情绪的起伏波动,想要使自己的心灵静一静,不妨拿起一本《冰心散文》来读,肯定能从中找到解开人生困惑的钥匙。

讲述山西农村的故事
——读《李锐散文》有感

　　中国当代著名作家李锐生于北京，祖籍四川自贡，却大半辈子生活在我的老家山西。他的作品大都是围绕着山西吕梁山区的农民生活展开的，这源于他在知青年代到邸家河村插队落户六年的经历。他在《生命的报偿》中这样写道："如果不是曾经在吕梁山荒远偏僻的山沟里生活过六年，如果不是一锹一锄地和那些默默无闻的山民们种了六年庄稼，我是无论如何也写不出这些小说来的。"

　　许多知青都对生命中的这段往事闭口不提，可他却认为这段经历是他第二条生命（文学生命）的起点。虽然"对于'文革'当中产生的伟大的上山下乡运动和那个光辉的'五七'道路，我深恶痛绝！"（《记住历史，记住苦难》）然而，"我没有想到我竟会如此久远地生活在那六年之中，我没有想到对那六年生命意义的思考，对那六年生命过程的重复和延伸，竟又变成我的事业，变成我的第二生命。深陷在这第二次生命中的我已是不能自拔了，即便是看透了它的软弱和无用，深了它的虚幻和诱惑，也还是不能自拔了"（《生命的歌哭》)。

他在对这六年的不断反思中，写下了反映山西风土人情的系列小说《厚土》等。他在《农具的教育》一文中讲述了创作《厚土》的具体情境。1987年的夏天，他在旧书摊上买到一本叫作《中国古代农机具》的小册子，里面讲述了中国农具的发展历史。他带着书回到邸家河村住了几天。正好是收麦子的季节，他就在农忙之余翻阅该书。他震惊地发现，当地人叫"推磨"为"推喂子"，竟来源于春秋时期的"公输班做喂"。他突然意识到，"被农民用方言称呼的农具，原来被我一直认为是字典里根本就没有的字，被我认为是乡下人固执、封闭的语言偏好的所谓方言，竟然却和两三千年前的历史完全重合，和古音古字一模一样"。从他对农具的用心观察和热心考究就能看出，他是把对生命的热爱融入到邸家河村的生活当中，才创作出了享誉世界的《厚土》《旧址》《无风之树》《传说之死》《银城故事》等作品。

这六年对他而言是一辈子的深刻印记，多次出现在他的回忆之中。他在《插队趣闻三则》中讲到了吕梁山区的贫困和落后。通过讲述"好面包子"等小故事，就把我拉回到了老家的日常生活当中。我小时候也吃过玉米面窝窝、"煮馍馍"（河津土话）等食物。当时的好面就是用小麦磨出来的面粉。人们天天吃着山药蛋（土豆的土话）、红薯和南瓜等粗粮，一年也吃不上一回好面，于是，发黑的好面包子也就成了那个时候难得的生活改善。我在2005年到临县（属典型的吕梁山区）做调研时，震惊地发现当地人一天只吃两顿饭。早上十点多吃的第一顿饭，是简单的面条撒一点盐巴和干韭菜叶，条件好一些的家庭会拌上一点土豆丝，也就仅此而已。下午五点左右吃第二顿饭，是啃着馒头、喝着小米粥，最多再清炒一盘土豆丝。我对当地生活条件的艰苦印象特别深刻。这也间接印证了他在书里的诸多描述，更加引起了我的强烈认同。

还有他的"想不到的难题"的故事,让我的内心五味杂陈。农村的厕所大都是露天的,一不小心就会在如厕的时候走光。这在当地农民眼里算不了什么,可知青们却不能适应。他们为这些厕所的原始而咋舌。一是不分男女,二是没遮没拦,三是特别简陋,四是如厕习惯,都让他们接受不了。就拿第四点来说吧。当时的农民们解手后不用纸,用脱了颗粒的玉米棒子随手一蹭就完事了,而且这玉米棒子还是反复使用的。这些描述,我都很熟悉。在我逐渐长大的时候,每家每户才为自己的厕所盖上了顶棚。厕所的卫生环境也比以前好多了,可惜人们的如厕习惯却依然没有改变。我在上高中时就有"要改变家里卫生习惯"的想法,于是就在城里的杂货铺买了痰盂、纸篓等物品,在家里的门口和厕所都放了一些。父母和弟弟们就耻笑我:"我们又不是城里的家庭,要这些东西干什么?!"我想让他们把生活垃圾等都放在专门的地方,可惜却作了一个失败的尝试。现在想来,当时的场景还历历在目。

他书中的许多故事,我读着都感到特别亲切。他会把人们逐渐忘记的故事、不值一提的故事,甚至压根儿就自然会被历史忽略的故事都讲出来。这些鲜活的生命和动人的故事才是对生活最可贵的表达。我感受着从他刻骨铭心的知青生活中写出来的火辣辣的文字,感觉我幼年和青少年时期的生命又一次被点燃了。那是一个充满理想的美好时光,虽然当时的生活很艰难,却成为我一生奋斗的精神源泉。让我释然的是,这也是他的知青生活带给他的精神财富。那我们何不一起沉浸到他的文字当中,让心中珍藏的美好再次重现呢?

你被"普罗旺斯化"了吗

——读彼得·梅尔普罗旺斯系列丛书有感

英国人彼得·梅尔凭借普罗旺斯系列丛书征服了这个世界。

翻读《永远的普罗旺斯》，惊喜地发现我要找寻的精神世界一直都在这里。梅尔用世外桃源般的笔调给我们展现了他的精神家园。普罗旺斯，一个慢节奏的生活世界，从不刻意匆忙地与外面的物欲世界接轨；普罗旺斯，一个风景如画的休闲之都，人们之间平和亲近，远离喧嚣闹腾的尘世人流。生活在普罗旺斯，你会用一生的惊喜发现人生的美好。

只有在《普罗旺斯的一年》里，你才能感受到松露的可贵、仔仔的灵性、葡萄酒的美味、橄榄油的可口，以及普罗旺斯节日的热闹温馨。然后，你就上瘾了。循着梅尔的美语，你会爱上普罗旺斯。这种心灵的宁静真是一种难得的享受。

《重返普罗旺斯》依然让人感动。普罗旺斯人的生活因为世人的频繁光顾而不再那么静寂，这有什么关系呢。梅尔已经成为普罗旺斯必不可少的向导。想想他家的电话吧，一年到头，铃声不断。你就会感到极大的满足和欣慰。这个世界上还有哪个地方可以把吃饭当成一种难得享受的职业,这个世界上还有哪个地方专门把旅游当成一种难得享受的生活,恐怕只有普罗旺斯吧。

《普罗旺斯·山居岁月》正是你想要的生活。门前载满欣欣向荣的薰衣草,坐在庭院享受法国南部乡村的暖阳和风,时而飘逸的歌声仿佛让你在格林童话中身临其境,幻化为花衣魔笛手的你,带着我们品味葡萄酒庄园的微醺,领略纵情歌舞的各类祈愿节的盛景,饱享芬芳四溢的暗香浮动。人生逢此盛况,不胜快哉!

情有独钟普罗旺斯,因为你的隽美,因为你的祥和,因为你的安宁,因为你的热情。虽不能亲临其境,亦感到满足充实。生活疲惫的时候,心情疲倦的时候,可以看看"普罗旺斯"。不一定是要了解当地的风土人情,不一定是为了精心筹划普罗旺斯之行,权当消遣打发无聊的时光,权当为你的低迷找寻一份慰藉。如果你一不小心爱上了普罗旺斯,并把梅尔的美语当成提升精神境界的一种途径,那你就赚大了,那时的你该有多么幸福啊。

被"普罗旺斯化"是一种幸福。被"普罗旺斯化",你可以过普罗旺斯式的生活,不必介怀你是否生活在普罗旺斯;被"普罗旺斯化",你可以拥有并享受普罗旺斯式的心境,不必忧心无处寻觅而不得世外桃源;被"普罗旺斯化",你可以简简单单地就看看这些书,然后陶陶然自我满足一番,亦别样感怀生命的美好。

意外收获《永远的普罗旺斯》,是我的学生赠送我的圣诞新年礼物。之后便一发不可收拾,深深地爱上了普罗旺斯。我愿被"普罗旺斯化",那你呢?

悲剧的人性之美 与人生选择

——读《茶花女》有感

　　人总是由自己来选择自己的行为。在自我选择的过程中,人总是处在自我塑造之中,然而人的这种自我塑造又深深地影响着身边的社会。《茶花女》正是通过讲述一位平凡的女性玛格丽特的不平凡的人生选择,揭示人性悲剧美的哲理意蕴。

　　我时常被一些问题困扰:人为什么活着,人怎样活出自我,人与社会如何互动?亚历山大·小仲马通过其处女作《茶花女》告诉我们,他是如何走入社会,开始自己的人生。他把自己对人性与社会的思考,通过玛格丽特与阿尔芒的人生选择淋漓尽致地表达出来。在阅读的过程中,各种人性的凸显促使我不断地思考人生的价值。

　　个体的人生价值包括人生的自我价值和人生的社会价值。玛格丽特与阿尔芒的人生选择之所以会出现悲欢离合,是因为他们原本生活在两个世界。当这两个世界相交不能完全重合,就会出现人生价值的冲突与两个世界意义的选择。

人生就是人生命的展开过程。当双方的生命被真挚的爱情点燃,玛格丽特与阿尔芒同时选择向对方妥协。世俗的社会不能容忍他们的人生选择。玛格丽特为了阿尔芒的人生幸福选择了离开。阿尔芒却为了玛格丽特选择了一条不归之路。他们的生命在追逐爱情的过程中展开了一幅体现人性悲剧美的人生画卷。

人性之美不在于社会对个体的约束与索取,而是在于社会对个体的尊重与满足。为什么玛格丽特与阿尔芒的真爱以悲剧结束。同样的印证是,为什么罗密欧与朱丽叶的真爱、梁山伯与祝英台的真爱都以悲剧结束。如果真爱没有错的话,造成悲剧的社会应当对自身作出反思。

人性之美不在于个体对社会的约束与索取,而是在于个体对社会的责任与贡献。玛格丽特为什么会选择离开阿尔芒?她以为自己尽到社会对她的要求就可以为阿尔芒带来幸福,她不知道自己的选择恰恰让知道真相后的阿尔芒用悔恨伴随终生。阿尔芒在玛格丽特离开之后选择了报复,就像《呼啸山庄》的希思克利夫一样。人性的复杂与奇妙之处就在于人是天生的自由动物。人有权利选择自己的生活,尽管这种选择并非发自内心深处最渴望的憧憬。就像希思克利夫一般,阿尔芒最终为他自己的选择付出了沉重的代价。或许这个世界上最遥远的距离不是生与死,而是我就站在你面前,而你却不知道我爱你。

选择产生行为,行为塑造人生。应当肯定玛格丽特与阿尔芒的相爱是对人性与自由的一种尊重。他们没有将自己的人生投入到狭隘的社会要求之中,虽然这种行为是以牺牲个体对社会资源可能的攫取为代价,却丰富了这个世界选择的可能性,同时丰富了个体与社会互动的超越性。他们让爱情这一最能体现生命本质的不可思议与奇妙熠熠生辉。

　　黑格尔曾经说过:"凡是现实的都是合理的,凡是合理的都是现实的。"《茶花女》之所以誉满全球,其体现的内在精神追求与这个世界的人们对爱情的渴望相伴相存。玛格丽特虽然身份卑微,却敢爱敢恨,这不正是生活中的普通人对平凡爱情的不平凡的渴望吗? 阿尔芒可以抛弃世俗偏见,爱上一个社会地位卑微的女子,不正映照了他人性的美丽与高尚吗? 故事中的玛格丽特与阿尔芒真实地演绎爱情的可歌可泣,难道社会中就不存在这样的爱情吗? 这样的爱情震撼人的心灵,像灯塔一样在遥远的地方照亮生活的阴霾。加缪曾经说过:"如果说,这个神话是悲剧的,那是因为它的主人公是有意识的。"在阅读《茶花女》的过程中,随着故事情节地展开,你会心无挂碍,摆脱过于沉重的、过于拘谨的、过于束缚的累赘,更轻松、更自在、更洒脱地感受和享受有限生命的壮丽与精彩。这时,你突然发现"造成西西弗斯痛苦的清醒意识,同时也就造成了他的胜利"。你看,生命的意义真是耐人寻味。

　　可以肯定的是,玛格丽特对自己的人生充满着积极的情感体验。不管阿尔芒如何伤害她,她始终相信阿尔芒最终会理解这一切。玛格丽特的这种人生自信与她对自己人生价值的肯定内在相连。人世间的爱情是多么需要玛格丽特的这种积极上进的情感体验。这让我想起了孔子的一句话:"吾心信其成,则无坚不摧;吾心信其不成,则反掌折枝之易亦不能。"现实生活中,有些爱情之所以出现盲目或裂痕,极有可能是因为双方已经不再相信爱情了。爱情的奇妙与不可思议之处就在于,爱情是需要信仰的。爱情不是有了权势或金钱就能轻易满足的,恰恰相反,权势或金钱只能让爱情越来越远。玛格丽特与阿尔芒的爱情的美妙之处正在于,他们的爱情是对社会地位与金钱的超越。他们相信爱情,所以他们的爱情才会美好。他们相信爱情,所以他们的爱情才会神圣。他们相信爱情,所以他们的爱情才有意义。他们相信爱情,所以他们的爱情才会刻骨铭心。

其实,我们每个人都行走在探索人生的旅途中。在前进的道路上,大部分人会相遇自己的爱情。如何让自己感受爱情对人生的价值和意义,是摆在现实生活中每一位读者面前最现实的问题。我们需要正确认识和评价这一问题,才有可能对自己的爱情和人生作出正确的选择。从本质上,爱情是人的一种合理的欲望。这种欲望是人通过对人生的深谋远虑而对原始冲动作出的修正。每一个人都需要对表现为欲望的爱情进行判断和评价,才能让自己更好地与当前生活的社会相衔接,也才有可能让自己更好地与当前生活的社会良性互动。这是玛格丽特与阿尔芒的故事带给我们众多启示中的又一个启示。

阅读《茶花女》是因为我对爱情有些许向往,是因为我对人性一直有自己的理解与思考,是因为我的生活与人生的选择总是塑造着我自己,也是因为故事中的悲剧美深深地震撼着我的灵魂,让我不断地警醒自己:不要错过自己的爱情。

未泯童心

——读《小飞侠彼得·潘》有感

　　世界上的小孩都会长大,除了一个小孩,就是小飞侠彼得·潘。当身边的小孩都被人领养长大,他却选择了一个人的坚守。他要坚持一颗永远不会长大的童心,活在一个永远充满乐趣的快乐世界里。

　　每个人都有一片属于自己的世界,这个世界从人生的童年开始。童年的世界充满了朦胧的梦幻,在大人看来平凡而无趣的生活却在孩子们的心里占有最重要的位置。这种生活被他们彰显得丰富多彩,这种生活增添了让人难以忘怀的童年乐趣,这种生活让孩子们在无忧无虑中快乐成长。

　　成长不需要烦恼。彼得·潘也在成长,他却坚守一颗长不大的童心,他的行为让人既惊叹又敬佩。我们有理由惊叹彼得·潘的选择。许多人在成长的过程中被困惑与烦恼吞噬,他们深陷各种所谓的欲望与成熟不能自拔。彼得·潘用一颗童心对抗物欲横流的世界,他用快乐的童心勇敢地向膨胀的私欲开炮,他把善良的信念洒向童话王国的每个角落,他深信世界上有小仙子,他深信! 我们有理由敬佩彼得·潘的勇敢。一个人的孤军奋战总免不了波折与伤感,很多时候,信念不是被外在的敌对势力土崩瓦解,而是被内心的孤独与长久的等待消磨殆尽。彼得·潘用他的童心找寻人生的快乐。虽然他永远也无法享受人世间的爱抚与温暖,只能在玻璃窗外偷听窗内的人讲着童话故事,他却一丁点儿也没有感到寂寥。因为拥有童心的人永远快乐地活着,他们是不会感到烦恼和孤独的。

梦想来自童心。每个人都有一个梦想,这个梦想在童年的时候最明亮清晰。我时常在想一个问题:童话为谁绽放梦想。在梦幻岛上,以彼得·潘为代表的一群追梦的人行走在童话的世界里。他们为了梦想而努力,伤感过、奋斗过、快乐过、真心地爱过,他们的生活展现的别样人生或许能够对今天的我们有所启发。

童心会带来希望。彼得·潘的世界里没有失落或失望的概念。生活在梦幻岛上的孩子都被现实世界里的大人无情地抛弃了,而梦幻岛上的世界再也没有被人遗忘的酸楚与痛苦,孩子们可以在这个世界自由地玩乐。他们由着天生的性子尽情地嬉戏,彻底与强制的种种外在命令和要求告别。他们用一颗颗童心满怀希望地憧憬未来,他们的这种生活让人心生感动。彼得·潘更是用他生命的全部来保护这个世界的存在。面对邪恶的海盗船长,他自信地迎战,无所畏惧。即使被捕,他也相信奇迹会发生。事实上,短暂的乌云密布不会遮挡灿烂阳光地照耀。阴霾总是会被驱散,童心总能带来希望。

捡拾童年的童话故事让已经长大的孩子思绪汹涌。童年是人生中最美的乐章。虽然不再童年,心中却永远珍藏一段可贵的童年回忆。在这个时代,孩子们可以尽情地享受那仅仅属于他们的欢乐,一颗颗童心被孩子们自然和纯朴天性的热情召唤渲染为一段段永不消逝的童年记忆。

打造浩瀚诗歌王国

——有感郝晓光的诗配照

　　每个人的一生都会寄居于许多王国。在每一个王国,他都会有独一无二的身份。然而,并不是每个人都有自己的诗歌王国。诗歌是诸多王国中能配享桂冠的王国,是精神上的自由象征,是艺术上的丰富体验,是哲学上的真理寄所。在诗歌王国,你可以从混沌人生中发掘宇宙的奥秘,从关联的生活中寻觅醒悟的真谛,从语言趣味中感受纯粹的快乐,从生命艺术中把握意义的存在。郝晓光通过自己的诗配照在有意识地构建自己的诗歌王国。他的这种"有目的、有意识的活动"(马克思语)正好诠释了古希腊大哲学家普罗泰戈拉的"人是万物的尺度"这句话。他正在用自己的诗歌尺度逐梦属于他,也是属于我们的"诗配照"王国。

　　"诗配照"主要是从一张照片出发演绎出一首诗歌。好的"诗配照"能构建起一个完整的浩瀚的精神世界。诗歌的诞生有许多途径,有睹物思情的灵感喷涌,有哲学沉思的深刻诠释,有即兴而发的生动叙述……郝晓光的"诗配照"既有睹物思情的温情流淌,也有即兴而作的内在冲动,更充满着哲学认识的独到深刻。请看这首《乌桕》：

中华大地，物产丰饶。这首"诗配照"就讴歌了壮丽山河的大美风景。浙江普陀山与山西五台山、四川峨眉山、安徽九华山并称为中国佛教四大名山，是观世音菩萨教化众生的道场。以东方的普陀山开场，既点出了中华文化中有"普度众生"的佛教思想，又把文化思想与著名景点巧妙地联系在一起，让人心生向往之情。东海的海龙就是普陀地区的著名特产，游玩此地的人们吃着海龙，估计会想起《西游记》那观音莲花池里下界作乱的"通天河灵感大王"。就连这里的鱼儿也能修炼成仙，向善众生何愁不能升天呢？

中国北方的冰雪是最迷人的一景。哈尔滨的冰雪大世界早已成为家喻户晓的旅游景点。这里除了童话般的冰雪天地，还有因形状如美女一般娇艳而得名的长白松（故而又名美人松）。这可是长白山独有的美丽自然景观。如果你来到长白山，就会发现这里是美人松的天堂。棵棵挺拔俊美，在微风吹拂之下，轻轻摇曳，仿佛在向你招手致意。尤其当披上银装素裹，更是楚楚动人。可是你们在了解长白松的时候，知道长白山上的传奇故事吗？除了《人参娃娃》这样的经典动画片，还有大家耳熟能详的故事，比如《智取威虎山》。讲到这里,你是否也考虑去长白山演绎一段属于自己的传说呢?

中国的中西部地区是华夏文明的发源地,有着许多历史悠久的神话寓言故事。《愚公移山》就歌颂了中华先祖的勤劳、质朴、坚忍的品格。这个故事虽然在现实生活中不能发生,却寄予了古代人对幸福美好生活的无限向往。解决民生问题才是老百姓最关心的话题。太行、王屋两座大山寓意民生问题的棘手,愚公铁心要移走这两座大山寓意百姓对解决民生问题的坚定信念。如果天帝不被这种精神所感动,势必会迎来"苍天已死,黄天当立"的改朝换代。古今中外,朝代更迭的故事不绝于耳。太行山上还会再次出现"愚公移山"的故事吗?

中国的南方不仅风景优美,有乌桕这样的树中名门,更是革命圣地。大别山中的乌桕似火一样的红,就像中国共产党在困难时期如火一样的蓬勃生命力。革命老区大别山有中国共产党和广大人民群众打成一片的诸多事迹,也有中国共产党从大别山出发挺进全国并最终夺取全面胜利的英勇故事。大别山里的乌桕别样红,大别山里的红旗永不倒。大别山的精神正在向我们招手,你我现在还能再认真地重温一遍吗?

这首《乌桕》从歌颂自然景物开始(普陀岛的海龙、长白山的白松、太行山的峻岭、大别山的乌桕),向我们讲述了中华优秀传统文化中的传奇故事(佛教的普度众生、长白山脚的美好传说、太行山脉的神话寓言、大别山下的红色文化),彰显了中华民族生生不息的勤劳、勇敢和抗争精神。不得不说,这是一首文思泉涌、风情并茂、怡情雅兴、雅俗共赏的绝佳"诗配照"。

有感梁漱溟的
《我生有涯愿无尽》

　　我是在读大二时才接触大学生支农支教活动的。山西农业大学给我提供了一个很好的下乡实践平台,我满怀热情地投入到太谷县大威村小学的支教活动中。一年以后,我就被选派到中国人民大学梁漱溟乡村建设中心参加第三届全国大学生支农研讨会。当年,山西省的高校总共就去了三个人,还有王大衍和李俊。我是法学专业的学生,根本就不知道梁漱溟是何许人也。或许大衍知道,他是农林经管专业的学生,会接触农业管理和农业教育之类的课程。

　　这是我第一次听说梁漱溟这个人。当时,他的大儿子梁培宽已经90岁了,还亲自来给我们作了一场关于父亲生平事迹的报告。虽然我之后的人生命运发生了戏剧性的转变,一直求学到现在,再也没有下乡作过调研。可是,我在内心里特别喜欢大学生的支农支教活动,觉得做这样的事很有人生意义。于是,我就在"新乡村建设公益联盟"里组织过两三年的专题讨论活动。后来,在科研压力的重负下,我实在是没有精力再搞这些活动了,心中的这一爱好就此搁浅了。

近年来,我的兴趣转移到了解学术人物生平事迹上面了。我看过许多学术人物的自传,其中印象比较深刻的是卢梭的《忏悔史》和周国平的《岁月与性情》。这两本自传都饱受世人争议,因而也就更加有名了。可是,当我读了梁漱溟的自传《我生有涯愿无尽》后,我觉得梁先生的人生思考和精神境界更值得我钦佩。他终其一生用心于两大问题:人生问题和中国问题。在对人生问题的思考中,他形成了自己的哲学思想体系,于是就有《人心与人生》《印度哲学概论》和《东西文化及其哲学》等著作传于后世。在对中国问题的研究中,他积极从事乡村建设运动,并形成了《乡村建设理论》《中国文化要义》和《东方学术概观》等著作。

不管是对学者而言,还是对社会活动家来说,这样的人生成就都是无比辉煌的。这就使我陷入思考,梁先生为什么就能活出人生的意义来呢?我认为,他一辈子都在做自己愿意投身的事业,所以就能穷其一生做出不凡的成就。他说:"我始终不是学问中人,也不是事功中人。我想了许久,我是什么人?我大概是问题中人!"(《如何成就今天的我》)正是因为他想要探索人生中的大奥秘,想要破解中国社会的大问题,才能把近百岁的一生投入到不断求索这两大问题之中。这就是人生大智慧的体现。

一个普通人要想达到拥有人生大智慧的境界可能很难。更难的是,通过人生的大智慧做出有意义的大事业。梁先生通过一生的自学实践,从"一个瘠弱而又呆笨的孩子"(《我的自学小史》),到后人用"20世纪中国著名思想家、教育家、社会改造运动者"来评价他。这中间需要经历多少改变,才能成就今天的他?我们这些从事支农支教的大学生、老师们,还有社会上关注"三农"问题的人,都是在他曾经走过的路上继续前行。我们想要改变自己,同时也想让社会变得更好一些。那么如何来改变自己，同时也能为社会造福呢？我读完梁先生的这本自传后，感觉这本书通过回顾他自己的一生，包括主要经历、主要思想、主要著作和师友亲人，专门回答了这一问题。所以，有志于改变自己并造福社会的人，不可不读此书。

大家的毕淑敏

　　在我心情起伏的时候，我时常想起毕淑敏的文字；在我心情平静的时候，我也时常想起毕淑敏的文字。她恬静淡然的文字时常回旋在我的脑海，与我的心情交织在一起，慰藉着我的灵魂。我想起她的文字，不是因为我认真地对待了她的文字，而是她的文字在认真思考着这个世界。

　　这个世界时常让人感到困惑。生活在这个世界的人不时地会感觉到自己活在自卑、抑郁、焦虑、悲伤、恐惧等阴影当中。每个人都能感受到这种痛苦，但是不一定真正地知道这种痛苦。毕淑敏用她清新的文笔、温暖的哲思观照着这种痛苦。她从不逃避生命与死亡、幸福与冷暖的话题。恰恰是这种对生活关注的真实，让她的语言和思想感动了成千上万的读者。

　　在一个物欲横流的年代，随着物质生活的丰富，人们精神上的痛苦让人变得既渺小又脆弱。毕淑敏是内科主治医师，见过太多的死亡；她也是心理咨询师，见过太多的人生。她通过写作把自己在有限生命中的所思和所想，与更多的人分享，通过分享，我们看到了一个人的世界，也看到了成千上万个人的世界。原来人生就是这样的普通,不管你是什么人,你都要活在爱的世界中。不管你在做什么,你都在寻找人生中的幸福。那么,什么是爱？幸福又从何而来?

毕淑敏从不正面回答这些问题,因为她知道这些问题没有标准答案,想要知道答案的人必须靠自己寻找。但是她会通过自己的思考与你分享她的感受。她会说:爱怕撒谎、爱怕沉默、爱怕犹豫、爱怕平分秋色、爱怕刻意为之……她会告诉你:幸福不是奢侈品,人人都可以获得幸福,但是你要经常"提醒幸福",因为幸福有盲点。对幸福不太在意的人,即使在别人眼里觉得幸福,自己也未必知道。只有当失去的时候,才知道幸福的可贵。

读着她关于爱和幸福的文字,我躁动的内心就会慢慢平静下来。她的文字可以治疗我内心的伤痛,让我在挣扎的人生旅途上,享受着片刻的宁静和温暖。然后这种温暖就成为我情感的一部分,在我的生活中支撑着我一路前行。人生路上,需要这样的良师益友。可以说,毕淑敏就是我的良师益友,她也是成千上万个读者的良师益友。

她曾经写道:"写完了这本文稿,如同面朝蓝天放飞一只鸽子。我目送它远去,不知道它将会栖息在何处树梢或是屋檐下。祝愿这只带着鸽哨的白鸽,在新主人那里,盘旋着发出清音。"我想她一直在实现着这个愿景,因为她是大家的毕淑敏。

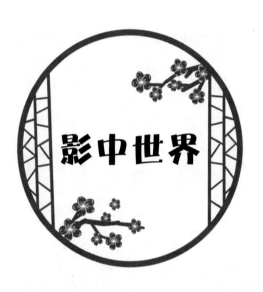

影中世界

寻找美好时光

——观《天堂电影院》有感

  每个人都有自己的黄金时代。多少年之后，一些人才能意识到这一点。或许，现在的成功永远也不能与曾有的美好时光相提并论，为了重温已经逝去的美好时光，我们一次次地踏上了寻找这段美好时光的回忆之旅。《天堂电影院》就是从主人公萨尔瓦多（多多）的回忆开始的，他人生中最美好的时光是陪伴他的好友兼导师阿尔夫莱多（艾费多）在天堂电影院放电影。

  那个年代，正是电影院最为红火的年代，去电影院看场电影就是人生最幸福的事情。一到晚上，人们不约而同地来电影院看电影，就连过道也站满了观众。随着故事情节的发展与转换，他们时而大笑，时而落泪。艾费多能够感受到观众对电影的热爱，放电影对他来说就是生命存在的全部意义，而他能尽力做好的最重要的事情就是想办法让更多的人看上电影。于是，他组织了一场露天电影，结果胶片被点着了。在救火的过程中，他不幸失明。然而比起以往，他却看到了更多东西。在多多当上放映师，想要放弃上学时，他就说："不，别这样，不上学你将来会后悔的。这并不是你真正的工作，现在天堂电影院需要你,你也需要它,但这只是暂时的。有一天,你会去做其他事情,更重要的事情。相信我,世界上还有许多比这更重要的,重要得多的大事。"他说得太对了! 当多多从部队复员返乡后感到迷茫和失落时,他又说:"生活并不像电影,生活要艰难得多。离开这儿吧,回罗马去,你还年轻,世界是属于你的。"艾费多把他用一生换来的经验传授给了多多,希望他能走向更广阔的天地。

这才成就了日后的著名导演萨尔瓦多。而具有开拓精神的多多与有些保守的艾费多不一样,他的行动总是具有改变命运的主动性。他有机会接触并喜欢上了电影,他试图走进放映室,尽管一次次遭到艾费多的拒绝,他最后还是达到了目的。于是,他们两个一起制造小镇的欢乐和幸福。多多长大了,爱上了比自己社会地位高的艾莲娜,却遭到了她父母的反对。怀着宿命式的悲观情绪,艾费多就给多多讲"军人爱上公主"的悲剧故事。可是多多却勇敢地等待和追求自己的爱情,直到艾莲娜一家搬离了小镇。这时,艾费多就让多多离开小镇,去罗马发展,并要求他"不管这里发生什么,永远都不要回来"。这说明,艾费多一生没有离开过封闭的乡村小镇,却能清醒地看到这种命运的悲剧性,并指导多多去追求更美好的生活。

数年之后,多多成了著名导演。老妈每次给他打电话,都是不同的女人接电话。然而这次打电话不同以往,艾费多去世了,这让多多的思绪飘回了青少年的美好时光。他返回了小镇,母亲知道这次他一定会回来。多多触景生情,想再见到艾莲娜。与她交谈后,他才真正明白了艾费多的良苦用心。而此时的艾莲娜已为人妻,但是他们的爱情忠贞不变。饶有趣味的是,多多与艾莲娜的爱情与电影上曾出现的"爱情之吻"的镜头一样,被人横加"删剪"。从此,多多再也没有找到过真正的爱情。直到他重返小镇,母亲说:"希望能看到你安顿下来,去爱一个人。"此时,在他与艾费多作最后的告别时,他的好友兼导师给他留下了最后的礼物。这份礼物原来是当初被镇上的检查员勒令删剪的吻戏胶片。看着这些镜头,多多突然发现自己理解了生命中的一切,包括他对艾莲娜的爱。艾费多在生命的最后时刻,通过"爱情之吻"的一连串镜头把多多的人生和爱情重新连接在了一起。多多的爱情故事恐怕也要重新开始了⋯⋯

　　每个喜欢看电影的人或许都有他记忆中的"天堂电影院",我也不例外。故乡的电影院虽然简陋,却也留给我很多美好的回忆。小时候,父母总是在农闲之余带我们看电影。村里的电影院把许多短木头拼凑在一起当板凳,人多的时候就连这样的板凳也寻不着,有人就拿几块砖当凳子坐,甚至席地而坐。人们看电影的热情高涨,就如这部影片所描写的情景。那个时候,还没有电视,人们就把看电影当成生活中最大的乐事。每逢哪家有红白喜事,就在大街或巷子里公放电影,不一会儿工夫,大人小孩就都带着板凳来看电影。他们和那些老电影,就如同艾费多和他的电影观众一样,代表了电影黄金时代那种最淳朴、最彻底的电影文化倾向。然而伴随着艾费多的去世,天堂电影院也很快结束了它的生命。我们村的电影院何尝不是如此?自从电视机进入千家万户,人们在一起看电影的热闹时光就从此一去不复返了。我很怀念当时和大家一起看电影的美好时光。人们为了争到前排好一点的座位,就让自家小孩吃好饭后早早带着板凳去占座。于是,有电影的地方就成了孩子们的天堂。他们在一起打闹,还嚷嚷着让父母买好吃的⋯⋯

　　可是,我长大了。在当时的一些电影所描述的世界里生活,我却像多多一样永远也割不断与过去世界的联系。儿时的伙伴、家乡的父母、逝去的青春和难忘的回忆,这一切都在我脑海里交织成一幅幅永远让我难忘的画卷。

曾经的美好时光离我现在的生活是那么遥远,却在这部电影的呼唤中重新走入我的生活。我相信,我从家乡走出来是对的。正如艾费多对多多说的那样:"如果你不出去走走,你就会以为这就是全世界。"漂泊在外的我正体验着家乡以外的世界,正如多多在罗马体验着电影以外的真实世界。然而,我对外面的世界知道的越多,就越怀念家乡的一切。正如多多碰触着愈加广袤的未知世界,他的心灵就愈加想要有一个归宿。作为著名导演的他又重新坐回天堂电影院的观众席上,这一次,他是来寻找心灵的归宿。

电影《天堂电影院》又译《星光伴我心》。我一直认为,"星光伴我心"的译法更贴近这部电影要表达的精神主题。多多从一个普通的农村孩子一步步地成长为一个世界闻名的导演。其间虽然经历了诸多辛酸和坎坷,却让人感觉到梦想从来没有离开过他。他就是我们身边的那颗"星"。他成长过程中的故事就如同星光那样熠熠生辉,划破漫漫长夜里那最黑暗的天空。有这样的感动陪伴着我们,才不会觉得人生漫长而孤独。耐人寻味的是,导演多纳托雷还为这部电影拍了两部姊妹篇,分别是《海上钢琴师》(又译《声光伴我飞》)和《西西里的美丽传说》(又译《真爱伴我行》)。这三部电影一起被人们称为"寻找三部曲""时空三部曲""回家三部曲"或"西西里三部曲"。在这三部电影中,多纳托雷运用了相同的叙事结构,"回到"过去寻找美好时光,让我们不断穿梭于"现在"与"过去"之间,获得生命中最值得珍藏的情感体验。值得深思的是,他生在意大利的西西里岛,于是,他的作品就讲述发生在西西里岛上的动人故事。这就告诉我们,对童年梦想的憧憬、对家乡无限的怀念和对美好时光的寻找,永远值得我们为之努力!

寻找心灵家园

——观《天空之城》有感

或许，每个人都有一部电影让他难以忘怀。对我而言，《天空之城》就属于这样的电影。我时常从这部电影中汲取心灵的养料。久而久之，我才发现，其实我是在寻找心灵的家园。在我寻找的过程中，这部电影深深地扎根于我的心灵世界，成为描述我心路历程的最好表达。

所谓的"天空之城"拉普达就是一个科技发达的荒凉之地，拥有先进文明的人类用自己的科技毁灭了自己生活的世界，存活下来的王族后裔希达是寻找拉普达的唯一希望，因而也成为拉普达王族另一支后裔穆斯卡的追捕目标。故事就是从海盗袭击穆斯卡对希达的绑架开始的。希达在争斗中从天空掉下来，借着飞行石的力量缓缓从天而降。而故事的另一个主人公孤儿巴斯在矿场干活的时候，撞见这一奇景，伸开双臂接住了希达。于是，就开启了一段寻找拉普达的冒险之旅。

希达象征着人们心中的希望。每个人都有自己的心灵家园，在属于自己的世界里，希望有一个像希达这样的人能理解自己，为自己带来生活的希望。希达就属于拉普达的希望。拉普达曾拥有先进的科技,可是现在已成为一座安静的死城。但是拉普达依然和谐美丽,成为生活在那里的动物们的天堂。其实,拉普达就如同地球。当地球无法满足人类膨胀的欲望时,便只能像这座天空之城一样走向毁灭。这显然不是人类所期待的结局。人类才是地球唯一的希望。然而,当人类不再肩负这一历史使命时,就是地球灭亡之日。如同故事里影射的那样,在穆斯卡控制了拉普达以后,它已经成为充满欲望的邪恶世界,失去了存在的意义。希达和巴斯只能让拉普达走向终结。

巴斯象征着像我们一样的少年。他住在有矿场的小型城镇附近,虽然他父母双亡,却继承父志,相信并决心寻找拉普达。他的父亲是飞行冒险家,在一次飞行中发现了这座天空之城。然而,众人都认为他是一个骗子,不相信拉普达确实存在。巴斯的愿望就是自己制造一架小型飞机,寻找传说中的天空之城。每个人都有自己的梦想,尤其对家境贫寒的孩子而言,这个梦想表现得更为强烈。孤儿巴斯不畏贫寒的生活,沿着父亲的足迹寻找心中的梦想。可能拉普达根本就不存在,但是他的梦想却是真实存在的。为了这个梦想,他和希达一起开始了逐梦之旅。在这个意义上,拉普达对巴斯来说就是他的心灵家园。而我们的心灵家园又是什么呢?我们需要认真思考这个问题。只有知道自己的心灵家园,并愿意为它添砖加瓦,才能使之成为一种令人向往的心灵世界。

故事中的海盗们让人印象深刻。海盗是军队的敌对势力,他们总是破坏军队的有组织行为。然而,他们的行径却不让人生厌,反而赢得支持的声音。这是因为,故事中的军队与穆斯卡一样贪得无厌,为了获得飞行石,为了拥有拉普达,不惜一切代价烧杀抢掠。这从故事的结尾就可以看出来——军队把拉普达的所有金银财宝洗劫一空,却使这些海盗充满了人情味。海盗妈妈朵拉就是个面恶心善的老海盗,她偷听希达和巴斯站岗时的讲话,让她的儿子们照顾这两个小家伙……可见,她并不是人们通常认为的海盗形象,她还有一种正义感。面对军队的横行霸道,她从不退却,而是迎面还击敌人。宫崎骏通过海盗和军队的形象反差告诉我们,人是一种特别复杂的动物。在人身上既有善又有恶,关键问题是我们如何对待这个问题。他还告诉我们,表面上貌似正义的力量并不一定就是正义的代表,可能人们通常认为的不好的东西也有积极的存在价值,关键就在于我们如何把握和抉择。

对我而言,寻找"天空之城"拉普达就是我在寻找自己的心灵家园。心灵家园不一定是我想要得到什么就能得到什么的一个场所,所以我的心灵家园不一定要在物质追求上有多么的富有,也不需要在生活享受上有多么的满足,但是一定要在精神体验上能够产生自己的快乐。希达对我而言,就是心灵家园的伴侣。她为了救巴斯而失约,是想让他忘记拉普达。朵拉对巴斯说:"希达是为了救你啊!她为救心爱的男孩而牺牲自己……你以后结婚就要找这样的女孩。"巴斯顿悟以后,请求朵拉带她一同前往拉普达。他说:"我会像个傻瓜一样保护她。我不要拉普达的宝物!"在爱情面前,女孩希达隐忍克己,敢于牺牲自己;而男孩巴斯则无所畏惧,勇往直前。这就是东方爱情故事的典型表达。而我多么希望自己能像巴斯那样对待爱情,对待人生!

许多人都对这部电影印象深刻,甚至被故事情节和其中的音乐打动。我已经不记得自己看过几遍了。但是每过一段时间,我都会重温它。然后流着眼泪看完,我就感觉情感得到了慰藉。我还记得,硕士毕业那年,我一个人去武汉一所大学实习。刚到一个陌生的环境，我人生地不熟，情感上不免有些孤独。当时突然特别想看《天空之城》，我感觉自己就是巴斯，一个人孤独地活在这个世界里。但是，巴斯有梦想，他要实现父亲没有完成的心愿。我从他身上找到了精神力量，我要一个人开创出一片属于自己的天空。心里有了这个梦想，我开始了人生的第一份工作。虽然之后我转移到杭州工作，但是我从来没有忘记自己的梦想。现在，室友彭小龙也开始工作了。我不知道他是否也与我当初一样，心中孤独却不放弃自己的梦想呢？南方人到北方工作是需要勇气的，他一个人开始新的人生征程，我祝他早日找到自己的"天空之城"。

天空之城的主题曲《伴随着你》是音乐家久石让的作品，这首乐曲让电影《天空之城》久负盛名。我是在上海大学读硕士时才第一次听到这首轻音乐。每到晚上十点，上大广播台就会放这首音乐。伴着让人落泪的优美旋律和动人心弦的震撼力量，我知道要下晚自习了。漫步在有些漆黑的校园路上，它就像一团火焰，燃烧着我的内心。我一直想知道它的名字，直到硕士阶段的好友白子仙告诉我，这是宫崎骏的动画片《天空之城》的主题曲。当时我就在想，如此有意境的名字应该配有这么动听的音乐。自从我看了《天空之城》，就着迷了。直到现在，我依然以此电影所表达的情感为基调准备自己的人生。每次听到这首乐曲，我就像找到了一辈子的知音，可以从容地感受着这份情感带给我的那种温暖和感动。所以，我应该特别感谢《伴随着你》这首乐曲，它陪伴我走过了近十年的求学生涯。

最后值得一提的是，《天空之城》的动画效果也是恢宏大气的，让人过目难忘。宫崎骏的动画片都是手绘而成的。他的动画场景大都是辽阔的大自然、宏伟的战争场面，或惟妙惟肖的人物特写。而这些场景都需要画家极其艰辛地创作才能达到这样的效果。在《天空之城》里面,拉普达的花儿被微风轻轻地吹着,潺潺的溪流在绿树的环抱中欢快地跑着,嬉戏的小鸟在孤独的机器人肩膀上玩耍着,静静的坟墓被爬满苔藓的岁月遗忘……

这一切的美丽都足以让人无法忘怀,才能成就一个令人神往的"天空之城"。也只有这样的场景才能打开人们狭隘的眼界,让人不由自主地相信梦想的力量。这就是艺术的美妙之处!宫崎骏通过绘画艺术、音乐艺术和讲故事的艺术,唤醒了人们心中最纯粹的真善美的情感。有时候,我都不知道如何来安放这一情感。我只能把这份情感与大家一起分享,希望能与大家产生情感上的共鸣。这或许就是寻找心灵家园的最好方式。

活在真实与孤独之中

——观《楚门的世界》有感

在生活中，每个人都是独一无二的。面对不同的生活境遇，我们有时候会感到活得真实，有时候会感到活得虚假；有时候会感到人生很精彩，有时候会感到人生很孤独。很多人还会有更复杂的人生感悟。不管是哪种人生阅历，作为独一无二的个体，我们都在不断找寻真实的自我。活了这么多年，我一直徘徊在真实与孤独之中。就我的内心感受来说，我感到寻找真实的自我极为不易，我是在孤独中不断前行的。这让我想起电影《楚门的世界》，讲述了楚门如何在孤独中寻找真实的自我。

美国喜剧之王金·凯瑞在这部电影中扮演了一个普普通通的小人物楚门（又译真人，英文名Truman）。该影片向我们展示了楚门是如何在自己毫不知情的情况下被打造成闻名的电视明星，却完全被剥夺了自由、隐私乃至尊严，成为大众娱乐的牺牲品。他从小到大一直生活在桃园岛，过着看似与正常人完全一样的生活。然而，他不知道生活中的每一秒都有上千部摄像机对着他，每时每刻全世界的观众都在注视着他，更不知道包括妻子和父亲在内的所有人都是演员。桃园岛实际上是一个巨大的摄影棚,他是大型纪实肥皂剧《楚门的世界》中的主人公。制片方为他量身打造了一个庞大的人造世界,并因此取得商业上的巨大成功。

他虽然感觉到每个人都很注意他,而且他从小到大所做的每一件事都会产生一些意想不到的戏剧性效果,然而这些都没有使天性淳朴的他过于在意。直到节目制作组在一次疏忽中,竟让在他小时候因他而"死"的"父亲"再次露面。"父亲"立即被带走,悲痛万分的他开始怀疑身边的一切。他想起多年前,自己一见钟情的姑娘施维亚。她既是该剧的忠实观众,又是里面的演员。她十分同情楚门,不断给他善意的暗示,却被强行带离片场。回想起施维亚的楚门开始重新认识自己生活的世界,他才渐渐发现生活中的一切人和一切事每天都在重复着。更让他不敢相信的是,包括妻子、父亲和朋友在内的所有人都在骗他,一种发自内心的恐惧油然而生。他决定不惜一切代价尽快逃离这个地方,去寻找属于自己的真正生活和真正爱他的人。经过几番失败后,他决定从海上离开这里。然而,他绝望地发现面前的大海和天空也是巨大摄影棚的一部分。这时,制片方在天上巨大的控制室里向他讲述了事情的来龙去脉,并告诉楚门,他已经是世界上最受欢迎的明星了,如果他愿意留下来,就可以继续过着明星生活。可是楚门不为所动,孑然走向未知的真实世界。

在桃园岛上,楚门没有发现这一切时,并不觉得孤独。他每天面对同样的人都会说一句:"早上好!假如再也见不到你,就再祝你下午好、晚上好,晚安!"为了让他一辈子都能生活在这里,制片方故意制造他父亲的"海上遇难",又让飞机零部件从天上掉下来,打消他坐飞机旅行的念头。他好不容易买到了大巴票,却被告知车子出了故障。难怪他每天都要说这样一句话:

"在这里，一切都围绕他运转。"此时的他活在并不孤独的"人造世界"里。这里的不孤独是指他生活和情感上的不孤独，这里的"人造世界"相对于正常的人类社会而言就是具有虚假性。后来，当他发现自己只不过是一个任人摆布、遭人愚弄的普通人时，他突然觉得，不管是在精神上还是在生活中，他一直是一个孤独的人。此时的他开始追求宁可孤独也要真实的自我。

他要走出制片方控制的这个世界。这个世界是病态的。他再也不愿意成为这个病态世界里的一个玩偶。无论生活多么安逸，没有隐私、尊严和人格的他与宠物并无两样。他决心主宰自己的命运，而不是把命运交给别人。与其一辈子做别人的演员，还不如做自己的导演。他要与这个虚假的世界告别，他要去外面寻找属于自己的真实世界。即使在寻找的过程中，他必须忍受一个人的孤独，他也愿意。去过自己想要的生活，比现在的一切都更有意义。所以，当制片方竭力挽留他时，他毅然决绝地离开了。此时，电视机前的观众无不对此感动地落泪。

生活中的我们何尝不是如此？我们从小到大的生活多少也带有被导演的色彩，只不过我们没有察觉而已。当我们长大了，开始拥有自己的生活，才发现要做真实的自我其实很难。生活并不如我们想象得那样简单。我们想在这个世界里活出人生的精彩，可是又有多少人能真正走入我们的内心世界呢？我们时常感到孤独，因为要完全理解一个人真的很难。这种精神上的孤独让外面的世界显得离自己很远。随之，让人不安的事实是，可能就没有多少人能够读懂自己。而我们身边的外在虚华也不能平抑内心的孤独。在现实生活中，这或许就是我们的一种真实生活境遇，我们一直活在真实与孤独之中。

孤独并不可怕。傅雷说得好："赤子孤独了，会创造一个世界，创造许多心灵的朋友!"大部分人会认为孤独对应个体的世俗命运。其实,就孤独的本质而言,孤独对应的是个体的精神命运。世俗命运往往无法彻底完成对孤独的救赎。制片方为楚门安排了人们通常向往的世俗命运,可是他并不认为自己活得真实,因为这不是他所向往的命运。他会感到孤独。在精神命运的驱使下,他要寻找真实的生活,活出真正的自我。很多人在现实生活中都会遇到这样的境遇。家人为自己选好了兴趣、找好了对象、安排好了前程,等等。可是,这并不一定是我们真正需要的东西。我们觉得自己不被理解,承受着精神上的孤独。那我们如何才能活出真实的自我?楚门作出了自己的选择。我们也应当作出我们的选择。既然我们必须面对生活的世界,那就创造出一个属于自己的真实世界。

抒写我们的爱

——观《我和妻子的1778个故事》有感

夫妻之间的爱本来就很平常，却被朔太郎和节子演绎得感人至深。朔太郎为节子写的1778个故事，创造了一个爱情神话。只有走进他们的爱情世界，才知道爱可以被演绎得如此深刻。

作为科幻小说作家的朔太郎和作为银行职员的节子结婚后十分恩爱。丈夫每天都沉溺在自己的科幻世界里。由于科幻小说的读者锐减，编辑就劝他改写言情小说。同期进入文坛的好友早就改弦易辙，现在已经成为流行作家。但他不愿曲意逢迎市场需求，而是坚持自己的爱好。妻子是最能理解他的人。每天，妻子都会做好美味的火锅，等候他完成创作后一起共进晚餐。此时，她一边欣赏丈夫创作时的情景，一边微笑着。她知道，自己永远都是他的第一位读者。

有一天，妻子突然肚子疼，还以为是怀孕了。这令他们两人开心不已。然而，谁也没想到却是大肠癌作祟。医生告诉他，妻子最多只能活一年。他默默地把噩耗埋在心中，鼓励妻子接受抗癌治疗。他想起了医生的话："请开开心心地生活,笑可以提高免疫力。"于是,他决定撰写能够引人发笑、击退癌细胞的小说。他每天写一篇小说逗他的妻子发笑,就这样,这世界唯一的读者读着他的小说奇迹般地活了五年。她的笑容让丈夫感到幸福和知足。

然而,妻子的病情逐渐恶化。他更加拼命地写小说,为的是能够让妻子的病情有所好转。在医院,妻子忍受着痛苦,听他读着小说。医生告诉他:"您夫人不愿意用止痛药。因为药物的催眠作用容易让她睡过去,这样她就不能听到您读稿子了。"他的好友提醒他,他只是用不断地写作来逃避妻子即将离去的现实。可是,妻子想要他给她读小说。医院熄灯了,他一个人沉浸在给妻子写小说的世界里,护士和病人全在黑暗的角落里默默地看着这一切。

时间已经到了午夜一点半。"我很困,但是不想睡。如果我睡着的时候,她停止了呼吸怎么办。一想到她会不小心消失,我就害怕。"他以为这只是他写作过程中的一场梦,他在梦里看着妻子时说的话。等他从梦里醒来,却发现妻子正微笑着看他。可是,这确实是一场梦。他确实很困,而他的妻子正沉沉地睡着。在妻子奄奄一息时,他的小说也随风落了一地。这些年写的小说都垒成了厚厚的一摞,直到他开始写最后一篇小说。第1778篇小说是用泪水凝结而成的无字小说,只有天堂里的妻子能看到。放飞的稿子飞向了天堂,他的妻子正在微笑地读着……

朔太郎是一个有梦想的作家,他只写自己喜欢的故事。为了能够激发创作灵感,他的写作房间都布置得极为独特:摆满机器人和宇宙飞船模型的书桌、咧着嘴笑的青蛙、家门口的两个可爱的机器人……这些既是他写作的素材,又陪他过着简单的生活。他不在意是否能够成名,也不在意是否有人关注,他只想写出能令自己满意的科幻小说。这一点就令我特别感动! 他是一个纯粹的人。活在现实世界的人一般都很难抵制各种诱惑,尤其是名与利的诱惑。他却不一样。他是为了追求生命中的真正快乐而写作,自然写出来的东西就极具个性。可是,就是这样的遐想让人感到由心而生的舒畅、愉悦和惊叹。更难能可贵的是,妻子无私地支持他的创作,只有真心相爱的夫妻才能做到这一点。

这是由一个真实故事改编而成的电影。这部电影真实再现了日本著名科幻小说作家眉村卓和他的爱人悦子的爱情故事。悦子得了大肠癌,而她的丈夫眉村卓不想失去悦子,决心通过写足以击退癌细胞的好笑小说,鼓励妻子与病魔作斗争。他每天写一篇三张稿纸以上的短篇小说,让悦子每天都能发笑。在近五年的岁月里,他日日笔耕,直到悦子辞世。在把眉村卓的小说《写给妻子的1778个故事》拍摄成电影时,男主角草剪刚就表示:"我们在拍摄的时候也从朔太郎和节子那里获得了生存下去的力量! 希望这次的四季海报,能让大家一起感受生活的幸福!"

其实,幸福对我们而言很简单。心中有他或她,就会感到很幸福。正是因为眉村卓心中有他的妻子,所以他觉得自己很幸福。小小的癌细胞算得了什么! 他用一篇篇令人发笑的小说就能击退癌细胞,延长与妻子的幸福生活。悦子也很幸福,因为她心中有她的丈夫。虽然自己患上了不治之症,可这算得了什么! 丈夫用一篇篇令人发笑的小说为自己找到了活下去的力量。看似艰辛的生活在他们眼里竟被演绎得如此温馨而浪漫。这就是一种深刻!

在现实生活中,又有多少人能像他们一样超越生死,守护生命中最重要的时刻。生活本来就如这部电影所描写的那样,平淡中有伤痛。然而,正是在这异常平淡的生活中,在深深的伤痛里,有一种伟大的精神动力支撑着我们,让我们勇敢地活下去。这就是爱。如果说电影《我和妻子的1778个故事》抒写了人世间最温暖的爱,那我们就要勇敢而认真地追求这份爱。

我们都可以成为阿甘

——观《阿甘正传》有感

电影《阿甘正传》讲述了阿甘这个传奇人物。他是一个普通人,却演绎出不平凡的精彩人生。在他身上,既有普通人的缺陷,又有天才般的品质。他的人生集中反映了普通人的身体缺陷问题、失意的生活、梦想、人生成就,还有酸甜苦辣的爱情,因而能与我们的情感产生共鸣。所以,我们经常用阿甘来对照自己。他的成长历程似乎告诉我们,每个人都可以成为像阿甘一样的人。

阿甘是瘸腿的先天智障儿,从小就在学校饱受欺凌。有一次,在躲避同学的欺辱时,小伙伴珍妮对他说:"阿甘,快跑!"在飞奔的过程中,他挣脱脚撑,开始了人生中的长跑。这是他第一次挑战命运。虽然这是他当时无意识的举动,却具有非凡的意味。从此,他喜欢上了跑步,就这样一直跑进学校橄榄球场,并被一所大学破格录取,还成为橄榄球巨星,受到总统的接见。在学校里,有人会受到其他同学的欺负,为了躲避追打,与好朋友一起逃跑。我在上小学和初中时也有这样的遭遇,身边总有一些同学欺负我。刚开始,年轻气盛的我不服输,就与他们打架。当打不过的时候,我就开始跑。我没有想到,长大以后竟"跑"向远方,并一直"跑"到现在。

人生总是具有戏剧性,阿甘的人生就是如此。大学毕业后,他应征入伍去了越南。战争结束后,他作为英雄受到了总统的接见。此时,他还一直爱着珍妮。然而,她已经堕落了,过着放荡的生活。珍妮不断地欺骗他,一次次冷酷地回绝他的善意。可是阿甘依然认为,她就是心中的那个女孩。为了等待她,阿甘一个人执着地生活着。通过乒乓球比赛,他成为"外交大使";为了纪念好友,他成为"捕虾船长"和"百万富翁";为了珍妮,他开始横穿美国的长跑……他单纯而执着地做着每一件事。然而,就在这一件件事情当中,我们都能感受到他的执着,以及由执着演绎出的精彩人生。

阿甘之所以能在美国闯出一片天地,就在于他只会执着地做着一件件看似简单,却需要完全投入才能做好的事情。他做到了,所以他成功了。对我们而言,他的成功无异于在平凡中创造奇迹。然而,他却不以为然。他认为,自己只是在尽力做好每一件事。这让我想起了他母亲对他说的那句话:"生活就是一盒巧克力,你永远不知道下一颗是什么味道。"对阿甘来说,他的每一次成功就像品尝到了生活中一颗巧克力的味道。阿甘把生活的复杂性通过简单而美好的形式呈现出来。这就告诉我们,只有拥有一颗纯粹的心,才能把复杂的生活变得简单,我们也才能感受到生活的美好。

阿甘的人生经历能给我许多启发。我也想执着地坚持自己的选择。我在求学的过程中,也曾有过迷茫。我想在大学工作,可这个想法在当时过于理想化。大学对高学历人才的要求使我一直前行在求学的道路上。通过在大学里十多年的坚持,我把曾有的梦想变成了现实的生活。然而,在坚守的过程中,我付出了沉重的代价。如果说求学路途的艰辛算不上什么,父亲的辞世却是我生命中最沉痛的打击。现在,我面临着大龄青年的困惑,家人一直在催我解决婚姻问题。然而,我何尝不想早点解决。如我一样的大龄青年也何尝不想早点解决这个问题。只是没有意义的爱情恐怕会成为婚姻的坟墓。我愿意像阿甘那样,一直等待心中的爱人。

在长久地奔跑之后,阿甘停了下来,回到自己的故乡。在途中,他收到珍妮的信,并立刻去找她。此时,珍妮已经患上不治之症,还带着一个男孩,那是他们的儿子。他们三人一起在家乡度过了人生中最美好的时光,直到珍妮去世。阿甘坐在公共汽车站的长椅上,开始回忆自己一生的经历。正是在这张长椅上,阿甘的听众与我们一起领略了他不凡的一生。也是从这张长椅开始,一片羽毛随风缓缓飘向他这里。这片羽毛就象征着每个平凡的普通人。这张长椅就象征着普通人的人生依靠,而这种依靠必须由我们每个人亲力亲为才能找到。

阿甘是平凡的普通人,可他又是不平凡的普通人。当这片羽毛飘到他这里,他就从这张长椅开始了自己不平凡的人生。他的故事告诉我们,每个人都可以成为不平凡的普通人。在漫长的人生道路上,我们都在努力奔跑。虽然每个人的起点和终点不一样,但是只要在"跑"的过程中,我们感受到了自己的精彩人生,就不会后悔这么活了这一辈子。阿甘的人生别样精彩。我相信,我们都可以成为阿甘。我们的人生也可以同样精彩!这正是值得我们为之努力的方向。

童 心 结
——观《The Children of Heaven》有感

　　记忆中的童年是每个已经长大了却又永远也长不大的人的心结。在漫长的岁月当中,它作为我们每个人内心中的一种美好情感,成为我们人生前进旅途中的精神动力。

　　电影《The Children of Heaven》就讲述了这样一段童年往事。阿里在赊菜时无意间丢了妹妹莎拉的鞋子,只好与她商量轮流穿他的球鞋上学。阿里每天都在约好的巷子口等着莎拉放学,他再匆匆忙忙穿上球鞋跑到学校。没想到才第二天,莎拉就在着急往回跑的路上不小心把一只球鞋掉进了水沟里。她沿着水沟一直拼命地追着。

　　他们放学回家都要帮助父母干活。莎拉包揽了全部家务活,还要帮助母亲照看更小的孩子。父亲带着阿里到城里的富人区找活干,在一路碰壁之后,终于有一家愿意让他们修整花园。父亲很卖力地干活,阿里陪主人家的小男孩快乐地玩着。在回家的路上,父亲大为振奋,开始憧憬美好的生活。阿里却想着父亲要先给妹妹买一双新鞋。不料自行车闸坏了,刚刚萌生的希望与他们一起重重地摔倒在地。

父亲在家养病期间,房东又来催房租了。家里月月都拖欠房租和菜钱,阿里心里明白,父亲根本就给妹妹买不起鞋。当他知道市里举办学生长跑比赛,季军的奖励是一双球鞋时,他就不断地哀求体育老师给他一次报名参赛的机会。比赛当中,阿里眼前晃动着妹妹放学后奔回来与他换鞋,以及他换好鞋后奔向学校的场景。在极度疲劳中,他被绊倒在地。为了获得那双鞋,他又不顾一切地爬起来冲向终点,并在混乱中率先撞线。当所有人都围着冠军,为他祝贺的时候,他却问自己是不是获得了季军。回到家中,妹妹看到阿里充满失望的眼神,难过地走开了。

对于阿里和莎拉来说,童年的最大梦想就是能够拥有一双上学穿的鞋,他们拼尽全力就是为了能够拥有这样一双鞋。这让我想起了多年前我在山西省某小学义务支教的场景。学校里没有专门的音体美老师,我们就利用周末和寒暑假的时间给学生上这些课程。在走访学生家长的时候,才能真切地感受到很多学生为什么总是穿得破破烂烂地来学校上学。可是我们在他们身上一点也没有感觉到童年的失落,相反从他们身上,我们感受到了一双双渴望眼神后面的求知欲望。

他们就和阿里、莎拉一样,身上拥有一种纯洁而向上的精神。他们的童年越是在贫困的生活中度过,他们就越是懂事和沉默。面对家境的贫穷和父母的卑微,他们懂事又乖巧地替父母分担家务活。虽然他们不该过早地背负家庭的重担,不该过早地面对生活的残酷,不该过早地流露哀伤的眼泪,他们却仍然认真地学习、努力地生活。正是因为他们的物质生活极度困乏,他们的生活世界才显得格外简单,读书就成了他们唯一的乐事。阿里和莎拉的学习成绩都很好。我们教的这帮孩子也很认真地学习,这也是他们唯一能跟别的孩子比较的地方。越是从贫困的生活中走出来的孩子，就越是格外用功地读书。在这样的条件下，他们为能够上学感到快乐，这就是他们的童年。

我也拥有这样的童年。就在我们家经济最拮据的1999年，父亲作了一个对我产生终身影响的决定。同龄人的继续求学点燃了我奋发学习的欲望，在我的百般央求下，父亲借钱把我送进了高中。上了高中以后，我就把周末、寒暑假、夜间部分休息时间和平时的娱乐时间都用在了学习上。而父亲也像赌博一样，在这条求学路上赌上了我的未来。当时的我就像故事里的孩子一样，对此一无所知，也不需要知道什么。当时大弟在读初中，小弟在读小学。为了供我们读书，父亲做了一个惊人的举动。他把家里用来给儿子们成家的两份宅基地卖掉了，这可是家里唯一值钱的财产。村里不少人长吁短叹，说父亲实在是不应该卖掉宅基地。父亲是用卖掉宅基地的钱把我们送出农村去上学，他为我们的人生铺平了道路。

所以我一直想念着父亲，想念着童年的往事。穷人家的孩子在童年会拥有许多梦想。虽然在童年的时光里，这些梦想往往被熟视无睹或无从知晓，孩子们却并不介意。他们一直努力实现着这个梦想，哪怕这个梦想在很多人看来稀松平常。这个梦想凝聚了大多数孩子的童年，也成为他们童年的见证。当有一天他们长大了，回想起这些过往岁月的时候，这些童年的梦想依然在远处闪闪发光。这就是他们永不消逝的童年。我也拥有这样的童年，这大概就是我的童心结吧。

亲情·友情·乡情·爱情

——观《搭错车》有感

　　港台老电影《搭错车》通过讲述哑叔收养阿美的故事,将平凡人的亲情、友情、乡情和爱情表达得淋漓尽致。

　　这个故事是从亲情开始,讴歌人性中的善良和坚忍的精神。哑叔以收破烂为生,他每天的工作就是捡空酒瓶子。这天,他乐呵呵地蹬着叮咣作响的三轮车,在一个垃圾堆旁停了下来。突然传来的婴儿啼哭声让他愣了,他发现了一个遭人遗弃的女婴。只见孩子的怀中揣着一张纸条,上面写道:"她叫阿美,收养她的好心人,妈祖菩萨会保佑你……"

　　哑叔把阿美抱回了家,却让他唯一能依靠的女人心生不满,并在大闹一场后离开了他。从此,哑叔就与阿美相依为命。阿美在成长的过程中,因为同学嘲笑她的父亲是个捡破烂的,而不愿与哑叔讲话。为了能逗乐她,哑叔就用筷子敲打酒瓶,用小号吹那"酒干倘卖无"(闽南语:有酒瓶子要卖吗)的调子,让阿美开心。

　　阿美长大以后的工作是在酒吧唱歌。她被青年作曲家时君迈发现后,引起了一位音乐经理人的关注,并很快大红大紫,成为歌坛明星。繁忙的演出和应酬让她不能与父亲经常在一起,甚至在她的新闻发布会上,经纪人也不让她与父亲相认。阿美为了成名,为了能给哑叔买一套房子,搭上了闯事业的列车,而被迫离开了老父亲的破车。至此,直到哑叔病逝,她再也没能与父亲见上一面。

与阿美一起长大的阿明,从小就喜欢她。在阿美被同学欺负的时候,阿明总是挺身而出,仗义相助。这些穷街坊尽管没有多大本事,却非常质朴和善良。在日常生活中,大家都相互照应着。阿美与阿明的友情就在这里得到了体现。哑叔日渐衰老,有什么事情,阿明都抢着来帮忙。可是,阿明一家的命运也极为悲惨。阿明的父亲阿满因醉酒而坠河身亡,阿满嫂在炒菜之中慌忙去认尸,引起火灾把房子也给烧没了。在火灾中阿满嫂的傻弟弟以为阿美在家,着急寻找她的时候也被烧死了。

阿明长大后,对阿美充满了爱意,却知道她心里爱着别人。性格要强的阿明在一次阻止街道房屋拆迁的过程中,与拆迁人扭打在了一起,被倒塌的房屋砸倒,意外身亡。而此时的阿美正在东南亚巡回演出,对家里发生的一切一无所知。当她再次回到台湾,偷偷地跑回用酒瓶搭建的老家时,这里早已被拆得面目全非了。

那条叫来福的小狗是阿美的好伙伴。阿美改变了它被宰杀的命运,它就一辈子衷心地陪伴着这个家。在阿美差点被蛇咬的时候,小来福飞快地跑过来,毫无畏惧地咬死了蛇,救了她一命。一天,来福陪着哑叔散步。哑叔因惦念阿美,没有留意疾驰而来的摩托车。来福就一个飞奔,把主人推开,自己却被碾轧,血溅满地。兽医只是摇了摇头,痛心地撂下"人道毁了"这句话。

　　来福寄托了阿美心中的乡情。她不在家的日子，就是来福陪着哑叔。阿美的幸运大多是因为拥有来福，她才可以放心地在外面闯事业。来福就是阿美心中的乡情象征。哑叔孤独、寂寞的时候，来福就是他情感上的依靠。有它在老家替阿美分担应尽的孝道，并陪着哑叔一起慢慢变老，阿美要特别感谢来福啊！

　　时君迈是阿美心中的爱人。这个年轻人发现了她，一直在幕后扶持着她。直到她离开自己以后，还依然默默地关注着她。他们两个人在昏暗的酒吧里，自我陶醉式地唱着歌。阿美成名以后唱的歌，基本上都是君迈专门为她而作的。然而，成名以后的阿美却失去了与君迈的爱情。她用自己报答君迈的恩情。可是，君迈要的是爱情，而不是对恩情的报答。

　　君迈想去阿美家看望哑叔。走到阿美父亲的窗前，邻居就给他讲述哑叔如何用"酒干倘卖无"的小号声逗乐阿美的故事。就在这一瞬间，君迈充满了灵感。他没有见哑叔，而是急匆匆地赶回去，创作了《酒干倘卖无》这首歌。他在阿美演唱会的前几天，把歌寄给了她。阿美看了以后，痛哭流涕。父亲含辛茹苦养育她的一幕幕潮涌般地唤醒了她。就在演唱会的当天，哑叔突发心脏病，他想见阿美最后一面，就让阿满嫂去喊她回来。可是，一切都太迟了。重新回到演唱会的舞台上，阿美含泪演唱了专门献给父亲的这首歌。台下的观众从未看到过这么真情地演唱，也从未听到过这么动人的歌曲，都纷纷感动地落泪……

　　"多么熟悉的声音/陪我多少年风和雨。从来不需要想起，永远也不会忘记。没有天/哪有地，没有地/哪有家，没有家/哪有你，没有你/哪有我。假如你不曾养育我/给我温暖的生活，假如你不曾保护我/我的命运将会是什么。是你抚养我长大/陪我说第一句话。是你给我一个家/让我与你共同拥有它。

虽然你不能开口说一句话/却更能明白人世间的黑白与真假。虽然你不会表达你的真情/却付出了热忱的生命。远处传来你多么熟悉的声音/让我想起你多么慈祥的心灵。什么时候你再回到我身旁/让我再和你一起唱:酒干倘卖无,酒干倘卖无……"

《搭错车》通过反映普通老百姓的真实生活,把底层穷苦人的艰辛讲述得感人肺腑。我何尝不像阿美那样,为了追求所谓的成功,远离了我的亲人。当我的父亲像哑叔那样,在家里孤苦伶仃的时候,我在哪里?

穷人家的孩子在奋斗的人生路上,总是很容易迷失自己。而我们的亲人也总是宽容地体谅着我们,他们即使想要我们陪一陪,也不愿意耽误我们。而我们越是迷恋外面的世界,就离我们的父母越加遥远。对他们的愧疚多了,就像搭错了人生的列车,永远也不能回头了。所以,这部电影就是专门给我们这些在外面打拼的人看的。我们都要扪心自问,自己最淳朴和最真挚的情感现在还有多少?还能给予自己的父母多少?只有这样想了,也转化为应有的行动了,我们才能无悔今生。

真 爱
——观《山楂树之恋》有感

一直在寻找感动。

《山楂树之恋》讲述的纯真爱情感动了我,像这样能够打动我的东西越来越少了。至此,我越发清醒地认识到我的灵魂深处涌动着一颗"山楂树之恋"情结的心。

这颗心从我初次听到歌曲《山楂树》就开始萌发。我曾无数次沉浸在这首低沉而忧伤的歌曲中,一颗渴望纯真爱情的心被深深感染。歌声中山楂树下两个青年彷徨地等待心爱的姑娘,最勇敢可爱可亲的到底是哪一个,山楂树呀,快请你告诉我。

每个人都憧憬着自己的爱情。没有爱情的时候,焦虑地等待着爱人的出现;有了爱情的时候,兴奋地期待着美好的未来。轻风吹拂不停,吹乱了《山楂树》下他们的头发,吹乱了他们的内心。夏天晚上的星星静瞧着沉默不语的他们。我们的山楂树呀,你为何要悲伤?

茂密的山楂树,白花满树开放。你却为何开出朵朵红花?

故事中的主人公用纯洁的爱情战胜了今生一切的困阻,最后融入你那红色的血液。老三需要你那鲜红的血液战胜白色的病魔,老三需要你那红色的花瓣温暖静秋的内心,老三需要你那红色的果实延续他的生命。山楂树呀,从此你将不再悲伤。

每个男人都想娶静秋为妻,每个女人都想嫁老三。然而,他们的爱情恰似这棵山楂树,需要慢慢地绽放,才能开出美丽的花朵。《山楂树》成全了老三,山楂树见证了他们的爱情。"山楂树之恋"成了老三和静秋独特而美好人生的永恒一页。

"只要你活着,我也还活着。若是你死了,那我就真正地死了。"等爱变成习惯,爱情就可以天长地久。老三在最爱静秋的时候走了,从此忧伤的歌声只能轻轻荡漾在黄昏的水面上。

就这样一直被感动。

我一直渴望这样的生命历程。曾经的初恋也已一去不复返。现在的我越来越渴望这种纯净的爱情,也越来越难寻觅到。

老三生如夏花,为人世间留下了一段可歌可泣的爱情。他让我坚信这个世间还存在"山楂树之恋"。

歌声已经消失在远方,大地已盖上一片白霜,这条崎岖的山间小路啊,何时才能再有"山楂树之恋"?

第一次听《山楂树》,纯净的心灵温暖如初。

第一次看《山楂树之恋》,心灵的纯净感动如初。

以孤独为题材的电影

以孤独为题材的电影反映了人生的孤独。

意大利著名导演朱塞佩·多纳托雷的代表性电影作品西西里三部曲是我思考电影人生的开端。《星光伴我心》讲述了多多的人生成长历程。多多自幼丧父,这为他孤独的一生埋下了伏笔。那个年代,去电影院看场电影就是人生最幸福的时刻。多多有机会接触电影,就喜欢上了电影。没有子女的艾费多是一名电影放映师。他们两个一起制造了小镇的欢乐和幸福。多多长大了,爱上了艾莲娜,却遭到了她父母的反对。艾莲娜一家搬离了小镇,艾费多也让多多离开小镇,去罗马发展,并要求他"不管这里发生什么,永远都不要回来"。多多成了著名导演。老妈每次给他打电话,都是不同的女人接电话。这次打电话不同以往,艾费多去世了。多多的思绪飘回了青少年的美好时光。他返回了小镇,母亲知道这次他一定会回来。多多触景生情,想再见到艾莲娜。与艾莲娜的交谈,他才真正明白了艾费多的良苦用心。而此时的艾莲娜已为人妻,但是他们的爱情忠贞不变。多多从小丧父,可以说少年时代是孤独的。他成为著名导演,为了爱情终身未娶,一生是孤独的。他远离家乡和父母,生活是孤独的。但是他把对孤独的体验升华为电影的创作,这种把精神投入事业的追求深深地震撼了我的心灵。

《声光伴我飞》讲述了一个从未上过岸的海上钢琴师。1900是一个出生就被丢弃在船上的婴儿。他在参加养父丹尼的葬礼时听到了船上演奏的音乐。到了晚上,无师自通的1900坐在钢琴边随心弹奏,让听到琴声的船客大为感动,从此1900就成了船上的一名钢琴师。1900琴艺精湛,大家坐弗吉尼亚号就是想在船上听他的音乐。每当船上有人第一个高喊"美国",大家都开始各奔东西,只留下1900以船为家。马克是1900一生唯一的朋友,他见证了爵士乐的始祖谢利向1900发起的挑战和1900获胜的过程,他也见证了1900唯一的一次恋爱历程。1900想把为她而作的音乐送给她却未能如愿,两人再未相见。1900曾想上岸寻回这段爱情,然而当他走到船梯过半的时候就转身返回船上,从此再未有上岸的念头。即使是多年后弗吉尼亚号即将被炸掉,面对马克的劝说,他也没有离开。他是孤独的。他的孤独是因为别人无法理解他。他是对的。"在有限的钢琴上,我自得其乐,我过得惯那样的日子。"而世界的尽头在哪里呢?

《真爱伴我行》讲述了男孩雷纳托眼中的寡妇玛莲娜的故事。二战期间,玛莲娜的丈夫从军未归,她的美丽招来了小镇的流言。雷纳托暗恋玛莲娜的美貌,偷窥她的生活,也因此成为她在西西里岛的美丽传说的见证人。玛莲娜孤身一人,镇上的男人都按捺不住自己,纷纷向她发起爱和性的宣言,镇上的女人因此更是对她憎恨入骨。玛莲娜的生活陷入危境,雷纳托发誓要快点长大,保护玛莲娜。面对现实的逼迫,玛莲娜走向了绝境。雷纳托是最清楚玛莲娜事情真相的人。有一天,玛莲娜的丈夫突然回来了。面对寻妻未果,雷纳托悄悄给他写了一封信告诉他,他是玛莲娜唯一的挚爱,玛莲娜对他是忠诚的。多年后,他们又回到了小镇。人们都看着他们,玛莲娜没有记恨以前的恩怨。影片以玛莲娜的孤独生活为题材反映了战争和人性的丑恶,描写了玛莲娜面对孤独的勇敢和雷纳托与丑恶作斗争的勇气。

多纳托雷的"西西里三部曲"分别从生活、人生和人性三个角度为我们诠释了孤独的人,或者生活是孤独的,或者人生是孤独的,或者情感是孤独的。把这一视角放大到历史题材的电影也可以找到同样的精神依归。《辛德勒的名单》讲述了二战期间辛德勒拯救犹太人的一个传奇故事。作为纳粹党人,他一人单枪匹马拯救犹太人。在这种孤立无援的情况下,辛德勒实行自救。他用赚到的钱贿赂德国纳粹军官,救下了一批又一批的犹太人。战争期间,他宁愿濒临破产,用钱购买军火而不自行生产军火。战争结束了,人们送了他一枚戒指,上面刻有:凡救一命,即救全世界。他一人又踏上了远去的旅程。辛德勒的生存方式在他所处的生活背景来看是一种孤独的状态。他用自己的行动拯救了1100名犹太人,他的孤独又具有真正的生命价值。影片《我的名字叫可汗》讲述了一个叫里兹瓦恩·可汗的年轻人去美国见总统,只为说一句话——"我的名字叫可汗,我不是恐怖分子"的感人故事。儿子卷入种族宗教冲突意外被杀,他的妻子曼迪娅伤心过度,要他去向美国总统说"我的名字叫可汗,我不是恐怖分子"。于是里兹瓦恩·可汗孤身一人从印度孟买出发去美国,他在美国帮助人们抗洪救灾,成功破获一起阴谋刺杀美国总统的案件,赢得了美国人民的广泛认同,最后受到了美国总统的接见。影片看似讲述了里兹瓦恩·可汗一人的孤军奋战,通过他个人的努力让人们明白了民族之间的宽容。其实里兹瓦恩·可汗不是一个人孤独地前行,他的这一努力改变了许多人的命运。

以孤独为题材的电影还表现在一些励志影片当中。《阿甘正传》的主人公阿甘智力发育不太健全,从小孤独生活。她的母亲鼓励儿子像正常人一样生活。她对他说:"生命就像一盒巧克力结果往往出人意料。"阿甘在生活的戏弄下开始了一生的长跑,他因此戏剧性地被大学破格录取,成为橄榄球巨星,受到总统接见。大学毕业,他参军作战,负伤救人又一次受到总统接见。他为完成战友遗愿,经商发财而又弃商归隐。身患残障的阿甘做到了正常人没有做到的事情,而他取得的成就都是在他一人孤独的时候。他一直等待儿时的伙伴珍妮,直到最后珍妮回到了他的身边。电影《本杰明·巴顿奇事》也讲述了一个奇特的故事。巴顿是一个特别的人,他的生理周期是从老年到婴儿。由于一出生就丑陋不堪,惨遭生父抛弃。巴顿开始了和别人不一样的人生。他想表达内心的情爱和青春的活力,却被老态龙钟的外貌所困。好不容易找到一份工作,他开始了四海为家的生活。其间,巴顿得到两次真爱。就在所有人都苦于岁月让人衰老之时,巴顿却返老还童,最终他选择了离开。巴顿的一生无可复制,面对孤独,他一个人坚强地走到了最后。

《海洋天堂》是中国版的以孤独为题材的励志型公益影片。影片讲述了患"孤独症"的大福,以及他的父亲在临死之前想给他寻找一个值得托付的家的感人故事。大福天生就患上了"孤独症",生活不能自理,不能和人正常沟通交流。母亲承受不住这个现实,选择自杀。慈父坚强地与大福一起继续生活。不幸的是,父亲的肝癌到了晚期,自己死后大福的生活问题成为他的一块心病。经过多方寻找,父亲才找到接收大福的机构。可是大福在这里生活局促,为了让大福能够继续在海洋馆里度过快乐的时光,父亲为大福制订了一个不可能完成的计划。父亲去世后,大福果然按照计划的方式生活。让人感动的亲情、友情和爱心在影片中温暖流淌。孤独在影片中成为一种病症,而影片的主人公在"孤独症"下幸福地生活。

以孤独为题材的电影在一些动画片中同样让人感动。《机器人瓦力》中的主人公机器人瓦力是地球家园的最后一个机器人,负责清理已经不适合人类居住的家园——地球上的垃圾。随着时间的流逝,这个仅存的机器人有了自我意识,开始感到孤独。他收集了许多人造物品,开始自得其乐地生活。有一天地球上来了一个叫伊娃的先进机器人,负责收集地球上有生命迹象的生命体。瓦力爱上了伊娃,这时他面临着要么离开地球要么继续工作的两难选择。经过一系列的连台好戏,他们让人类返回了地球家园。影片通过对瓦力的刻画向人类暗示,如果再无休止地制造垃圾,最终孤独的将是人类自己。《天空之城》是另一部讲述孤独的影片,只不过孤独的主人公是一座城市而不是个体。拉普达是一座天上的城市,拥有超越地上文明的先进科技。拉普达科技发达、黄金遍地,地上的人都向往这座城市。但是没有人知道这座城市到底在哪里。希达是拉普达城皇族的后裔,只有他才知道拉普达的秘密,因此他遭到了神秘人物和地上军队的追踪。当希达乘坐的飞机遭到海盗的袭击时,希达跳机逃离,被小矿工巴斯所救。之后在海盗的帮助下,两人开始了一场寻找拉普达的探险旅程。影片通过描写天空之城拉普达拥有先进的科技却最终衰亡的现实,告诫人类地球是最后的家园,只有和谐相处才能不被消灭。《翡翠森林》通过讲述一只羊和一头狼的友谊故事,深刻诠释了现代人的孤独和哈贝马斯的行动交往理论。小羊咩和野狼卡普在暴风雨之夜都在一个漆黑的小屋里避雨,两人在不明身份的情况下交谈甚欢,并相约第二天一起共进午餐。相约当天彼此才知道对方的身份,但是既然是朋友就要超越吃与被吃的种族立场。他们开始偷偷约会,最终还是被发现了。双方面对各自种族的压力,选择一起逃离生活多年的丛林。路上遭到狼群追杀,卡普失去记忆,要吃掉咩。咩在绝望之际重新唤醒卡普的记忆,彼此的友谊得以保存。既然狼和羊都能够为了保护对方的友谊放弃生活多年的环境,放弃自己的生活习惯,人类应该怎么去做呢?卡普和咩找到了"可以说话的人",不再孤独。那么每个人自己的朋友又在哪里呢,该如何寻找呢?

孤独是一种值得珍惜的感觉。这种感觉会以不同的形式伴随每个人的一生。上述影片讲述的都是主人公不同的人生经历,这些人生经历都是一种孤独。但是这些孤独不会让人产生悲哀的情绪,反而能够让人看到希望。我是品着孤独看的每部影片,留下的都是深刻的印象、激动的泪水和难忘的回忆。这些影片让我明白,孤独并不可怕,不用刻意逃避孤独。傅雷说得好,"赤子孤独了,会创造一个世界,创造许多心灵的朋友!"影片的主人公们是孤独的,他们创造了一个世界,属于自己的世界,同时创造了许多心灵的朋友。他们的一生丰富又精彩,留给了我们许多感动,这些精神财富激励我们认识自己,认清现实,勇往直前,追求幸福。

音随我动

奋斗中的生活

——听《有为歌》有感

人生在世应有为。

《有为歌》中描述诸葛亮出山之前，"束发读诗书/修德兼修身"。一个古代读书人淡泊名利，在读书中修德修身的形象跃然而出。他不是为了死读书而读书，而是报国之志常存心中。所以，歌词中描写他"躬耕从未忘忧国/谁知热血在山林"。

读书人心中都有一个报国梦，这个梦想尤其是在国家处于危难的时候表现得最为强烈。诸葛亮在"世乱时危久沉吟"。近代中国遭受西方列强侵略，周恩来就曾提出"为中华之崛起而读书"。有志之士为心系天下而读书，要"为民播下太平春"。

这样的生活就是为人民奋斗的生活。因为我们每一个人都是人民中的一个个体，为人民而奋斗，就是在为我们每一个人的幸福生活而奋斗。这就是大丈夫。"丈夫在世当有为。"把人生的奋斗目标与人民的幸福生活相连，是最有作为的事情。

对于大部分人来说,这样的奋斗同时是与自身命运相抗争的一个过程。诸葛亮出山之前,只不过是一介村夫。他不甘命运摆布,"仰观与俯察/韬略胸中存"。大部分人成功之前,都有这样的人生境遇。这正是丰储才华、蓄势待发的最佳时期。

生活中的奋斗总会得到某种形式的认可。"茅庐承三顾/促膝纵横谈/半生遇知己/蜇人感兴深。"这是一种认可。在现实生活中,许多认可不一定会以你期待的方式进行,但总会给你一定的激励。虽然司马徽说"卧龙虽得其主,不得其时",但是诸葛亮"一诺竭忠悃"。

我们也具有这样的生活姿态,大部分人都必须在奋斗中求生存、求发展。对于作为学生的我来说,要在生活中努力学以致用。而学好本领是学以致用的前提,对真理和知识的追求并为之奋斗,就是学好本领的最佳注解。不"束发读诗书",焉能学好本领?

"归去归去来兮/我夙愿/余年还做垅亩民。"诸葛亮在乱世之中,淡泊名利,事业未成,就做好了将来重新归隐山林的打算。这与只会追名逐利、以功自居的人形成鲜明对比。我们身边有太多这样的人,整天为了功名利禄忙碌奔波,最终只会在这些身外之物中迷失自己。

"清风明月入怀抱/猿鹤听我再抚琴。"奋斗的过程中,有痛苦也有快乐。诸葛亮用抚琴的方式排遣自己的忧愁。当我们遇到困难的时候,如果选择逃避它们,痛苦就会如影随形。而我们要是勇敢地面对它们,就会发现奋斗中的快乐。由痛苦转化而来的快乐,会加深我们对生活的理解。

在奋斗中思考生活,才能感受到生活中的作为。可能我们的人生并非一帆风顺,可能我们的生活总是一路坎坷,可能我们在努力中会遭受打击,可能我们会在奋斗中遇到挫折。不管我们面对什么样的情况,都不应该丢掉奋斗的精神。奋斗是我们身上最高贵的一种品质。只有坚守这一品质，我们才能在生活中有所作为。这大概就是《有为歌》对我最大的启发。

我的未来不是梦

——听《我的未来不是梦》有感

一提到张雨生的《我的未来不是梦》,"80后"的年轻人都会不由自主地想起自己即将逝去的青春。这首歌承载了"80后"太多的记忆、情感和生活,以至于每次听到,我们都会内心澎湃。

张雨生凭借这首歌一举成名。而作为"80后"的我,是在高中的某一天晚上,才在广播里听到这首歌。我当时就被震撼了。这首歌的歌词不正是描写了我们的生活吗?这首歌不正是唱出了我们的心声吗?就在那一瞬间,我找到了求学路上的情感支持。我要像歌词里唱的那样,"流着汗水默默辛苦地工作,也不放弃自己想要的生活"。

属于我们的成长环境变化得太快。上高中时,我没有想过将来要干什么。高中快结束时,我就被推进考大学的人群里。上了大学,我依然有些迷茫,身边不少人整天迷恋于新兴事物——网吧,而我又一次被推进考研的人群里。读研期间,我的思想经历了多次转变。直到两年短暂的工作期间,我依然在适应这个不断变化的社会。每当我迷茫的时候,我都会想起这首歌的歌词，"你是不是像我曾经茫然失措，一次一次徘徊在十字街头"。

就像接下来的歌词，"我从来没有忘记我，对自己的承诺，对爱的执着/我的未来不是梦，我认真地过每一分钟"。漫长的求学生涯，坚定了我投身教育行业的信念。因为上高中，我改变了命运；因为上大学，我走出了家乡；因为读研，我选定了自己的职业；因为读博，我坚定了自己的选择。面对要不断作出人生选择的十字路口，我用梦想来指引未来的征程。在这个过程中，我发现，我用行动创造出了自己的人生意义。正是因为我感受到了这种意义，我才觉得"我的未来不是梦"。

用爱这个主题词来形容这些年的求学生涯，同时也回答自己为什么毅然选择在这条道路上继续走下去。对我而言，"爱"伴随着我的成长。我在学校里不断感受着老师对我的爱、亲人对我的爱，以及社会对我的爱。正是在爱的氛围中，我过着简单的生活，并快乐地成长。可以说，我的成长是在对"爱"进行思考的过程中展开的。所以，我相信教育行业里有我的梦，我的未来要在这个领域展开。这是一种对回报的坚持，也是一份对心灵的答卷。

张雨生的《我的未来不是梦》唱出了我求学生涯里的人生感悟，也唱出了我对未来美好生活的向往，更唱出了"80后"对经历改革开放的复杂情感。"80后"生于改革开放伊始，现在已经成为这个社会的主力军。一路走来，我们才更清晰地认识到，正是行路途中的酸甜苦辣，使我们的生活变得丰富多彩。正如张雨生在《我的未来不是梦》中唱的那样，"你是不是像我整天忙着追求，追求一种意想不到的温柔"。我们现在的生活正是年少时我们的梦想带给我们的温柔。

星光伴我心

——听《我是明星》有感

　　人们经常把优秀的人比喻为天上耀眼的明星。当下流行的一个词"明星"就是指在某个领域内有一定影响力的杰出人物。周华健为中国举办2008年北京奥林匹克运动会创作的志愿者招募歌曲《我是明星》，就表达了人人都可以成为明星的理念。

　　这首歌一开始就把每个人的心声唱了出来："有一个梦，由我启动，把汗水融化成满脸笑容/ 海阔天空，我是阵风，把旗帜飞扬到南北西东/ 嘿呀，嘿呀。谁不为人性的光辉感动/ 嘿呀，嘿呀。我的心就是个光明火种。"这个梦就是明星梦，当然不是指歌星、影星或体育明星一类的追星梦，而是指能在有限的生命中活出人生价值的梦想。这里的价值是个体价值和社会价值的统一。个体价值是生命意义的源泉，然而个体价值必须实现于个体的社会价值当中，就像星光必须被人看得见才能激起人美好的向往。

　　只有星光伴我心，我们才是"那成就了弓箭的弓"。于是，在实现人生价值的星光大道上，"每一个人，一样有用/自告奋勇，不约而同/忘了自己，宽了心胸/我是明星,点缀天空"。人们经常用盗火的普罗米修斯来比喻为人类的幸福而牺牲自己的英雄。其实每个人都可以成为普罗米修斯。当你把个体价值和社会价值作为实现人生价值的统一体时,你就是普罗米修斯式的明星。那么,你就会为自己而感动,也会为同样的他人而感动。就像歌词里唱的:"嘿呀,嘿呀。谁曾经努力过都不普通/嘿呀,嘿呀。付出过多少都举足轻重。"

我在博士阶段的室友彭小龙就曾是我身边的明星。他来自贫寒家庭,但学业非常优秀,因此在博士阶段,他获得了上海大学的最高奖学金"校长奖学金",以及"国家奖学金""上海市优秀毕业生"等荣誉。为了好好学习,他总是早出晚归。我自认为学习也很刻苦,但比起他就差远了。他不仅成绩优秀,在为人处世方面也做得很好。他很有孝心,用奖学金给母亲治病。同时,他也爱干净,为我们营造了整洁舒适的休息环境。在我们的共同努力下,我们寝室还被评为"上海大学十佳特色寝室"。我就问他:"你是怎样一直做到这么优秀的?"想不到他的回答如此简单,他说:"我心中的明星是李小龙。我一直用他来激励自己不断努力上进。"我听了后,就哈哈大笑,原来他的心中也有一个明星。这个大明星还与他同名……

其实,我欣赏彭小龙还有一个原因,他不仅善良真诚,而且还乐于助人。在生活中,他总是热心帮助身边人处理各种问题。于是他就成为上大的明星。我们两个一起走在校园里,跟他打招呼的人络绎不绝。我特意调侃他:"沾着你身上的星光,我都感觉自己要闪闪发光了。"他就不好意思地笑着。很多时候我就在想:我和他也是有缘,才做了两年多的室友,但是他的阳光、勤奋和上进给我留下了特别深刻的印象,以至于在我的心中,他就是我生活中的明星。就像歌词里唱出的意境:"萍水相逢,都不平庸/每一个人,都是英雄/所有光荣,刻在心中/来自内心,我的笑容。"

《我是明星》还在告诉我们,每个人都是这个世界里的明星,都可以一起把生活于其中的世界变得更加美好。我和彭小龙在上海大学读书期间,就曾努力为上大和上大人做贡献。因为我们拥有一样的上大梦和明星梦。或许歌词"让我们圆满这世界的梦/愿我们拥有着一样的梦"就是我们当年奋斗的最好表达。

人生如歌

——听《再回首》有感

  我们需要不断回顾自己的生命历程,正如我们需要不断找寻自己的过去。姜育恒的《再回首》让人在不断回首过往中铭记难忘的生命点滴。

  "再回首,云遮断归途/再回首,荆棘密布。"人生从来就是一场坎坷征程。有时候,乌云密布,让人无所适从;有时候,晴空万里,使人意气风发。当我们回首往事时会发现,过去经历的痛苦和磨难总是记忆犹新,而对百无寂寥的陈年旧事并无多少印象。生命中的痛苦和磨难似乎并没有随漫长的时光悄然逝去,而是时刻警醒自己要不断回首曾有的过往。即使以后的路途再多荆棘,也要自信地走下去。

  "今夜不会再有难舍的旧梦/曾经与你共有的梦,今后要向谁诉说。"人生在世,难免要为一些事情而感伤。人生最大的伤感不是因为爱情、友情和亲情等产生的伤痛,而是没有活出自己生命的意义。古希腊神话中的精灵西勒诺斯曾说过一段讽刺而深刻的话:"可怜的浮生呵,无常与痛苦之子,你为什么逼我说出你最好不要听说的话呢?那最好的东西是你根本得不到的,这就是不要降生,不要存在,成为虚无。不过对于你还有次好的东西——立刻就死。"人活着就要承受生命中的无常与痛苦,不然只能立刻就"死"。为了能够活下去,每个人都在探索生命的意义,找寻生命的价值,于是就要在自主选择生命展开的方式和过程中,使自己每天都有所收获。正所谓"苟日新,日日新"。生命的意义就在于每天要不断向自己诉说如何活出意义。

"再回首,背影已远走/再回首,泪眼蒙眬/留下你的祝福,寒夜温暖我。"人活一生,如何才能让自己感觉活着是有充足理由的?这个答案只能向自己寻求。当我们不断回首过往,把所走过的人生路作为一种审美现象来回顾,就会发现,不管是悲剧还是喜剧,都是生命带给我们的深切体验。在这种体验中,我们能找到一股活下去的精神力量。"不管明天要面对多少伤痛和迷惑/曾经在幽幽暗暗反反复复中追问,才知道平平淡淡从从容容是最真。"所以,人平淡从容地活着就是一种幸福,孔子不正是"饭疏食饮水,曲肱而枕之,乐亦在其中矣"吗?

人生如歌,正是针对人生中最为深切的痛苦而言的。不管怎样回首人生,都会发现:"再回首,恍然如梦/再回首,我心依旧/只有那无尽的长路伴着我。"痛苦是人生永恒的主题。人就是在对痛苦的理解中感受着生命的意义,进而把自己的一生看成无数次回首中的永恒瞬间。每个人都总是渴望能再度去体验如歌的人生,而这样的人生往往与岁月中的痛苦相互交织。只有不断回首生命中的痛苦,才能不断再创人生的意义。

父亲常在我心中

——听《父亲》有感

　　每次想起我的父亲,都会看一看筷子兄弟的微电影《父亲》,听一听他们一起合唱的歌曲《父亲》。

　　父亲是一个平凡而伟大的角色。平凡人的故事用平凡人来演绎,是最好不过的事情了。我的父亲,我想向你表达的情感也是如此。只不过,总有一种伤痛一直徘徊在我的心间。

　　"总是向你索取/却不曾说谢谢你。直到长大以后/才懂得你不容易。"在我还不太懂事的时候,哪里会说这样的话。在我逐渐长大和成熟的时候,你却早早地离开了我们。我们曾有的幸福就是你的不容易啊!

　　"每次离开/总是装作轻松的样子。微笑着说/回去吧,转身/泪湿眼底。"在我求学的路上,你曾经目送过我无数次。尤其是在送我去上海的时候,你为了省点路费而半途折回,想不到竟然再也没有机会来上海大学看看我。你可知道,那次别离已成为我这辈子最大的遗憾。

　　"多想和从前一样/牵你温暖手掌。可是,你不在我身旁/托清风捎去安康。"这从前的一切，无数次地萦绕在我的梦境里。你那温暖的手掌，何时还能再温暖我漂泊的灵魂？你不在的日子里，我生怕忘了你。我就在心中为你树立一个形象。我时常对着这个形象自言自语。那些祝福的话语，只能交付清风了。

"时光/时光/慢些吧，不要再让你变老了。我愿用我一切，换你岁月长留。"家里的那些老照片，定格了你青春的美好。而我的视线一转移，你苍老的面容就浮现在我的眼前。我的青春还能换回你岁月的长留吗？

"一生要强的爸爸/我能为你做些什么？微不足道的关心，收下吧。谢谢你做的一切/双手撑起我们的家，总是竭尽所能/把最好的给我。"人们常说，父爱如山。在我眼里，你的形象比大山更加伟岸。在你为我们做事的时候，我们理所当然地索取。在我沿着你未走完的人生路，把自己当成你来做事的时候，我才深刻地体会到了你的不容易。谢谢你为我们撑起过这个温暖的大家庭。

"我是你的骄傲吗？还在为我而担心吗？你牵挂的孩子啊！长大啦……"父亲，你一直是我的骄傲，我也一直想成为你的骄傲。然而，有谁知道，这份骄傲流露的是多少辛酸。往事几多辛酸，黯淡了你的面容，却照亮了你的形象。时光啊，你纵然无情，却带不走，最让我骄傲的父亲！

在孤独中长大

——听《天亮了》有感

韩红的《天亮了》讲述了一个感人的故事。这个故事大约发生在我读初中的时候。当时,在贵州的麻岭风景区,发生了一起缆车意外坠落事故。缆车上死了二十三人,只有一个两岁的男孩潘子灏幸免于难。他的父亲在缆车掉下的瞬间,用自己的双肩托起了子灏。

这首歌就从这里开始。"那是一个秋天/风儿那么缠绵。让我想起他们/那双无助的眼。就在那美丽风景相伴的地方,我听到一声巨响/震彻山谷。"子灏的父亲用自己的生命挽救了年幼无知的他。这不禁让我想到,在他以后的成长路上,这种精神上的孤独可能会伴随他一辈子。

"就是那个秋天/再看不到爸爸的脸。他用他的双肩/托起我重生的起点。黑暗中泪水/沾满了双眼。不要离开/不要伤害。"我对父亲的感情也是如此。我第一次听到这首歌,正是父亲还有干劲的时候。他虽然意识到了家里的光景不如往常,却还对未来充满希望。我们家的新瓦房就在这个时候盖了起来。想不到,没过几年工夫,我就再也看不到他了。

　　"我看到爸爸妈妈就这么走远/留下我在这陌生的人世间,不知道未来还会有什么风险。我想要紧紧抓住他的手/妈妈告诉我希望还会有。看到太阳出来,妈妈笑了/天亮了。"从本质上说,我们都是孤独的孩子。孤独的原因不是因为没有父母的陪伴,而是因为在情感上失去了他们的呵护。我们就只能在孤独中长大。

　　"这是一个夜晚/天上宿星点点。我在梦里看见/我的妈妈。一个人在世上/要学会坚强。你不要离开/不要伤害。"在孤独中长大的孩子,最怕受到心灵的伤害。他们看见天空美丽的繁星,就像看见了自己的亲人。而天人之隔的孤独,又暗含了多少人间的悲惨。

　　"我看到爸爸妈妈就这么走远/留下我在这陌生的人世间,我愿为他建造一个美丽的花园。我想要紧紧抓住他的手/妈妈告诉我希望还会有。看到太阳出来,他们笑了/天亮了。"我们的成长总会伴随着亲人的离去。当有一天,他们真的全都离开了我们,或许,我们才会感到自己真的长大了。我们也会像他们一样,在慢慢变老中渐行渐远。可是,在这个过程中,我们不需要任何人为我们建造花园。我们在成长的过程中,就为自己建造了一个精神花园。这里有我们的悲欢离合,是能让我们一次次重生的起点。那么,在我们成长的路上,还有什么理由惧怕孤独呢?

永远不回头

——听《永远不回头》有感

　　这首歌把年轻人的失望与希望、失败与成功、痛苦与快乐、迷茫与张扬、忧伤与感动、自卑与自信、退缩与奋斗、犹豫与果敢，都淋漓尽致地表达了出来。"年轻的心灵还会颤抖，这是因为忧伤和寂寞、感动和快乐，都在我心中。"

　　年轻人容易对生活怀抱希望。人生是一个追求梦想的舞台。在这个舞台上，人人都想成为主角。年轻人更是经常为自己设想人生的舞台。在这个舞台上，自己是心中梦想的设计者。梦想就像人生的一盏明灯，照耀着自己的生活。然而并不是每个人的梦想都能绽放出美好的人生，有希望也就意味着有失望。年轻人容易怀抱希望，却也经常沉浸在失望的苦海里。

　　年轻人容易受到成功的诱惑，认为人生往往与人生的价值相连，为了实现人生价值，年轻人就用成功来衡量自己的人生价值。事业的成功、学业的成功、爱情的成功等都可以成为实现人生价值的标志。然而并不是每个人都能样样成功。谁都尝过失败的滋味。很多人失败以后，就会一蹶不振；也有很多人失败以后，越挫越勇。

年轻人更能感知自己的快乐。这种快乐是李白式的快乐，即"人生得意须尽欢"。快乐与痛苦一直交织在每一个人的生活当中，而年轻人却不一定对它们有一个深刻的认识。当达不到预期目标的时候，会被负面情绪困扰。在生活中遭遇挫折的时候，会被种种的不如意羁绊。久而久之，对一些人、一些事没有了往日的热情，对一些领域避而远之，感觉自己生活得很痛苦。

年轻人拥有着张扬的个性。个性鲜明是年轻人的标签。有为时尚而生活的年轻人，在追

赶潮流中要活出鲜明的个性；有为生活而忙碌奔波的年轻人，在大城市里打工被称为"漂一族"。现在的年轻人都有很多想法，为了实现自己的想法，年轻人通过试错可以放弃一切。然而张扬与迷茫从来就不曾分离。这是因为个性的张扬无法替代复杂的生活。

年轻人的忧伤总是一种资本。世界上没有随随便便的感动，每一个人的感动都嵌进了忧伤的柔软心田。这种忧伤是对心中的失望与希望的纠结，是对失败与成功的反复咀嚼，是对痛苦与快乐的难舍难弃，是对人生迷茫与张扬的深入思考。在这个过程中，社会允许年轻人犯错误。错误并不可怕，关键是一路错到底很可怕。年轻人可以在忧伤中慢慢找寻人生。

年轻人的不自信大都和人生阅历有关。有丰富人生阅历的人一般比较自信。这种自信是他知道自己是谁，应该或不应该干什么。自信也与人的能力有关，能力强的人一般比较自信。可是能力只能在人生阅历中才能慢慢得以培养。这说明能力不是人的本能，自信也不是与生俱来的人生资本。既然如此，年轻人的不自信又有何惧哉？

年轻人的退缩意味着逃避生活吗？谁都愿意采摘奋斗的果实，谁也不

会吝啬分享胜利的喜悦。可是奋斗过后又回到起点，就是退缩或逃避生活的理由吗？人生就是一次远航，谁也不知道前方的停靠点在哪里。航行旅途中既有风平浪静的惬意，又有大风大浪的洗礼。你是选择收起风帆停泊靠港，还是选择扬起风帆一路向前。不一样的选择是在体验不一样的人生。

年轻人，你还在犹豫吗？是看不清前进的方向，还是不知道人生的未来。人生在世，总会经历失望、失败、痛苦、迷茫、忧伤、不自信与退缩。这些人生烦恼就是人生的影子，影子是从不回头的我。既然想要希望、成功、快乐、张扬、感动、自信与奋斗，那么只能果敢地面对未来，并采取果敢的行动实现自己的梦想。

"永远不回头/不管路有多长。黑暗试探我，烈火燃烧我，都要去接受。"因为人生本来就是一次充满悖论的旅行。所以"忧伤和寂寞，感动和快乐，都在我心中"。所以"爬上山巅"，我想要"向时间祈求永远/跃入海面"，我想"要看誓言可会改变"。在成长的路上，"年轻的泪水不会白流，痛苦和骄傲这一生都要拥有"。

永远不回头，因为我们一直怀揣人生的自信；永远不回头，因为我们已经走过漫长的道路；永远不回头，因为逝去的人生已经无法再现；永远不回头，因为我们的人生需要这种勇气。

爱上你的一切

——听《爱上你的一切》有感

　　不知道从什么时候开始,我就爱上了你的一切。这份爱在我心中徘徊很久。我越来越发现,"恍恍惚惚,老天让我们相恋/清清楚楚,我对你的爱没有界限"。

　　或许是我想明白了自己内心的真正渴望,或许是我还固执地相信爱情的美好,或许是我意识到了能够给你提供人生的温暖和幸福,或许是我想为疲倦的心灵找一个归宿,或许是我想给关心自己的人一份情感上的交代,或许更是我逐渐爱上了你的一切……

　　"反复好多年,是否你能理解,几句感动的话却是那么甜。"与你在一起的日子,我特别开心。你让我明白了,两个人的爱可以超越诸如贫富、年龄、身高和学历这一切的外在判断,而让我感受着生活中的简单、宽容、知心、专一、善良和亲密。两个人的世界不需要太多的市侩,几句感动的话已经深深地把我们相连。

　　只有跟你,才能不断燃起我对生活的热情。我曾一度对生活失去信心。

在心情极为沮丧的时候，我是多么想要一个懂我的人陪在身边。这么多年来，一直是距离最远的亲人慰藉着我的心灵。我不知道，你是否也是如此？"寻找许多年，是否你会发现，给你感动的人总是那么远。"两颗想要探究彼此的心在相遇之后越走越近。"不要再拒绝，请不要再遮掩，我对你越来越了解。"

　　我相信，我们的爱能为我们带来最好的生活。因为我知道，你对我的爱更胜于我对你的爱。我只能把这份爱永远珍藏在内心，并时刻用心守护着这份爱。我也想告诉你，"清清楚楚，我对你的爱没有界限"。爱你没有界限，但也随之让我烦恼。爱得越深，我就越怕失去这一切。尤其是，"陪你到深夜，就怕你太疲倦，会任性放掉这一切"。可能我们要一直为爱奔波。有人理解为"痛并快乐"，而我宁愿相信，这是爱并幸福。

　　"可知我爱上你的一切，你给我最好最真的时间/爱得灿烂，就能胜过黑夜；相信我爱上你的一切。"这是我最想说给你听的话。我知道，我的心已经在你那里，我的幸福也在你那里。我也知道，你的心已经在我这里，你的幸福也在我这里。那就让我们用心感受这份灿烂的爱。在爱的一生中把握感动的每一个瞬间，让彼此在感动中爱并幸福！

告别昨日的忧伤
——听《The Sound of Silence》有感

"Hello darkness, my old friends / I've come to talk with you." 就像电影《毕业生》里年轻的 Dustin Hoffman，我带着一脸迷茫去找黑暗聊天，因为我的心中充满着阴影。"Because a vision softly creeping, left its seeds while I was sleeping / And the vision that was planted in my brain, still remains." 我就像 Dustin Hoffman，一颗彷徨无助的心在喧闹的空气中诉说着茫然与忧伤。或许黑暗更了解我，它知道我内心的阴影，抚摸着我昨日的忧伤。

我爱上了这片寂静。在一个人的世界里，我独自游荡。虽然有些不安，却能让我远离喧嚣。歌词所描写的意境，正是我心情的写照。"Within the sound of silence, in restless dreams I walked alone / narrow streets of cobblestone, neath the halo of a street lamp / I turned my collar to the cold and damp." 尽管人生的道路狭长而曲折，我依然能抵挡路途中的风寒。我只是不确定，我到底还有多少韧性能够承受这些。

其实，我一直不想说，也一直不想面对，我被身外名利深深困扰的事实。

这些名利让我失去了昨日的欢乐,而沉浸于深深的忧伤之中。Dustin Hoffman 恐怕也是因此困扰而迷茫,而忧伤。"When my eyes were stabbed by the flash of a neon light...and in the naked light I saw ten thousand people, maybe more...and the people bowed and prayed to the neon god they made." 原来大家也被名利所困。这里的"neon god"不就是他们盲目崇拜的物质偶像吗?

我被这些名利深深地灼伤。只是不知道,世人是否会如此。我可以确信的是:"People talking without speaking, people hearing without listening, people writing songs that voices never share / and no one dare disturb the sound of silence." 人们不敢直面追名逐利的社会现实,久而久之,压抑变成了一种沉默的声音。这让我想起了鲁迅先生的那句话,"不在沉默中爆发,就在沉默中灭亡!"

我试着与这个社会现实抗争。我对自己说:"Fools, you do not know / silence like a cancer grows." 所以,我时刻警醒自己:"Hear my words that I might teach you, take my arms that I might reach to you / But my words like silent as raindrops fell, and echoed in the wells of silence." 我毕竟是一个涉世不深的大学生。我以为我不但能拯救自己,而且能拯救世界。可惜,我错了。最终,我发现,我只能和我的老朋友黑暗一起海阔天空地神侃……

我此刻的心情就像这首歌,透露出一股深深的忧伤,似乎是在祭奠昨天,又像是在反思昨天。昨天的我充满了忧伤,深深地陷入了名利和物欲的迷茫之中。Paul Simon 和 Art Garfunkel 通过这首歌把年轻人的这种困惑淋漓尽致地表达了出来。我们正在经历他们所生活的那个物欲年代,很多人被金钱等世俗的东西牵着鼻子走。Dustin Hoffman 意识到了这种盲目跟从的压抑,他不想就此屈服。我被他的这种精神深深地感染了。

对我而言，告别昨日的忧伤就是在告别昨日的名利。我已经被这些东西刺得遍体鳞伤。这种伤害已经扰乱了我内心的平静。我逐渐意识到，我需要重新找回自己。就像歌词所写的那样："The sign flashed out its warning / and the words that it was forming / and the sign said: The words of the prophets are written on the subway walls and tenement halls. / and whispered in the sound of silence."

其实，在电影《毕业生》中，除了《The Sound of Silence》这首歌，还有 Paul Simon 和 Art Garfunkel 合唱的另一首歌《Scarborough Fair》。这首歌同样震撼着我的心灵。一听"Are you going to Scarborough Fair?"谈恋爱的大学生们肯定特别熟悉。在即将告别纯真的大学时光里，我们怀念的东西已经不再是大学生活里的名与利。或许，只剩下了他或她。那就让我们用这首歌中永远让人难忘的那句话作为一个结束吧。"Remember me to one who lives there / She once was a true love of mine."

黄土地的心

——听《黄土高坡》有感

在李娜的民歌专辑《信天游》中,有一首叫《黄土高坡》的歌,听着实在让人震撼!那恋家怀旧的悠扬阵势直穿人心,那真挚朴素的直白话语感人肺腑,更让人热血沸腾的是,李娜唱出了生活在这里的人的心声。

从一开始,这首歌就在向我们倾诉着。"我家住在黄土高坡/大风从坡上刮过。不管是西北风/还是东南风,都是我的歌/我的歌。"生活在黄土高坡上的人都很直率,从来不会拐弯抹角地说话。你要是和老乡们搭句话,他们马上就直入主题,还会帮着你解决困难,让你感受着质朴的情怀。这里的生活也很艰苦,人们却把西北风当饭吃。若是哪天断炊了,就有人调侃苦笑着说:"我们喝西北风去吧!"

"我家住在黄土高坡/日头从坡上走过。照着我的窑洞/晒着我的胳膊,还有我的牛跟着我。"这里的人过着简单的生活。搬出个小板凳,坐在窑洞门前,晒晒胳膊、拉拉家常。就这样每天看着日头从坡上走过,知道自己又活过了一天。家里的百岁老人每天还是照例放着牛啊、羊啊,养着鸡啊、狗啊。如果哪家的中年人过世了,老人们就长吁短叹,流着眼泪再去送上最后一程。

"不管过去了多少岁月/祖祖辈辈留下我,留下我一望无际唱着歌。还有身边那条黄河/哦,哦哦哦哦。"坡上人们的根祖观念很重,就是埋也要埋到生我养我的地方。站在坡上,看着远远近近、新新旧旧的坟,就会明白什么是家,如何去爱。祖宗们既然留下了我,就不管日子如何过,也要含泪唱着歌。"不管是八百年/还是一万年,都是我的歌/我的歌!"

你再听,听李娜把全身心都唱出来了。"我家住在黄土高坡/四季风从坡上刮过,不管是八百年/还是一万年,都是我的歌/我的歌! 都是我的歌/我的歌! 哦,哦哦哦哦。"她的这首歌唱软了我的心,让我在梦里千百次地回到了生养我的故乡。原来我的心一直是颗黄土地的心。这颗心就在离我很远而又被我珍视无比的黄土高坡上沸腾着。

沉浸到《黄土高坡》里我才知道,它正深刻地表达着我对家的眷恋。无论我在何时何地,处于什么样的人生境遇,只要一听到它,我的情感就立刻沸腾了。它让我的内心生命从真挚的曲调和质朴的语言中流露出来,和歌者的生命体验交相辉映,和黄土高坡上老乡们的生命紧紧地连在了一起,从而引出无数的生活联想和人生触动。这就是伴我一生的爱。我要把我这颗黄土地的心和我对这里的爱,编织成我的人生之歌。用我的人生之歌回报我的黄土高坡!

以爱为题材的歌曲

大家都爱听歌。在成为生活中不可或缺的一部分时,听歌已经成为表达生活意义的重要途径。

每个人的人生经历不同,喜欢的歌曲也就不一样。我比较喜欢以爱为题材的歌曲。"爱"这个字的范围很广。如果按照对象来划分,有对父母的爱、有对伴侣的爱、有对社会的爱、有对自己的爱等诸多范围。相应地,很多歌曲就应运而生,传唱至今。

任静、付笛生的《知心爱人》可谓家喻户晓。从"让我的爱伴着你/直到永远"开始,我们就感受到了,在人生的漫漫长路里拥有一颗不变的心,是知心爱人最长情的告白。"不管是现在/还是遥远的未来/我们彼此都保护好今天的爱/不管风雨再不再来。"爱情总是最吸引人的一种情感。当爱情变成亲情,留下的只能是知心爱人。

有很多歌曲是专门描写爱情的。《LOVE STORY》把年轻人谈恋爱的过程刻画得淋漓尽致。"We were both young when I first saw you/I close my eyes and the flashback starts."初恋时约会的往事是很多人一辈子都无法忘记的。"You'll be the prince and I'll be the princess",这是情人眼里出西施。尽管会遇到很多挫折,比如"my daddy said stay away from Juliet"。但是我们的爱情依然忠诚坚贞,所以"This love is difficult,but it's real","It's a love story"!

中国人的爱情被赋予了很多社会因素。家庭、社会地位、经济情况、相貌等都是谈对象绕不开的话题。因此中国人的爱情与西方人的爱情故事截然不同。西方人可以为了爱情舍弃一切,中国人却不能。这一点从《爱就一个字》这首歌中可以看出来。

"我想你/身不由己/每个念头有新的梦境/但愿你/没忘记。"为什么想念一个人,却身不由己?这是因为沉香为了解救母亲,无暇顾及其他。嘎妹全心全意地帮助他,他却"无心看风景"。可是他抑制不住内心对爱情的渴望。"热闹的城市/搜索你的影子/让你幸福是我一生在乎的事。"很多人的爱情就是在纠结中展开,尤其是大城市里的年轻人。为了改变命运,在大城市漂泊。渴望得到一份爱情,也认真地努力过、挣扎过。包括我在内的很多人,至今仍是孑然一身。恐怕是因为爱情对我们来说太过于沉重的原因吧。

一首歌表达了一段人生。不管这段人生是悲伤还是喜悦,都是人生的财富。有爱的人生会让人时常感觉到生命的美好,这种爱当然包括爱情、家庭的爱、朋友兄弟的爱、爱自己,等等。对待爱不一定要局限在爱的对象上面。当你得不到他人的爱,就果断放弃。爱是一种相互的给予,不是一厢情愿地付出。所以"再回首/恍然如梦/再回首/我心依旧"。

一首歌表达着一种心境,以爱为题材的歌曲更是如此。在《一辈子的孤单》中,刘若英洒脱地唱着:"因为我总是孤单/过着孤单的日子/喜欢的人不出现/出现的人不喜欢/有的爱犹豫不决/还在想她就离开/于是我学着乐观/过着孤单的日子。"这就是大城市里孤单的人的无奈生活。但这也是爱自己的一种表达。或许这首歌唱出了很多人的心声,所以这些人"会一直孤单/一辈子都这么孤单"。

当然以爱为题材的歌曲,古今中外数不胜数,不可能通过一一列出,与大家分享。说到底,爱是个人内心的一种真实情感。每个人对爱的体验都不同,相应地对爱的表达就不同,所以这个世界才被渲染得五彩缤纷。既然我们都活在爱的世界里,那就勇敢地表达对爱的敬意吧。

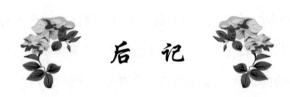

后　记

对于文学这一爱好，我一直有些偏执。

从大学本科时期开始，我就不满足于阅读文学作品，而是尝试着进行文学写作。我把自以为好的作品拿去投稿，结果可想而知，就是一次又一次杳无音信。

按照常理推测，我应该浅尝辄止，就此罢休，不要再动这方面的歪脑筋了。自己不是这根"葱"，既然把玩过了，就要果断放手。这样做，既不会丢人现眼，又不会遭人耻笑。可是我硬要把自己当成那根"葱"，非要把自己的文字搬到众人面前，搬上大雅之堂。这不是妄自尊大，还能是什么？！

这么多年过去了，我竟然从未统计自己到底写过多少随笔。我遵循"爱写什么，就写什么"的原则，随心所欲地写。写了散文，写了诗歌，写了杂文，还写了小说。人要是真把自己当成一回事了，可是会吓着别人的。

我一边写，一边把自己一个字一个字写出来的文章在网络上公开出来。刚开始压根儿没有什么人关注，也引不起别人的一丁点儿注意。这份失落，无异于又一次打击。

虽然如此，我还是继续写了下去，一段时间不写，就情绪不佳，感觉整个人都神情恍惚。再这样下去，搞不好就骨瘦如柴，一命呜呼了。看来，还得硬着头皮"厚颜无耻"地继续写下去。

靠这个"精神鸦片"而活，是我的特殊怪癖。我有这个认识，也是事后才感悟到的。

刚开始，简单的文字涂鸦纯粹只是一个爱好，连文学都谈不上。我只觉得写着好玩，权当调剂生活的一味药。可是当看过王小波的《一只特立独行的猪》，我才意识到，人要活出属于自己的独特性，是很难的一件事。然而就是这种独特性，才为每个人提供了安身立命的根本。在千篇一律的人群中，我是不是一个独特的人？能否在格式化的人群中间，仅凭别人的一种直觉，马上就被感知出不一样的地方来？这引起了我的反思……

于是，我一直思考，一直写。

这些年来，一不小心就写了这么多字。这些字既是我引以为傲的精神财富，又是让我倍感压力的精神负担。在我成长的关键阶段，本应把有限的精力投入到学业和工作当中，可这些文字"浪费"了我太多的时间，注入我太多的情感，以至于我产生了一种执念，就是一定要给它们找到一个好的归宿。只有这样，才能既对得起它们，又对得起我自己。

它们既见证了我的青春，温暖了我的情感；又"消耗"了我的精力，"耽误"了我的正业。我对这些文字又爱又恨，简直不知道该如何处理。于是，就在对这些年写作的总结中想到，该是与它们以另一种方式相处的时候了。

以什么样的形式"告别"，这对我而言是一个极大的挑战。

要是告别得随意了，就是对这些文字的不负责任，也是不尊重过去的自己;要是告别得隆重了,显得自己有些轻浮,还以为自己真有几斤几两,闹成笑话,那可就成为别人茶余饭后的谈资了。

可是,我有这个隆重告别的本事吗?答案是显而易见的!这让我头疼得不行。要是本领强,早就为它们寻觅到好的去处了,还用得着年复一年的苦恼吗?

我该如何放下这份割舍不掉的情感呢?经过一番思来想去,还是觉得要简单一些,同时也正式一些。只有正式对待它们,才能真正赋予它们另一种生命和另一种意义。也只有正式告别过去,我才能真正开始新的未来。于是,就有了呈现在大家面前的这套丛书。

这套丛书比起正规的文学作品,无疑会显得幼嫩、质朴。但这套丛书耗费了我数年的心血,表达了我对待这个世界的真情实感,是我看待人生的独特视角,因此它绝对是原创性质的作品。

可以说,这套丛书的独特之处就在于:

第一,这套丛书属于原创性质的校园文学作品。校园文学是校园文化建设和校园文明创建活动的重要组成部分。这套丛书讲述了一个普通的年轻学子如何通过求学阶段的所思所想、所感所悟,成长为一个向往真理、追求理想、获得思想的年轻教师。因此,从加强校园文化建设和营造文明校园的角度来看,这套丛书可以作为加强高校校园文化建设的重要抓手,成为建设文明校园和解读校园文化生活的重要读物。

第二,这套丛书可以作为高校青年大学生成才的育人载体,成为培养青年教师、助力青年教师成长的重要途径。青年兴则国家兴,青年强则国家强。青年一代要有理想、有本领、有担当,中国才会有前途,中华民族才会有希望。全社会只有关心和爱护青年,为他们实现人生价值创造机会、搭建舞台,广大青年才能更好地坚定理想信念。这当然也要求当代青年志存高远、脚踏实地,勇做时代的弄潮儿,在实现人生价值的生动实践中放飞青春梦想,在为推进全人类文明进步的不懈奋斗中书写人生的华章。青年在发展中既有机遇,也有挑战。这表明,青年施展才干的舞台非常广阔,实现梦想的前景并不遥远。这套丛书愿意以文字形式做青年的知心人、热心人、引路人,让青年怀抱梦想又脚踏实地,敢想敢为又稳扎稳打。我作为从事高校通识教育和研究工作的青年教师,通过出版反映青年教师成长成才的读物,希望能给那些和我一样渴望得到成长的人提供一个现实参照。

第三,我在高校里从事"思想道德修养与法律基础""社会主义核心价值观""马克思主义基本原理"等课程的教学和研究工作。这套丛书是否可以作为这些通识教育课程的教辅、教参读物,乃至成为新时代公民道德建设的一个重要读物,为全社会的求真、向善、审美发出萤火之光,还请大家尽情指教。我一定会根据大家的反馈,优化今后的日常工作,争取把教书育人的事业做得更好。若是这套丛书能把通识教育所要求的培养"四有新人"案例化、生活化、生动化,把显性的道德要求隐性融入学子日常生活的体悟当中,帮助高校学子树立信心、坚定理想、把握人生、健康成长,就真的太好了。

第四,这套丛书自带启蒙的性质,旨在从通识教育和思想启蒙这两个立足点发力,实现立德树人的目的。每个人都是先明白事理,才去做正确的事情。教育的目的,就是尽量使越来越多的人能够明白事理,摆脱愚昧和迷信,这就是教育的启蒙作用。这套丛书展现了我在求学的过程中,如何用理性之光驱散笼罩在身上的愚昧和黑暗,如何用爱克服人生中的挫折和生活中的苦难,如何用思想充实贫瘠的生活,如何用理想照亮迷茫的命运。可以说,这套丛书为我的未来作了情感和思想上的准备。我真心期盼,这套丛书也能照亮千千万万的学子,为这个大千世界增添一份属于我的温暖。

我还想说的是,呈现在大家面前的这套丛书,凝结了许多人的汗水。在此,感谢上海大学陈新汉教授、复旦大学肖巍教授、上海大学校报退休职工王怡老师和许昭诺老师、感谢岳父宋贤杰教授和岳母罗君逸女士,以及爱妻宋敏思女士,感谢天津人民出版社的编辑王佳欢女士。没有你们的辛勤付出,想要出版这套丛书只会遥遥无期。

最后,谨以这套丛书作为礼物,送给我的儿子任薪泽。愿他在成长的路上,能够勇敢地闯出一片自己的天地!

任帅军

2025年春

写于上海市杨浦区兰花教师公寓南区